John Burnside

So etwas wie Glück

Geschichten über die Liebe

*Aus dem Englischen
von Bernhard Robben*

 PENGUIN VERLAG

Die vorliegenden Erzählungen wurden vom Autor
eigens für diesen Band zusammengestellt:
Fügung erschien erstmals 2013 als Hörspiel beim SWR,
in der Übersetzung von Bernhard Robben.
Kates Garten erschien im Original in der Kurzgeschichtensammlung
Burning Elvis (Jonathan Cape, London 2000).
Alle anderen Erzählungen erschienen im Original in der Kurzgeschichten
sammlung *Something Like Happy* (Jonathan Cape, London 2013).

Der Übersetzer dankt dem Deutschen Übersetzerfonds,
der diese Arbeit mit einem Stipendium gefördert hat.

Penguin Random House Verlagsgruppe FSC® N001967

1. Auflage
Copyright © 2022 der Originalausgabe by John Burnside
Copyright © 2022 der deutschsprachigen Ausgabe by Penguin Verlag
in der Penguin Random House Verlagsgruppe GmbH,
Neumarkter Straße 28, 81673 München
Redaktion: Renate Haen
Umschlaggestaltung: Sabine Kwauka
Umschlagabbildung: © plainpicture/NaturePL/Bence
Satz: Buch-Werkstatt GmbH, Bad Aibling
Druck und Bindung: GGP Media GmbH, Pößneck
Printed in Germany 2024
ISBN 978-3-328-11236-5

www.penguin-verlag.de

Die Kälte draußen

Als sich der Krebs zurückmeldete, überraschte mich das nicht. Ich machte mir Sorgen wegen Caroline, schließlich war mir klar, dass ich es ihr irgendwann sagen musste, und mich beunruhigte zudem, wie sie es dieses Mal aufnehmen würde. Sogar für Malky tat es mir leid; verlässliche Fahrer sind schwer zu finden, und er ist immer ein guter Chef gewesen. Trotzdem hat es mich nicht überrascht, jedenfalls nicht, als es mir gesagt wurde. Dass irgendwas schief-lief, damit hatte ich gerechnet, mindestens seit dem Sommer, als Sall und ich überlegt hatten, nach Montreal zu Caroline zu fliegen, um ihren neuen Freund kennenzulernen, das Vorhaben dann aber wieder aufgaben. Sall wusste, wie gern ich sie wiedersehen würde: Caroline war schon immer Daddys kleiner Liebling gewesen, und seit ihrem Auszug ließ sich nur mit Mühe verhehlen, wie leer sich das Haus ohne sie anfühlte – eine Mühe, zu der ich mich manch-mal nicht aufraffen konnte. Sall wusste bestimmt so gut wie ich, dass mir nicht mehr viel Zeit blieb, weshalb sie sich anfangs allen Anschein gab, die Reise zu planen, ehe sie dann davon redete, wie teuer das Ganze war, wie ermüdend es für mich sein würde, nach Glasgow zu fahren und sieben Stunden lang im Flugzeug zu sit-zen, um nach alldem auch noch durch Zoll und Grenzkontrolle zu müssen, was meist ewig dauerte. Wie sie darüber redete, hätte man glauben können, sie hätte die Reise bereits gemacht, hatte sie aber nicht. Sie war nie aus Schottland rausgekommen, und was sie da redete, stammte von Caroline, die in den sechs Jahren, seit sie die Stelle in Montreal angenommen hatte, dreimal wieder nach Hause gekommen war. Kurz vor ihrem letzten Besuch hatte sie diesen neuen Freund kennengelernt und mit einigem Nachdruck erklärt, dass wir nun an der Reihe wären, sie zu besuchen.

»Ich weiß, es ist ein weiter Weg«, hatte sie gesagt. »Aber wenn ihr erst mal hier seid, gefällt es euch bestimmt. Das wird ein toller Urlaub, das könnt ihr mir glauben. Außerdem fragt Jim ständig, ob es euch wirklich gibt. Er denkt, ich habe euch bloß erfunden.« Sie hatte gelacht, aber die Einladung war ernst gemeint, auch wenn Caroline, als sie sich damit an uns wandte, Sally kaum ansah, sondern ihren Blick auf mich gerichtet hielt. Seit die beiden nicht mehr im selben Haus zusammenleben mussten, fand Caroline sich mir zuliebe damit ab, ihre Mutter nicht weiter zu beachten. Für sie lief alles auf präzises Management hinaus, darauf, Gelegenheiten zu vermeiden, bei denen etwas gesagt werden könnte, was sich nicht mehr zurücknehmen ließe. Schon vor ihrer Abreise war sie stets wie ein Geist aufgetaucht und wieder verschwunden, nur damit sie nicht mit Sall allein sein musste. Den Grund dafür habe ich nie richtig verstanden. Einmal hörte ich Caroline sagen, ihre Mutter könne in einem leeren Zimmer einen Streit anfangen, aber das war eigentlich nicht fair. Den beiden fiel es einfach schwer, sich zusammenzusetzen, ohne dass gleich irgendeine Unstimmigkeit oder ein Missverständnis aufkam. Unvereinbarkeit zweier Persönlichkeiten, so etwas gibt es häufig und unter allen erdenklichen Umständen, schockierend ist es bloß, wenn es zwischen Mutter und Kind geschieht.

Immer wenn Caroline eine ihrer vagen Einladungen aussprach, hätte ich am liebsten gesagt, wir kommen so bald wie möglich, aber Sall war immer schneller als ich. »Mal sehen« war alles, was sie erwiderte, ehe sie dann anfing, jeden Gedanken an Montreal zu hinterfragen. Das hatte sie den ganzen Sommer über getan, hatte Einwände vorgebracht, Ausreden gesucht und so lange darüber geredet, bis die Reise nicht mehr infrage kam und wir stattdessen für traurige zwei Wochen Regen und Teestuben zu Salls Bruder Tom und dessen zweiter Frau nach Hertfordshire fuhren. Ich begriff, was ablief und sagte mir, angesichts des Verhältnisses, das die beiden zueinander hatten, wäre es so vielleicht am besten, nur machte mir der vorgebliche Urlaub dann doch mehr zu schaffen als erwartet. Anfangs schob ich die Schuld auf meine übliche Enttäuschung über Salls Spielchen und mein Unvermögen, ihr die Stirn zu bieten, doch irgendwann während dieser Zeit, als ich gerade in Stevenage in einem schäbigen Trödelladen herumstöberte, wurde mir klar, dass ich meine letzte Chance vertan hatte, jemals nach Montreal zu reisen.

Dieses Wissen existierte also bereits irgendwo in meinem Hinterkopf und wartete nur darauf, in Worte gefasst zu werden, als der Arzt mir Bescheid gab. Und ich war auch fast bereit, fand mich fast damit ab, so wie es in all den Geschichten, die man sich übers Sterben erzählt, von einem erwartet wird. Nicht vollständig, aber doch beinah; ich wollte bloß noch hören, wie es für mich ablaufen würde, damit ich die Klinik danach verlassen und mit dem Rest meines Lebens fortfahren konnte. Ein paar Monate blieben mir noch, meinte der Spezialist, und ich dachte, dass ich jetzt tun könne, wozu immer ich Lust hatte. Ich war frei. Nur gab es nichts, was ich noch unbedingt tun wollte, höchstens Caroline sehen, und ich wusste, wie Sall jetzt dazu stehen würde. Ich hatte es oft genug gehört: dass ich immer bloß Zeit für mein kleines Mädchen hätte, für niemanden sonst, dass ich sie völlig verzogen hätte. Wenn man Sall so reden hörte, konnte man glauben, was zwischen den beiden ablief, sei allein meine Schuld, aber wenn ich zurückdenke und versuche, eine Erinnerung zu finden, ein Bild, das die beiden glücklich zeigt, ist da nichts. Nicht einmal aus der Zeit, in der Caroline noch ein Baby war. Ich sah mich nur am Fenster des Hinterzimmers stehen, wie ich versuchte, sie in den Schlaf zu wiegen und ihr dabei Weihnachtslieder vorsang, weil das die einzigen waren, deren Text ich kannte; und ich sah uns beide, Caroline etwa sechs, wie wir im Flamingo Park auf Pferden endlos im Kreis ritten, während Sall für sich blieb und uns zusah, mit einem neugierigen, leicht verwirrten Ausdruck im Gesicht, fast als genierte sie sich oder als wäre ihr etwas peinlich. Ich konnte Caroline über meine schlichten Witze lachen hören, wenn ich sie morgens zur Schule brachte, und ich sah uns im Garten eine Reihe Schneemänner bauen – vier nebeneinander, alle identisch. Deshalb war ich so gern auf Achse, und deshalb machte es mir nichts aus, so bald schon wieder auf der Straße zu sein, denn wenn ich da draußen war, allein für mich, sah ich mir diese Bilder in meinem Kopf an und war zufrieden.

Jedenfalls saß ich am Tag nach der Diagnose wieder hinterm Steuer, lieferte Sirup aus. Ich wäre wohl auch ein, zwei Tage zu Hause geblieben, aber als Malky abends anrief, sagte Sall, mir gehe es gut und ich käme am Morgen wieder zur Arbeit. Ich machte ihr das nicht zum Vorwurf; wir brauchten das Geld. Sicher, ich hätte enttäuscht sein können, weil sie mich nicht zu Hause haben wollte, nicht mal so kurze Zeit, aber ich war nicht enttäuscht. Ich wusste, eigentlich traf sie keine Schuld. Sie verstand bloß nicht, wie man mit so was umging. Noch ehe ich die Klinik verließ, konnte ich spüren, dass sie sich innerlich abwandte, so wie immer, wenn es Probleme gab. Sie zog sich an ihren ureigenen Ort zurück, wie seit jeher, schon seit unserer Hochzeit, als die Dinge anders waren als erwartet und wir uns gestrandet fühlten, sprachlos und unfähig, einander zu berühren oder auch nur anzusehen, allein in der Stille des leeren Hauses mit einem Regal voller verblasster Fotos in farblich aufeinander abgestimmten Shaker-Rahmen, die Sall bei Oxfam gekauft hatte.

Ich mache ihr also keine Vorwürfe. Ich war nur froh, wieder auf der Straße zu sein und nicht zu Hause sitzen und Trübsal blasen zu müssen. Außerdem habe ich Sirup seit jeher gern ausgefahren. Melasse, um genau zu sein. Immer mal wieder geht's raus aufs Land, und ich liefere die warme, dunkle Brühe an Bauern, die damit das Viehfutter anreichern, den Sirup unter Gerste mischen, um daraus einen süßen, malzigen Brei zu machen, von dem die Tiere gar nicht genug kriegen können. Ich fahre gern auf die Gehöfte, die mitten am Tag so still daliegen, so einsam; und ich unterhalte mich auch gern mit den Bauern, höre mir die Geschichten dieser Männer an, die in all den Jahren ihres Lebens nie irgendwo anders gewesen waren als auf ihrem oft kaum vierzig Hektar umfassenden Land, erwachsene Männer, vom eigenen Besitz in ihrer Bewegungsfreiheit eingeschränkt. Ehrlich gesagt, mache ich nichts lieber, als Melasse zu liefern. Es gibt Tage, an denen ist sie so dick, dunkel und zähflüssig, dass man drauf laufen könnte, und wir arbeiten angestrengt, um den Saft in die großen Tanks zu pumpen, die meist so alt und klapprig sind, dass man fürchten muss, sie könnten bald in sich zusammenfallen. Was sie gelegentlich auch tun. An einem wirklich warmen Tag wird eines der Rohre platzen, vielleicht wird auch eine Behälterwand nachgeben, und dann ist überall Sirup: Sirup und dieser Geruch nach Sirup, von dem einem ganz schwindlig wird; so süß ist er und so stark.

Die Arbeit war schwer, aber die Beschäftigung tat gut. So blieb weniger Zeit zum Grübeln. Und als ich an jenem Wintermorgen aufbrach, wusste ich, dass ich mich abends, wenn ich nach einem Tag getaner Arbeit nach Hause käme, besser fühlen würde, da ich mir bewiesen hatte, dass ich noch nicht völlig nutzlos geworden war. Den ganzen Tag, während ich im frostigen Licht die Höfe abfuhr, dachte ich darüber nach, wie ich weitermachen wollte, bis ich nicht mehr weitermachen konnte. Letztlich bleibt dem Mann nur die Arbeit und sein Selbstwertgefühl, das geheime Leben, das er in sich verwahrt und von dem außer ihm niemand etwas wissen kann. So war es schon immer gewesen, auch daheim: Mein wahres Leben blieb getrennt vom Alltäglichen, über das Sall Bescheid wusste oder an dem ihr doch gerade genug lag, um die jeweiligen Entscheidungen zu fällen. Nicht dass ich sie nicht geliebt hätte, zumindest zu Beginn; in den ersten Jahren haben wir uns durchaus vertragen. Nur sind wir auf unsere je eigene Art immer Privatmenschen geblieben. Und vermutlich hat uns genau das erlaubt, nach Carolines Auszug weiter zusammenzuleben. Wir wussten, wie jeder für sich bleiben konnte, eine Fähigkeit, die wir im Laufe der Jahre perfektioniert hatten, ohne je zu ahnen, wie vollständig wir sie beherrschten.

Es war spät am Nachmittag, über den Feldern ging langsam die Sonne unter, und entlang der Straße beim alten Krankenhaus sickerte letztes Licht durch Bäume und Gebüsch. »Das erste Abendgrün«, hatte meine Mutter diese Stunde gern genannt, wenn sie daheim auf den Stufen am Hintereingang saß und die in der Dämmerung verblassenden Inkalilien und Montbretien betrachtete. Ich habe nie herausgefunden, ob sie sich das selbst ausgedacht hatte oder ob es ein Zitat von irgendwoher war, vielleicht aus einem Hörspiel oder aus einem Kinderbuch, das sie mir vorgelesen hatte, als ich noch so klein war, dass ich mich nicht mehr daran erinnern kann. Kam ich früh nach Hause, hatte ich meist Zeit für mich. Während Sall sich in der Küche zu schaffen machte, saß ich im Esszimmer, die Zeitung ausgebreitet auf dem Tisch, oder ich hörte Radio, starrte in den Garten und spielte derweil an den Knöpfen, um einen besseren Empfang zu bekommen. An jenem Tag aber hatte man mir eine lange Tour zugeteilt, weshalb ich erst bei Anbruch der Dunkelheit auf der Jacob's Well Farm fertig wurde. Es war ein guter Tag gewesen, trotzdem wusste ich, dass ich es nicht übertreiben sollte, weshalb ich eigentlich ganz froh war, als ich mich endlich von Ben Walsh verabschieden konnte, der Jacob's

Well früher mit seinem Dad betrieben hatte und jetzt, da seine Frau von ihm gegangen war, als Letzter hier wohnte, keine Kinder, auch die Eltern tot. Mittlerweile lebte er schon seit Jahren allein, und vielleicht war das der Grund, weshalb er sich so sehr für die wenigen Leute interessierte, denen er begegnete. Am heutigen Tag hätte ich auf dieses Interesse allerdings gut verzichten können, auch wenn er natürlich nicht wusste, welche Probleme mich plagten. Er bot mir eine Tasse Tee an. Als ich sagte, ich sollte mich lieber auf den Heimweg machen, schien ihn das nicht weiter zu stören. Er schenkte mir ein verhaltenes Lächeln und schüttelte den Kopf. »Wie läuft's mit der besseren Hälfte?«, fragte er. »Alles in Ordnung?« Er redete über Sall meist, als wäre sie leicht behindert – was sie in gewisser Weise ja auch war.

»Kann mich nicht beklagen«, sagte ich.

»Das ist gut.« Er musterte mich mit einem seltsam scheuen Blick. »Es macht Ihnen hoffentlich nichts aus, wenn ich trotzdem sage, dass Sie ein bisschen mitgenommen aussehen.«

»Ach was«, erwiderte ich. »Mir geht's gut.«

»Wirklich?«

»Bin nur ein wenig müde, schätze ich. Das vergeht wieder.«

Er nickte. Er war neugierig und, so glaube ich, auch ehrlich besorgt, wusste aber, dass er nicht weiter nachbohren sollte. »Nun, wollen wir es hoffen«, sagte er. »Passen Sie auf sich auf. So kurz vor Weihnachten wollen Sie sicher nicht noch krank werden.«

Ich rang mir ein Lächeln ab. »Das können Sie laut sagen«, erwiderte ich. »Ist aber heute die letzte Tour vor den Feiertagen. Zeit, mich mal richtig auszuruhen. Passen Sie auch auf sich auf.« Ich gab ihm die Hand und ging zurück zum Laster. Einen Moment lang wünschte ich mir, ich hätte eingewilligt, mit ihm Tee zu trinken, wäre geblieben und hätte über nichts Bestimmtes mit ihm geredet, nur seine Gesellschaft noch eine Weile genossen. Weihnachten, dachte ich, würde für ihn bestimmt auch nicht allzu festlich ausfallen, so ganz allein, nur mit den Tieren.

Für mich selbst konnte ich mir erst recht keine allzu festliche Weihnacht vorstellen, jetzt, da alles entschieden war. Ich freute mich nicht gerade auf die Ruhe der Feiertage oder darauf, mit Sall all jene Rituale zu absolvieren, auf die sie bestehen würde – schließlich war Weihnachten. Vielleicht würde Caroline anrufen, irgendwann am Nachmittag, würde den Anruf gleich als Erstes erledigen, damit sie den Rest des Tages in dem Wissen angehen konnte, ihre Pflicht erfüllt zu haben. Ich hatte ihr natürlich kein Wort vom Krebs erzählt. Beim ersten Mal hatte ich zwar kurz geschwankt, aber sie hätte sich nur Sorgen gemacht und sich vielleicht verpflichtet gefühlt, uns zu besuchen. Diesmal dachte ich keine Sekunde lang daran, da ich genau wusste, dass ich sterben würde, und das wollte ich auf meine Weise. Ich wollte mit einem gewissen Anstand aus dem Leben scheiden oder doch zumindest mit einer gewissen Aufmerksamkeit für das, was geschah, statt stummer Zuhörer eines großen Dramas zu sein, in dem Sall und Caroline sich darüber stritten, wie ich mich ihrer Meinung nach zu verhalten hatte. So war es über weite Abschnitte meines Lebens oft gewesen: Ich hatte keines der großen Ereignisse verpasst, hatte mich aber auch nie völlig anwesend gefühlt, während sie stattfanden. In jenen letzten paar Wochen nahm ich jedoch alles wahr. Fast als würde die Zeit mich plötzlich einholen und ich sähe mich selbst einen Brief öffnen oder eine Tasse Tee zubereiten, sähe mich von oben, wie ich diese alltäglichen Dinge erledigte und dabei ein seltsames Vergnügen empfand, obwohl ich nicht sagen könnte warum, es sei denn, weil es vielleicht das letzte Mal war, dass ich einen Brief öffnete oder mir eine Tasse Tee machte.

Mir fielen zudem Dinge draußen auf der Straße auf, Dinge, die ich tausendmal gesehen hatte und immer mit Vergnügen, ohne den Grund dafür zu kennen. Kleine, mein Leben lang schlicht als dumm abgetane Details und Einbildungen, die aber plötzlich wichtig wurden. Wie die Strecke auf dem Rückweg von Glasgow, wenn ich am Abzweig nach Larbert vorbeikam. Ich weiß nicht, wie oft ich es gesehen habe: ein blaues Straßenschild und eine sich in der Ferne verlierende Reihe Cherry-Cola-Straßenlampen: Larbert, A9. Schon seltsam, welches Vergnügen mir dieses Schild bereitete. Anlass, nach Larbert zu fahren, hatte nie bestanden. Es gab keine Touren in diese Richtung, aber vielleicht hat mir der Name ja gerade deshalb immer gefallen. Larbert. Das klang wie eine Stadt, in der die Teenagerjahre ewig währten, all die grauen Tage am Wasser und merkwürdig schmeckende Süßigkeiten, die im Mund prickelten und einen an die Möglichkeit von Sex glauben ließen. Nicht dass ich als Teenager viel über Sex gewusst hätte, abgesehen von dem wenigen, was ich aus Filmen kannte, und diesem seltsam angenehmen Unbehagen, das mich jedes Mal überkam, wenn Rita Compton meine Schwester besuchte.

Dergleichen ging mir durch den Kopf, als ich den Jungen sah, wenige hundert Meter tief im Wald, beim Einsetzen eines Wolkenbruchs. Es waren noch fünfzig Kilometer bis nach Hause, als das Unwetter begann, ein heftiger Graupelschauer, der später vielleicht in Schnee übergehen würde, vielleicht auch nicht. Es war schon so dunkel, dass ich die Scheinwerfer einschalten musste, aber als ich den Wald erreichte, unter die Buchen abtauchte, war es, als führe ich in ein kleines Theater; Lichter flackerten durchs Dunkel, der Wald schwarz und still wie eine Kulissenwand. Das hat mir am Wald schon immer gefallen, die Art, wie er mich plötzlich umschließt, fast als sollte eine Geschichte erzählt werden. Wie damals, als ich noch ein Junge war und der Ansager von *Listen with Mother* fragte: »Sitzt ihr auch bequem? Dann will ich anfangen.« Meist war die Straße leer, nur gelegentlich ein Scheinwerferpaar – kein Mensch, nicht einmal ein Auto, nur ein Lichteffekt –, das in entgegengesetzter Richtung vorbeirauschte. An jenem Abend aber gab es noch jemanden in der Geschichte, wenn auch niemand aus einem der Kinderbücher, die ich kannte.

Erst glaubte ich, es sei eine Frau. Hätte ich das nicht geglaubt, hätte ich vielleicht nicht angehalten. Jedenfalls sah er aus wie eine Frau: ein schwarzes Kleid, kein Mantel, Netzstrümpfe, hochhackige Stiefeletten, schulterlanges, gewelltes Haar. Sie ging langsam, hatte fast das Ende der kurzen Buchenallee erreicht, und ich konnte nicht viel erkennen, doch als die Scheinwerfer sie erfassten, drehte sie sich um, und ich sah, dass etwas an ihr eigenartig war, seltsam schwer. Nicht dass ich auf Anhieb einen Jungen in ihr vermutet hätte. Es war dunkel, es regnete, und als ich sie dann besser sehen konnte, lenkten mich die blauen Flecke in ihrem Gesicht ab: die Flecken, das zerzauste Haar, das Dunkle am rechten Bein, das wie Blut aussah, kurz unterm Saum ihres Kleides.

Ich nahm selten Tramper mit. Früher hatte ich es öfter getan und die Unterhaltung genossen, meistens jedenfalls. Nicht immer, aber doch so oft, dass es sich lohnte. In letzter Zeit zog ich es allerdings vor, in der Fahrerkabine allein zu sein, nur mit meinen eigenen Gedanken zur Gesellschaft. Wenn ich auf den schmalen Straßen, die nach Perth führten oder nach St Andrews, im Dunkeln nach Hause fuhr und mich anhand eigener Orientierungshilfen an den Weg erinnerte, an den Hecken und Trockenmauern und den Lücken dazwischen, die andere gar nicht bemerkten, dichtem Ilexgebüsch oder dem Licht der Laternen, wenn ich durch eine Stadt fuhr, dann begriff ich an manchen Abenden mit einem Gefühl angenehmer Überraschung, dass ich mir gefiel, wie ich war, dass ich mein Leben mochte und dass es mir zugleich nicht viel ausmachte, es aufgeben zu müssen. Ich war über das Stadium hinaus, in dem ich auf meinen Touren Gesellschaft angenehm fand; und ich muss zugeben, dass ich auch an jenem Abend kurz erwog, einfach weiterzufahren, selbst nachdem mir die Wunde an ihrem Bein aufgefallen war. Ich brauchte keinen Ärger, und alles, was nicht zum üblichen Ablauf gehörte, fand ich mittlerweile unnötig kompliziert. Trotzdem wurde ich langsamer und hielt neben ihr – immer noch in dem Glauben, die Person an der Straße sei eine Frau, womöglich eine Frau in Not –, nur um wenigstens nachzufragen, ob alles in Ordnung sei. Ich kurbelte das Fenster herunter und beugte mich zur Beifahrerseite vor. »Sie sehen aus, als hätten Sie Ärger gehabt«, rief ich und bemühte mich, den Motorenlärm zu übertönen, zugleich aber nicht so laut zu rufen, dass ich sie vielleicht erschreckte.

In dem Moment, da ich auf die Bremse drückte, blieb sie stehen – und erst jetzt sah ich, dass sie keine Frau war. Sie blickte auf, und alles an ihr bestätigte meinen Eindruck: die Art, wie sie dastand, das Dunkle in ihrem Gesicht, die Schwere. Es war ein Junge, keine Frau. Auch kein Mann, nur ein Junge, achtzehn, zwanzig, eher gedrungen und überhaupt nicht feminin. Als er zu mir aufblickte, sah ich trotz feuchtem Make-up und zerlaufener Wimperntusche die Angst in seinem Gesicht, eine Angst, die er verbergen wollte, was ihm aber nicht ganz gelang. »Alles gut«, sagte er, blieb aber stocksteif stehen, wartete.

»Wohin wollen Sie?«, fragte ich, stellte den Motor ab und versuchte, mir meine Überraschung nicht anmerken zu lassen.

»Nach Hause«, sagte er und murmelte dann noch etwas, was ich nicht verstehen konnte.

»Wie war das?«

Er schüttelte den Kopf. Er schien verzweifelt, doch war ich mir nicht sicher, ob er verzweifelt darauf hoffte, dass man ihm half oder darauf, dass man ihn in Ruhe ließ – zumindest war ich mir unsicher, bis er den Mund aufmachte. »Mir geht es gut«, sagte er.

Da wusste ich, er wollte mir vertrauen, zumindest so weit, dass er sich wohlbehalten von mir nach Hause bringen lassen konnte. Ich wusste aber auch, dass er niemandem vertraute, jedenfalls nicht in diesem Moment. »Tja«, sagte ich. »Ich heiße Bill Harley. Ich fahre Melasse aus, bin nach einer langen Tagestour auf dem Weg nach Hause, und es ist bald Weihnachten, also werde ich Sie nicht hier im Dunkeln stehen lassen.«

Irgendwas machte da in ihm Klick. Vielleicht fand er es komisch, dass ich Melasse erwähnte, jedenfalls schien etwas in ihm nachzugeben. Er trat näher an den Laster heran und versuchte, ins Innere zu sehen. »Ich bin auch auf dem Weg nach Hause«, sagte er. »Ist gleich die Straße runter.« Er schaute mir ins Gesicht. »Mir geht es gut«, sagte er noch einmal, klang jetzt aber weniger überzeugend.

»Ach kommen Sie«, sagte ich. »Tun Sie sich selbst einen Gefallen. Ich fahre Sie nach Hause, und Sie haben Zeit, sich ein bisschen zurechtzumachen.« Ich öffnete die Beifahrertür.

Der Junge nickte. Wahrscheinlich hatte er das Für und Wider abgewogen und war zu dem Schluss gekommen, dass er das Risiko eingehen konnte. Vielleicht war er aber auch darüber hinaus, sich Sorgen zu machen, und konnte einfach der Aussicht auf Schutz vor dem Regen nicht widerstehen. »Na gut«, sagte er. »Sehr freundlich von Ihnen.«

Ich nickte und wartete, während er auf den Beifahrersitz kletterte. Das Kleid und die hochhackigen Schuhe, die, wie ich annahm, für ihn ungewohnt waren, machten es ihm nicht gerade leicht, aber schließlich saß er und zog die Tür zu. Im goldenen Licht der Deckenlampe sah ich kurz zu ihm hinüber, dann ließ ich so beiläufig wie möglich den Motor an. »Nun«, sagte ich ein wenig lauter, damit er mich trotz des Lärms verstehen konnte. »Wo soll's denn hingehen?«

»Coaltown?«

Ich nickte und lenkte auf die Fahrbahn zurück. Bis dahin waren es gut dreißig Kilometer, nicht gerade nur die Straße runter, aber es lag auf dem Weg.

»Sie kennen die Stadt?«

»Hab früher da gearbeitet«, sagte ich. »Lange her.«

»Tja«, sagte er. »Sie werden merken, da hat sich nicht viel verändert. Das kann ich Ihnen garantieren.«

»Glaub ich gern«, sagte ich und löste die Handbremse. Dabei fiel mein Blick auf die Schnittwunde an seinem Bein. Sie sah übel aus, blutete aber nicht mehr. Dreck klebte an Beinen und Händen, die Netzstrümpfe waren schmutz- und blutverkrustet. Und sein Gesicht sah ziemlich zugerichtet aus, so, als hätte er mehrere Faustschläge abbekommen. Ich wandte mich ab und sah wieder auf die Straße, spürte aber, dass ihm mein Blick nicht entgangen war.

»Ist nichts weiter«, sagte er, »nur ein paar Kratzer und Schrammen.«

Ich schüttelte den Kopf. »Ist ein bisschen mehr als das.«

Er stieß ein kurzes, trocknes Lachen aus, so, als hätte ich einen Witz auf seine Kosten gemacht. »Schätze, das stimmt«, sagte er – und da war etwas mit seiner Stimme, nicht dass er lallte, doch die schwere Zunge verriet mir, dass er was eingeworfen hatte.

»Tja«, sagte ich, »geht mich auch nichts an, aber da ist ein Erste-Hilfe-Kasten.« Ich wies mit dem Kopf nach hinten. »Bedienen Sie sich, wenn Sie wollen.«

»Mir geht's gut«, sagte er, »trotzdem danke.« Er warf mir einen raschen Blick zu, ehe er wieder beiseitesah. »Hab schon Schlimmeres durchgemacht.«

»Ehrlich?«

»So lauten nun mal die Spielregeln«, sagte er. »Ist nicht so übel, wie es aussieht. Bin nur auf der falschen Party gewesen.« Er sah zum Seitenspiegel nach draußen. »War wohl ein Fehler, sich für den Aileen-Wuornos-Look zu entscheiden.«

Ich musste einen Moment nachdenken, ehe ich darauf kam, dass er von dieser amerikanischen Serienmörderin sprach, und er sah mir an, dass ich den Namen kannte, denn er lachte wieder, lauter diesmal und etwas selbstsicherer.

»Keine Sorge, Bill«, sagte er. »Ich habe keine Waffe dabei.«

Darüber musste ich lächeln. »Tja«, sagte ich. »Da bin ich aber froh.«

Er lachte wieder, diesmal ein gut gelauntes, herzliches Lachen, und plötzlich freute es mich, dass ich angehalten hatte. »Und?«, fragte er. »Wohin sind Sie unterwegs, Bill Harley?«

»Nach Hause«, sagte ich und merkte auf einmal, dass ich nicht an Zuhause denken wollte, jetzt jedenfalls nicht. Ich wollte weiter unterwegs sein, an einem Winterabend auf der Straße ohne Ziel, wollte Zeit mit jemandem verbringen, den ich nie wiedersehen würde.

»Ach ja«, sagte er. »Nach Hause.« Einen Moment lang hing er dem Wort nach, ehe er weitersprach. »Ist bald Weihnachten.«

»Ja, dauert nicht mehr lang.« Ich sah zu ihm hinüber; er beobachtete mich, aufmerksam, studierte mich, suchte wohl nach etwas, wovon er glaubte, ich wolle es verborgen halten – und mit einem Mal musste ich an Caroline denken, daran, dass sie mich manchmal, als sie noch jünger gewesen war, so beobachtet und auf einen Hinweis gehofft hatte, der ihr verriet, was hinter der Fassade lag, die ich ihrer Meinung nach so angestrengt aufrechterhielt. Vielleicht war es diese Erinnerung, die mich sagen ließ, was ich als Nächstes sagte und was mich selbst genauso wie den Jungen überraschte. Ich sagte es nicht sehr laut, sagte es eigentlich auch nicht zu ihm, sagte es aber laut genug, um trotz Motorenlärm verstanden zu werden. »Ein letztes Mal Weihnachten«, sagte ich. »Sollte lieber das Beste draus machen, oder?«

Ich hatte nicht vorgehabt, das zu sagen, aber ich bereute es auch nicht. Nur war mir nicht danach, es weiter auszuführen, jetzt, da es gesagt war – und ich glaube, das hatte er verstanden, denn nachdem er mir Zeit genug gelassen hatte, dem Gesagten noch etwas hinzuzufügen, ließ er es ohne ein weiteres Wort auf sich beruhen, und wir fuhren schweigend weiter, starrten von unseren unterschiedlichen Plätzen in die verregnete Dunkelheit, die Gesichter nur gelegentlich erhellt, wenn ein Auto in die entgegengesetzte Richtung fuhr. Wir kamen langsam voran, aber die Stille machte mir nichts aus; wenn überhaupt, dann fühlte sie sich fast angenehm an, so, als hätte man einen Beifahrer und wäre doch allein. Irgendwann aber nahm der Junge das Gespräch wieder auf, begann jene Art bedächtiger, zielloser Unterhaltung, zu der es zwischen einander wohlgesinnten Menschen kommt, die sich nicht besonders gut kennen: über Fußball – was mich überraschte, obwohl es eigentlich gar nicht so überraschend war – und über einen Dokumentarfilm, den er gesehen hatte. Es hätte sonst wer mit mir im Lkw sitzen können, zumindest zu Beginn, dann aber fing er an, über andere Sachen zu reden, meist über Unwichtiges aus seiner Schulzeit, und auch wenn lustig war, was er erzählte, wusste ich, dass es eigentlich um etwas anderes ging, um eine Geschichte über sich selbst, die er gern losgeworden wäre, nicht weil er es unbedingt musste, sondern weil sie interessant war. Wie etwa die Erinnerung an den Schulatlas, den er für den Erdkundeunterricht bekommen hatte, daran, wie gut es ihm gefiel, dass die Welt vollständig kartografiert war, all die Farben, Linien und Grenzen, so präzise und perfekt, eine Welt, in der man gern leben mochte, eine gänzlich fiktive Welt, in der nichts und niemand verloren gehen konnte, da jedermann und alles an einen bestimmten Platz gehörte. Das gefiel mir, solang es währte, teils weil es sich neu anfühlte, auf diese Weise unterwegs zu sein, mit einem Jungen im Kleid, einem Jungen mit zerlaufenem Make-up, vor allem aber weil ich es so angenehm fand, ihn an meiner Seite zu haben. Als wir schließlich den Abzweig nach Coaltown erreichten, beugte er sich leicht vor. »Wenn Sie mich dann hier rauslassen könnten«, sagte er.

Ich schüttelte den Kopf. Ich wollte ihn nicht einfach im Dunkeln auf irgendeinem nichtssagenden Straßenabschnitt aus dem Laster lassen. »Ich fahre Sie bis vor die Tür«, sagte ich. »Ist kein Problem.«

»Danke, Bill«, sagte er, »aber nehmen Sie es mir nicht übel, von hier aus würde ich lieber zu Fuß gehen.« Er sah mich an, und selbst aus den Augenwinkeln merkte ich ihm an, dass er hoffte, mir damit nicht wehzutun.

»Ist okay«, sagte ich, bog von der Hauptstrecke ab und fuhr noch einige hundert Meter in Richtung Küste, ehe ich anhielt.

»Danke.«

»Nicht der Rede wert«, sagte ich.

Er griff nach der Tür, als wollte er gehen, dann wandte er sich um und lächelte, ein Lächeln, das weniger mir als etwas galt, woran er gerade gedacht hatte. »Es ist nicht so, wie Sie denken«, sagte er. Ich wand mich innerlich, fast als würde er gegen zuvor vereinbarte Regeln verstoßen und wollte mir ein Geheimnis anvertrauen, das ich besser nicht kannte. »Die meiste Zeit macht es mich froh, wie die Dinge sind«, sagte er. Es war, als würde er sich an jemand anderen richten, wollte versuchen, ihn davon zu überzeugen, dass das, was er sagte, der Wahrheit entsprach. Jemand anderen oder sich selbst, vielleicht ein bisschen auch alle beide. »Diese Frage in Ihrem Kopf«, sagte er, »die können Sie ebenso gut vergessen.«

Ich nickte, erwiderte aber nichts. Ich wollte wirklich kein Aufheben darum machen, selbst wenn es eine Frage in meinem Kopf gäbe, da es bestimmt nicht jene Frage war, von der er annahm, dass ich sie stellen wollte. Ich musste nichts über sein Leben wissen, nichts über seine sexuelle Orientierung, über das, was er gern machte oder was auch immer. Und schon gar nicht wollte ich wissen, auf welcher falschen Party er gewesen war oder wie er sich die Kratzer und blauen Flecken zugezogen hatte. Etwas in mir war auf ihn neugierig, vor allem auf seine Zufriedenheit, da ich glaubte, er wollte, dass ich fand, er sei zufrieden, und ich fragte mich, warum ihm das wichtig war. Vielleicht überraschte mich auch nur, dass er fähig war, zufrieden zu sein – und vermutlich war das der Grund, warum ich die Frage stellte, die er meiner Meinung nach von mir hören wollte. Obwohl wir uns erst so kurz kannten, mochte ich ihn nämlich, und ich wollte ihn in Sicherheit wissen. Meine Frage war eine Art Ersatz, fürchte ich, für all die anderen Fragen, jenen nach Glück und nach Alleinsein und dem Sicher-nach-Hause-Kommen. Zugleich war sie ganz unwichtig. »Wissen Sie eigentlich, was Sie tun?«

Der Junge lachte. »Nein, nie«, sagte er mit ein wenig zu viel Nachdruck. »Aber, Bill, man muss immer so tun, als ob.« Einen Moment lang sah er mich an. »Tut man das nicht«, sagte er, »ist man verloren.«

Ich hatte keine Ahnung, wovon er redete, verstand ihn aber dennoch. Was er meinte, war, dass er nicht anders konnte. Er konnte nicht anders, ebenso wenig wie alle anderen. »Tja«, sagte ich. »Passen Sie auf sich auf.« Das klang ein bisschen lahm, aber er wusste natürlich auch diesmal, was ich damit meinte.

Er ließ sich vom Beifahrersitz herab und wandte sich zu mir um. »Sie auch, Bill«, sagte er, und als er erneut meinen Namen sagte, fiel mir plötzlich auf, dass ich seinen nicht kannte. »Schöne Weihnacht.«

»Ihnen auch«, erwiderte ich, legte einen Gang ein, löste die Handbremse und fuhr los, ließ ihn im sanften, dunklen Schneeregen hinter mir zurück. Ich sah nicht in den Spiegel, sah also nicht, was er als Nächstes tat, und erst als ich einige Kilometer weit gefahren war, wurde mir klar, dass er überhaupt nicht über sich selbst geredet, dass er mir nur etwas zurückgegeben hatte; und das nicht rechtzeitig verstanden zu haben tat mir leid, aber es freute mich auch, denn da draußen, auf der Straße, in der Kälte, ist jedes Geschenk besser als nichts.

Nachdem ich ihn abgesetzt hatte, klarte es ein wenig auf, und die nächsten fünfzehn Kilometer legte ich im Handumdrehen zurück. Mir gefiel dieses letzte Stück, eine Weile führte die Straße direkt an der Küste entlang, das Meer weit und leer im Süden, die Felder und die flachen, hier und da mit den Lichtern von Bauernhöfen und fernen Cottages gespickten Hügel. Als ich abbog und die An- höhe nach Hause nahm, hatte der Schneeregen gänzlich aufgehört; wenige Kilometer später kam mein Dorf in Sicht, kaum mehr als eine Reihe Häuser, die sich eine Landstraße entlanghangelten, eine kurze Ablenkung auf dem Weg nach irgendwo. Das Licht hier fand ich seit jeher trüber und bräunlicher als das märchenhafte Silberlicht, das ich von der High Road sah, und manchmal, wenn ich spät heimkehrte, kam mir der Gedanke, dass ich diesen Ort zu gut kannte. Ich kannte all seine Geschichten. Ich wusste, was die Menschen hinter diesen Fenstern taten. Ich konnte die Tische mit den Resten des Abendessens sehen, die steinernen Spülküchen, die schmutzigen Stiefel auf der Türmatte, die Häufchen frisch ge- öffneter Briefe auf der Anrichte, die stummen Bewohner in der Küche, in den zerschlissenen Sesseln vor dem Fernseher.

Ich stellte den Laster auf dem Parkplatz gegenüber von mei- nem Cottage ab, nahm die Seitenpforte und ging durch den Gar- ten zur Hintertür, die nie abgeschlossen wurde. Es war still im Haus, fast dunkel, nur im Esszimmer brannte Licht, ein Raum, den wir kaum nutzten, da wir es vorzogen, in der animalischen Wärme der Küche zu essen. Allerdings überraschte es mich nicht, dass Sall im Esszimmer saß, denn dort bewahrten wir auf, was für sie das wahre Leben ausmachte, das gute Porzellan, die Familien- alben, die gerahmten Bilder aus jenen Tagen, die sie vermutlich für ihre besseren Zeiten hielt. Ich öffnete die Hintertür und ging so leise ich konnte durch die Küche – leiser in diesen letzten Mona- ten als je zuvor, fast als hätte die Aussicht auf den nahen Tod eine

Behutsamkeit in mir zutage gefördert, die ich nie vermutet hätte – und ich sah Sall im großen Sessel vor dem Kamin schlafen, auf dem Boden zu ihren Füßen eine Zeitschrift, im Schoß eine leere Tasse. Wie sie da schlief, so ungeschützt, den Kopf weit zur Seite geneigt, sah sie alt und müde aus, aber wenigstens schienen die Sorgen verschwunden zu sein, die ihr sonst ins Gesicht geschrieben waren, und wie ich da stand und sie ansah, kam mir der Gedanke, dass sie träumte. Ich wusste, sie würde ärgerlich werden, wenn sie wach wurde und feststellte, dass ich nach Hause gekommen war, während sie schlief, trotzdem blieb ich noch einen Moment länger stehen, sah ihr beim Träumen zu und fragte mich, wie sie den Tag verbracht, was sie gedacht, was sie getan hatte. Bald aber wurde es mir unangenehm, sie so zu beobachten, und ich ging weiter zur Küche und ließ sie schlafen.

Es war jetzt kälter als zuvor, doch hatte es aufgeklart, und direkt über dem Garten schob sich aus den Wolken ein heller Mond, eisig und weiß in einen Pfuhl indigoblauen Himmels. Ich setzte den Kessel auf, ging nach draußen auf die Terrasse und blickte über die Felder zur Baumgruppe und zur langen Steinmauer, die, wie ich wusste, in der Dunkelheit gleich dahinter aufragte, schwarz und unabweisbar massiv. Es war nahezu völlig still: Von Zeit zu Zeit bellte ein Hund am Ende der Straße, oder eine gelegentliche Bö verfing sich in der Buchenhecke hinter Salls Blumenbeet; und dann, ein, zwei Augenblicke später, begann der Kessel leise zu singen, und noch während ich spürte, wie mir die Stille entglitt, versuchte ich, alles einzufangen, in mich aufzusaugen, ehe Sall aufwachen und ich nicht länger allein sein würde. Dies hier war mein Leben, dies die Zeit, in der ich am ehesten ich selbst war: in diesen halben Stunden hier oder dort, wenn ich mich allein im Haus fühlte oder während jener flüchtigen Augenblicke auf der Straße, wenn ich ein Tor öffnete und über einen leeren Hof fuhr, mir selbst ein Fremder in der Stille des Nachmittags. Die beste Zeit des Tages war die Morgendämmerung, wenn ich aufstand und in die kühle, graue Küche hinunterging, zum dunklen Garten, der wartend vor der Tür lag wie ein neugieriges, vom Feld hereinstreunendes Tier, eine beiläufige Anteilnahme im aufkommenden Licht, das bereit schien, mich einzuschließen, wie es auch alles andere in seine sanfte, fremde Stille einschloss. Das waren die besten Momente, denn ich wusste, Sall würde im Bett bleiben, bis ich ging, ob wach oder nicht – Augenblicke wie heute Abend waren jedoch fast genauso gut. In letzter Zeit passierte es häufiger, dass ich nach Hause kam und wusste, Sall würde schlafen, irgendwo, auf dem Boden die Zeitschrift, in der sie gelesen hatte, auf dem Beistelltisch eine kalte Tasse Tee. Es war, als würde ich in ein anderes Haus heimkehren, an einen Ort voller Geheimnisse, die Kindheit noch da, intakt in den grünen Schatten unter der Treppe. Erste Liebe auch – nein, nicht Sall, auch wenn ich nie jemand anderen gekannt habe, nicht so wie sie. Nein: Wenn mich dreißig Jahre Ehe und Aufziehen eines Kindes etwas gelehrt hatten, dann, dass alles, all die Weihnachten und Geburtstage, all die Missgeschicke und Missverständnisse, dass so gut wie nichts gemeinsam durchlebt worden war. Was geschehen war, war jedem von uns allein geschehen, und anschließend fühlte es sich zumindest für mich seltsam abstrakt an: eine aus Fotoalben und Samstagsmatineen rekonstruierte Ehe, eine Liebe, die nie ganz wahr wurde, eine Reihe anderer Leben, in denen ich eine Zeit lang eine Rolle spielte, die dann aber scheu entflohen wie ein Tier, sobald man eine falsche Bewegung macht und es daran erinnert, wer man wirklich ist.

Der Kessel pfiff, und ich spielte mit dem Gedanken, ihn pfeifen zu lassen, damit Sall aufstand und die Gasflamme abdrehte. So könnte ich vorgeben, ich hätte sie nicht schlafen gesehen, denn das fühlte sich zu nah an, fast als würde ich Regeln brechen, die wir in jahrelangem Bemühen aufgestellt hatten, die Regeln unseres Systems kleiner Aufmerksamkeiten, Vermeidungen und bedächtiger, flüssiger Gespräche, die tagelang andauerten, Aufgeschnapptes und Neues aus dem Dorf, das beim Essen oder bei einer Tasse Tee ausführlich gewendet wurde, um die verwirrende Stille zu vertuschen, die uns befallen hatte. Manchmal war das peinlich, aber es funktionierte und war besser als jede der möglichen Alternativen. Einen Moment lang dachte ich an den Jungen auf der Straße und fragte mich, ob es für ihn je so sein würde, ob er je nach Hause kommen und jemanden antreffen würde, schlafend im Sessel, jemanden, an dem ihm etwas lag, den er aber nicht länger liebte. Ich glaube, es war ein zärtlicher, kein trauriger oder sentimentaler Gedanke, und er hatte auch nichts mit Tod zu tun. Es war einfach nur ein Gedanke, der mir durch den Kopf ging, während ich darauf wartete, dass der Kessel zu pfeifen aufhörte.

Nur hörte er nicht auf, und nach einer Weile ging ich wieder ins Haus, um den Herd auszuschalten. Und in ebendiesem Moment kam Sall in die Küche, mit verquollenen Augen und einem seltsam entrückten Blick im Gesicht. Sie schien überrascht, mich zu sehen, als hätte sie den Kessel gar nicht gehört, sondern sei gerade erst in einem Haus aufgewacht, in dem sie allein zu sein glaubte – und zum ersten Mal kam mir der Gedanke, wie schwierig es für sie sein würde, dass ich als Erster starb.

»Du bist zurück«, sagte sie, und es klang wie ein Vorwurf. Sie sah zur Uhr, sagte aber nichts weiter.

»War eine lange Tour«, sagte ich. »Bin gerade erst zur Tür rein.«

Sie nickte. »Ich hab nichts gekocht«, sagte sie. »Ich wusste nicht, wann du kommst.«

»Kein Problem«, sagte ich. »Ich bin nicht hungrig.«

Sie warf mir einen raschen, besorgten Blick zu. »Aber du musst doch was essen.«

»Ich esse später vielleicht ein Omelett«, sagte ich. »Ich koche gerade Kaffee. Willst du auch eine Tasse?«

»Lass mich den machen«, erwiderte sie. »Setz dich, du hast einen langen Tag hinter dir.«

Ich nickte, rührte mich aber nicht. Die Tür stand noch offen, gerade weit genug, dass ich die Kälte draußen riechen konnte, und ich hörte den Hund bellen – jetzt offenbar weiter fort, irgendwo am dunkleren Ende der Straße, die an unserem Haus vorbei in die Hügel führte, vorbei an den goldenen Lichtern der Höfe und Molkereien, an den schmalen Schafspfaden durch den Ginster, wo es vielleicht schon schneite, richtig schneite diesmal, kein Schneeregen mehr, Schnee, wie er fiel, als ich durch die Wälder gefahren war und den Jungen traf. Für den Bruchteil einer Sekunde – nicht länger – wollte ich zurück in den Laster, wollte hinaus in die Dunkelheit, mitten hinein in den beginnenden Schneesturm, nur um allein dort draußen zu sein, so wie der Junge allein im Wald gewesen war. Doch noch während Sall mich neugierig ansah, vielleicht auch ein wenig verängstigt, gab ich den Gedanken auf und ging ins Wohnzimmer, in dem die Vorhänge bereits zugezogen waren und die Nacht nichts weiter schien als eine Geschichte, die man sich am warmen Feuer erzählt. Leise dudelte im Hintergrund das Radio, weshalb die Welt sich vertraut anfühlte und mir mehr oder minder so glücklich schien wie die Zukunft, die möglich war, wenn man nicht ans Sterben dachte oder an jene pastellfarbenen Karten im Kinderatlas, denen man unwillkürlich vertraute, obwohl man wusste, dass sie nicht länger bedeuteten, was sie besagten.

So etwas wie Glück

Das erste Mal traf ich Arthur McKechnie, als er mit einigen Schecks an meinen Schalter trat. Ich hatte gerade erst in der Bank angefangen, kam frisch aus der Schule und war wohl auch ein bisschen nervös, aber mir gefiel, wie er sich benahm, höflich und wortgewandt, was mehr war, als ich von einigen anderen Kunden behaupten konnte. Am Ende unserer ersten, fast wortlosen Transaktion hatte ich für mich bereits entschieden, dass er ein bisschen *zu* anders war, einer dieser Männer, die zu lange über Dinge nachdachten, die sonst niemanden störten, oder er achtete kaum auf andere Leute, weshalb er nicht mal ahnte, wozu sie fähig waren, wenn es hart auf hart kam. Wie er mit dem Stift in der Hand dastand und ganz ungeniert mein ans Revers geheftetes Namensschild las, hätte ich ihn am liebsten aus seinem kleinen Traum wachgerüttelt.

Sein Name fiel mir natürlich gleich auf, sobald er mir den Einzahlungsbeleg gab. Arthur McKechnie. Jeder kannte die McKechnies, und fast alle wussten, was für eine üble Sippschaft sie waren; ich kannte sie außerdem, weil meine Schwester Marie mit dem schlimmsten der McKechnies ging. Immer wieder wurde Marie gesagt, dass Stan McKechnie nichts für sie sei, aber das war ein Fehler, denn die geballte Kritik sorgte nur dafür, dass sie erst recht zu ihm hielt. Außerdem sah Stan gut aus, zumindest wenn man nicht allzu genau hinschaute. Anders als dieser Arthur, bei dessen Anblick man hätte glauben können, er sei aus einem Baukasten zusammengesetzt worden, nichts als Kanten und Chaos, die Augen seltsam schräg und ein Mund, als wäre der noch nicht ganz fertig, fast wie von einem Kind gezeichnet. Ich wusste nicht, dass er Stans kleiner Bruder war. Einen Arthur hatte Marie nie erwähnt, obwohl sie es doch immerzu mit McKechnies Schwestern hatte. Wie wir alle. Manche Leute behaupteten, die Schwestern seien schlimmer als ihre Brüder, wenn auch nur, weil sie attraktiv waren und immer gut anzogen. Kannte man sie nicht schon von früher, wurde einem erst zu spät klar, wozu sie in der Lage waren. Bei Stan wusste man das auf Anhieb, egal, wie sehr er sich herausputzte. Sein Gesicht verriet eine Brutalität, die man einfach nicht übersehen konnte, falls man nicht Marie hieß und sie übersehen wollte.

Arthur redete nur wenig. Er reichte mir Geld und Einzahlungsschein; und dann, kaum war der Vorgang abgeschlossen, nahm er den Zahlungsbeleg und schrieb sorgsam und ohne auch bloß den Versuch, verbergen zu wollen, was er da tat, den Namen von meinem Schild ab. Er war ein langsamer Schreiber und hielt den Stift auf merkwürdige Art, nämlich in den ersten beiden Fingern der linken Hand. Mit gekrümmtem Arm malte er in Großbuchstaben: FIONA, PRAKTIKANTIN. Ihn schien nicht zu stören, dass ich sehen konnte, was er tat. Und als er fertig war, blickte er auf und nickte.

»Gibt es sonst noch etwas, was ich heute für Sie tun kann?«, fragte ich, wobei ich nicht genau wusste, ob ich lachen oder mich ärgern sollte.

Er schüttelte den Kopf und antwortete in sanftem Ton: »Nein danke, heute nicht«, mit einer seltsamen, fast suggestiven Betonung auf »heute«. Dann lächelte er, ein knappes, geheimniskrämerisches Lächeln, das aber nichts Boshaftes verriet; und ich sah ihm an, dass nichts an dem, was er gerade getan hatte, ihm irgendwie seltsam vorkam. Er war weder verschlagen noch unhöflich, hatte einfach nur meinen Namen auf den Zahlungsbeleg geschrieben, fast wie ein Kind und aus Gründen, die nichts mit jemand anderem zu tun hatten.

Ich wollte etwas sagen, fand aber nicht die richtigen Worte. Also schüttelte ich nur kaum merklich den Kopf und richtete meinen Blick auf den nächsten Kunden in der Schlange. Arthur McKechnie wandte sich zum Gehen, im Gesicht dieses eigenartige leise Lächeln, ein Lächeln, dem ich schon damals anmerkte, dass es nicht nur einen Hinweis auf ein geheimes Glück enthielt, sondern auch auf Arthur McKechnies unweigerlichen Untergang. Ich will damit nicht behaupten, ich hätte gewusst, wie der aussehen würde oder gar, dass ich eine bestimmte Vorahnung gehabt hätte. Weiß Gott, allen Menschen droht der Untergang, und für die meisten Menschen in dieser Stadt kam er eher früher als später. Dennoch, ich habe was Ungewöhnliches an ihm bemerkt, und heute tut es mir leid, dass ich dem nicht mehr Gewicht beigemessen habe.

Als ich an jenem Abend heimkehrte, fragte ich Marie nach Arthur. Sie war mit den Gedanken woanders, machte sich fertig, um mit Stan auszugehen, weshalb ich annahm, dass sie gar nicht auf meine Frage eingehen würde, aber sie hörte auf, sich zu schminken, saß da und musterte mich im Spiegel, der Eyeliner auf halbem Weg zum Auge.

»Arthur?«, fragte sie. »Was um Himmels Willen hast du denn mit *dem* zu tun?«

»Er kam heute in die Bank«, sagte ich.

»Ach ja?« Sie ließ die Hand sinken und verzog das Gesicht. »Tja, verguck dich bloß nicht in *den*. Stan sagt, er sei ein Spinner.«

»Aber wer ist er denn überhaupt?«, fragte ich und hob ein paar Kleider auf, die in ihrem Zimmer herumlagen. Ich räumte Marie immer noch hinterher, obwohl wir längst nicht mehr in einem Zimmer wohnten.

»Na ja, er ist vor allem erst mal Stans Bruder«, erwiderte sie, »aber Stan ist gerade echt sauer auf ihn.«

»Aha.« Ich faltete ihren taubenblauen Pullover zusammen und legte ihn in die Kommode. »Und warum?«

»Hat irgendwas mit Geld zu tun«, sagte sie und sah mir zu, wie ich ihre Schmutzwäsche einsammelte. »Wieso? Du bist doch nicht etwa scharf auf ihn, oder?«

Ich schnaubte verächtlich. »Natürlich nicht«, sagte ich. »Du hast nur noch nie erwähnt, dass Stan einen Bruder hat.«

»Tja.« Ein besorgter Ausdruck huschte über ihr Gesicht. »Gibt auch nicht viel über ihn zu sagen. Anfangs fiel er mir kaum auf. Wenn ich zu denen gehe, ist er meist nicht da. Und wenn doch, dann hockt er in einer Ecke und liest.« Allein bei dem Gedanken daran überlief sie ein Schauder. »Stans Alter behauptet, er sei kein echter McKechnie, sagt, Margaret hätte ihn sicher von irgendeiner Zigeunerin, die sie vorm Spritladen getroffen hat.« Sie kümmerte sich wieder um ihr Make-up. »Wer weiß, könnte sogar stimmen. Ich meine, er ist so ganz anders als Stan.«

»Und warum ist Stan sauer auf ihn?«

Marie schüttelte den Kopf. »Frag mich was Leichteres«, sagte sie. »Aber egal, ich muss mich beeilen. Bin spät dran.«

Ich sah ihr zu, wie sie ihrem Gesicht den letzten Schliff verlieh. Sie war nicht schön, aber sie bemühte sich. Seit drei Jahren arbeitete sie in der Keksfabrik, und obwohl sie es nie zugeben würde, war sie eifersüchtig auf mich, weil ich bei der Bank angestellt war, was in ihren Augen hieß, dass ich eine Zukunft hatte. Natürlich konnte ich Marie nicht sagen, dass mir diese Zukunft nicht so viel bedeutete, wie sie vielleicht glaubte. Sicher, es war eine gute Stelle, und alle Welt meinte, ich solle dankbar sein, denn die meisten Mädchen aus meinem Milieu hatten überhaupt keine Aussichten, schufteten acht Stunden am Fließband. Ständig hieß es, wie glücklich ich mich schätzen könne, fast als hätte ich beim Lotto gewonnen oder so. »Wo wollt ihr überhaupt hin?«, fragte ich.

Sie stand auf und drehte sich einmal kurz im Kreis. »Keine Ahnung. Stan hat bestimmt sowieso kein Geld.«

»Tja«, sagte ich. »Dann sollte er sich vielleicht was von Arthur leihen.« Ich lächelte zuckersüß.

»Haha. Sehr witzig.«

In Herzensangelegenheiten hat Marie noch nie viel von mir oder von meinem Geschmack gehalten. Man könnte nicht ganz zu Unrecht behaupten, dass ich besser aussah, und die Lehrer in der Schule haben mich stets die Klügere genannt, aber dass es bei Jungs weniger um Verstand oder gutes Aussehen, sondern darum geht, die richtigen Signale auszusenden, ist schließlich kein Geheimnis. Noch bis vor Kurzem war ich mit einem Jungen namens Jack gegangen, als es aber mit ihm vorbei war, fühlte ich mich seltsam erleichtert, fast wie jemand, dem es erspart blieb, eine eher unbedeutende, doch zeitraubende Heuchelei fortzuführen. Ich bin nicht wie Marie. Ihr hatte die Idee der Liebe schon immer gefallen. Schon mit neun hatte sie einen Freund namens Tony Ross, der ihr zu Weihnachten und zum Geburtstag Karten schickte. Und während ihrer Teenagerjahre wurde sie von den Jungs ganz offensichtlich *gemocht*, und die haben sie hauptsächlich deshalb gemocht, weil es Jungs eben gefällt, gemocht zu werden. Für Marie war Intelligenz das Letzte, was bei Jungs zählte, die wenigen aber, die ich mit nach Hause brachte, konnten wenigstens ihren Namen schreiben und beherrschten das Einmaleins. Was sich von Stan nicht unbedingt behaupten ließ, und das war einer der Gründe, warum mein Vater einige Tage später mit Marie schimpfte, ehe er zu seiner Schicht in die Fabrik ging.

»Aus Stan McKechnie wird nie was«, sagte er auf seine typische Art, ruhig, aber entschieden. »Der hält's mit keiner Arbeit lange aus, kann mit Geld nicht umgehen und will immer nur was, ohne was dafür zu tun. Der kriegt auch noch irgendwann spitz, dass ihm die Welt nichts schuldet. Also lass die Finger von dem Jungen, hörst du?«

Marie wirkte immer ehrlich überrascht, wenn jemand schlecht von Stan dachte; die McKechnies, sagte sie dann, seien doch nun wirklich nicht die schlimmste Familie in der Siedlung, bei Weitem nicht. Stan hatte einfach nur Pech gehabt: Seine Mum starb, als er in einem sehr sensiblen Alter war, und seine Schwestern hatten ihn verwöhnt und verzogen. Sein Dad war ein ziemlicher Filou, das wussten alle, einer mit Hang zur Flasche, aber Stan gab sich ehrlich Mühe, und er hatte große Pläne. Er brauchte einfach nur eine Auszeit, mehr nicht. Natürlich war es traurig, sie so reden zu hören, und ich bin mir nicht sicher, ob sie selbst geglaubt hat, was sie da sagte. Tatsache war jedenfalls, dass sie Stan nicht den Laufpass geben konnte, nachdem sie sich einmal für ihn entschieden hatte. Sie wollte nicht zugeben müssen, dass sie einen Fehler gemacht hatte, und konnte auch nicht zulassen, dass man glaubte, sie würde dem Druck nachgeben. Selbst als Gerüchte über die Sache mit Bobby Curran aufkamen, weigerte sie sich zu glauben, dass Stan was damit zu tun hatte.

»Die Leute sollten nicht irgendwelche Geschichten verbreiten«, sagte sie. »Nicht, solange nicht alle Fakten bekannt sind.«

Wie sich dann herausstellte, waren die Fakten ziemlich eindeutig. Bobby Curran saß im *White Swan*, als Vincent Cronin mit seinen Brüdern reinkam. Seit sich Vincent und Bobby letzten Winter bei einem Weihnachtsfest im Suff wegen eines Motorrads gestritten hatten, waren sie sich spinnefeind. Jeder wusste, dass die Sache noch nicht ausgestanden war, aber passiert war nichts bis zu diesem Abend im *Swan*, sechs Monate später, als sie Bobby allein und halb besoffen in einer Kneipe antrafen, in der er sich normalerweise nicht blicken ließ. Die Cronins hatten zu viel Schiss vor Bobby, um es direkt mit ihm aufzunehmen, und selbst an jenem Abend, an dem sie drei gegen einen waren, haben sie erst nichts riskiert, da keiner von ihnen bewaffnet war. Sie konnten es nicht wie früher mal eben mit Fäusten und Stiefeln austragen, sie mussten bewaffnet sein. Und da Vincent gleich gegenüber wohnte, brauchten sie nur wen, der Bobby im Auge behielt und dafür sorgte, dass er nicht verschwand, während die Cronins zu Vincents Wohnung liefen, um sich Messer zu besorgen. Stan war derjenige, der bei Bobby blieb, während die Jungs sich vorbereiteten. Als Bobby dann zu den Toiletten rausging, gab er den Cronins ein Zeichen, und sie gingen hinterher.

Es war in Sekunden vorbei: Bobby bekam vermutlich nicht mal mit, wie ihm geschah. Die Cronins rannten raus, die Kleider blutverschmiert, und niemand hat versucht, sie aufzuhalten. Jim, der Wirt, verließ den Tresen und ging nach hinten, nachsehen, was passiert war. Er hat Bobby Erste Hilfe geleistet, während irgendwer die Polizei rief und die meisten Gäste sich verkrümelten, weil sie nicht warten wollten, bis die Gesetzeshüter eintrafen. Stan McKechnie war der Einzige, der blieb. Er sah die Polizei kommen, sah, wie der Leichnam rausgetragen wurde, und zuckte bei alldem nicht mal mit der Wimper. Niemand wusste, wer verbreitete, dass er seine Hände im Spiel gehabt hatte, und niemand hätte beschwören können, dass die Geschichte stimmte, aber alle glaubten daran – was bedeutete, dass nicht weiter wichtig war, ob sie stimmte oder nicht.

Es war Sommer, und es herrschte eine gnadenlose, gelbliche Hitze. Wegen der Fabrik war die Luft auch sonst nie so richtig klar, in diesem Jahr aber war sie besonders stickig und trocken und legte sich wie dünner Stoff auf Arme und Gesicht. Die Bank war angeblich vollklimatisiert, aber die Anlage funktionierte nicht einwandfrei, sodass ich am Ende des Tages nur noch rauswollte zu was Kühlem und mir die dicke Hitzegaze von der Haut waschen. Manchmal ging ich nach Hause, duschte, setzte mich vors halb offene Fenster und wartete auf die Nacht, während Marie sich mit Stan in der Stadt rumtrieb und meine Eltern auf Spätschicht in der Fabrik waren oder unten saßen und sich Gameshows ansahen. Manchmal aber ging ich auch zu dem alten Schwimmtümpel, der Badestelle, die jeder Twenty-Two nannte, und lag eine halbe Stunde oder länger im Wasser, schwamm eigentlich nicht, ließ mich nur treiben und hing in der Ahnung einer Kühle, die aus der Tiefe aufstieg.

Meist war ich allein, obwohl jeder die Stelle kannte; während der Schulzeit hatten wir oft die Wochenendnachmittage dort verbracht, zu fünft oder sechst, schwammen, redeten, rauchten Zigaretten, probierten die Liebe aus und Freundschaften, fast wie Teenager in einem Popsong oder einem Film, aber zum Essen waren wir immer rechtzeitig zu Hause; und die Abende verbrachten wir woanders, in Clubs oder Diskos, trugen Klamotten, von denen wir hofften, dass sie uns standen, und warteten darauf, von Jungs gesehen zu werden, Jungs, die wir vermeintlich gern hatten. Kein Mensch kam abends zum Twenty-Two, um zu schwimmen, dabei war das bei heißem Wetter die beste Zeit. Es gab in dem Tümpel eine Strömung, die sich niemand so richtig zu erklären wusste, eine unterirdische Strömung, vielleicht auch von einer Quelle tief unten – und sie war kalt und stark, eine geradezu animalische Kraft, die sich im Wasser drehte und bewegte. Ich hatte schon immer gespürt, wie etwas Lebendiges meine Haut zu streifen schien, aus der Tiefe aufstieg, um an meinen Beinen zu ziehen oder meine Füße zu umklammern. Es war mehr als bloße Oberflächenbewegung, ging einem bis ins Mark, eine Macht mit eigener Gestalt. Vielleicht war es ein riesiges Flusskraut, das unten in der kalten Strömung wogte, vielleicht lag es auch nur daran, wie sich die Schwerkraft im Wasser auswirkte, jedenfalls fühlte es sich wie was an, was mir exakt entsprach, das dieselbe Gestalt, dasselbe Gewicht, dasselbe Volumen hatte, und es war, als begänne dieses Etwas genau in dem Moment zu leben, in dem ich ins Wasser ging.

Die wenigen Male, da ich jemanden am Twenty-Two traf, fühlte ich mich betrogen, fast als würde ich zu Hause aus dem Fenster schauen und Leute sehen, die auf unserem Rasen ein Picknick veranstalten oder eine Flasche rumgehen lassen. Meist aber blieb ich allein. Ich ging gern gegen halb sieben, sieben hin, wenn Abendessenszeit war oder die Leute fernsahen, glitt ins Wasser und schwamm im Kreis, um mich abzukühlen. Das war kein Sport, nicht wie im Becken, ich war nur gern im Wasser und spürte das Echo meiner selbst tief unten in der Strömung, das jeden meiner Züge kopierte oder reglos verharrte, wenn ich aufhörte, mich zu bewegen. Manchmal schwamm ich in die Mitte, blieb dort, trat Wasser und lauschte auf die Stille um mich herum, eine Kluft in der Luft, so als hielte man den Atem an. Kamen Leute, wenn ich schwamm, hörte ich sie lange, ehe sie mich sahen, also hundepaddelte ich zurück ans Ufer und sammelte meine Sachen ein, damit mir diese Augenblicke nicht verdorben wurden.

Arthur hatte ich nie hier draußen gesehen. Außer in der Bank hatte ich ihn eigentlich nie irgendwo gesehen, weshalb es mich überraschte, als mein Blick eines Abends auf ihn fiel, wie er aus dem Wasser kam, bleich und seltsam knochig, in blassblauen Shorts, Arme und Brust nass glänzend, das Haar an die Stirn geklatscht. Ich war noch gut zwanzig Schritt entfernt, als ich ihn sah, und ehe ich einen Gedanken fassen konnte, hatte ich mich in die Büsche geduckt. Ich hoffte wohl, er hätte mich nicht gesehen, denn ich fand es peinlich, ihm so zu begegnen, doch war es zu spät, er hatte mich längst entdeckt. Ich bin mir jedenfalls ziemlich sicher, dass er mich gesehen hatte, bevor ich ihn sah, dass er mich den Weg entlangkommen sah und mich lautlos beobachtete, während er reglos im kühlen Wasser blieb und abwartete, was geschehen würde. Ich dachte, er *wollte*, dass es mir peinlich war, nur um zu sehen, was ich dann tun würde. Das konnte allerdings nicht stimmen, zumindest nicht ganz, denn er wandte sich rasch ab und schwamm davon, sobald ihm klar war, dass ich ihn gesehen hatte, glitt fort in die Mitte. Er war ein guter Schwimmer, locker und geschmeidig, wie ein Tier, das ins Wasser gehört, ein Geschöpf aus Vertrauen und Anmut; und es dauerte nur Sekunden, bis er die Mitte erreichte und abtauchte, im Dunkeln verschwand, als gäbe es dort unten einen Weg aus dem Wasser, einen Ausgang, den nur er kannte. Eben noch zu sehen, war er gleich darauf fort und hinterließ kaum ein Kräuseln.

Ich wusste nicht, was ich tun sollte. Ich starrte dahin, wo er verschwunden war, dachte, er würde jeden Moment wieder hochkommen und nach Luft schnappen, und fragte mich, ob er mich rufen oder mir zuwinken oder sich wieder unter Wasser sinken lassen würde, ob er tauchte, bis ich gegangen war. Mir kam der Gedanke, dass ich mich genauso verhalten hätte, wenn unsere Rollen vertauscht wären. Und ich nahm an, dass ich etwa eine Minute unter Wasser bleiben könnte, vielleicht länger. Sicher aber nicht lang genug.

Ich weiß nicht, wie lange Arthur unten blieb, jedenfalls länger als eine Minute. Bestimmt sogar länger als fünf. Immer wieder dachte ich, er müsse jeden Moment auftauchen, aber das geschah nicht. Er blieb unten. Ich fragte mich, ob ihn die Strömung erfasst und mit sich fortgerissen hatte, ich stellte mir sogar vor, loszulaufen und Hilfe zu holen oder selbst ins Wasser zu springen, um ihn zu retten, wenn er halb ertrunken nach oben kam und um sein Leben rang, aber ich tat nichts dergleichen. Ich stand einfach nur da. Vielleicht beherrschte er irgendeinen Trick, einen wie den aus alten Filmen, in denen der Spion oder wer auch immer

stundenlang unter Wasser hockt und durch einen hohlen Bambus-
stab oder Halm atmet. Vielleicht wollte er eher ertrinken als klein
beigeben und wieder auftauchen, peinlich berührt und getäuscht.
Ich wusste es nicht, konnte mich aber auch nicht zu der Über-
zeugung durchringen, dass er ernsthaft in Gefahr war; und nach
einer Weile wollte ich nicht länger sein Gesicht sehen, wusste ich
doch, dass ich ihn um einen privaten Augenblick gebracht hatte.
Ich wünschte, ich hätte was sagen, ihm vielleicht zurufen können,
dass ich gehen würde und er wieder hochkommen könne, aber ich
sagte kein Wort. Ich drehte mich einfach um und nahm den Weg
zurück, den ich gekommen war, folgte ihm bis zur Straße, in meinem Rücken die Kühle des Tümpels und ein vermeintliches Geräusch, fast wie von einem Vogel, der vom Wasser aufflog, oder
einem Fisch, der die Stille des ersten Graus der abendlichen Dämmerung durchbrach und hochsprang in die schwindelerregende,
unvertraute Welt, um sich seinen Preis zu schnappen.

Der Sommer zog ins Land, die heißen Tage gingen in einen feuchten, schwülen Herbst über. Hin und wieder sah ich Arthur in der
Bank; manchmal sagte er was, meist aber reichte er mir nur seine
kleine Ansammlung von Schecks sowie die Einzahlungsscheine
mit den in seiner ordentlichen, ein wenig kindlichen Schrift ein-
getragenen Summen, doch wirkte er nicht mehr so distanziert oder
scheu wie beim ersten Mal. Nach unserer Begegnung am Twenty-
Two war es, als teilten wir ein Geheimnis, etwas, von dem wir beide
wussten, über das zu schweigen wir aber versprochen hatten; und
obwohl nie irgendwas zwischen uns war, begriff ich, als es September wurde, dass ich ihn irgendwie mochte, wenn auch auf eine
Weise, die Marie nicht verstanden hätte.
    Irgendwann zwischen der letzten Wärme des Sommers und der
feuchten Kühle von Halloween fiel mir bei Marie eine Veränderung

auf, und ich wusste, daran war Stan schuld. Anfangs begriff ich allerdings nicht, dass es auch was mit Arthur zu tun hatte. Soweit mir bekannt war, wurde Arthur von Stan nie wie ein Bruder behandelt, sondern bis zu diesem Sommer meist ignoriert. In Stans Augen war Arthur tatsächlich der Junge aus dem Witz seines Vaters: ein dürres Bürschchen, das die Zigeuner nicht gewollt hatten, das in einer Küchenecke hockte, sein Leben verträumte und kein Wort sagte. Zu Beginn des Sommers änderte sich alles. Den ersten Ärger gab es wegen Geld: Stan hatte nie welches, was ihm aber nichts ausmachte, bis sein Bruder mit den Taschen voller Schecks und Cash von seinen diversen Jobs nach Hause kam. Noch schlimmer war, dass Arthur alles auf die Bank brachte. Nachdem er sein Wohngeld abgegeben hatte – was Stan so gut wie nie tat –, sparte er den Rest, ging jeden Tag mit seinem Lunchpaket, Sandwiches mit Erdnussbutter, aus dem Haus, kam erst spät wieder und redete immer noch kein Wort, wirkte aber auf eine Weise zufrieden, die Stan nicht verstand, zufrieden, vielleicht sogar glücklich, so als hätte er eines Nachts wach gelegen und sich irgendeinen narrensicheren Plan ausgedacht, einen Plan für eine Zukunft, die Stan sich nicht einmal vorzustellen vermochte. Das ging mehrere Wochen so und brachte Stan auf die Palme, aber zu Arthur sagte er kein Wort. Er reagierte sich einfach an Marie ab, schmollte, wenn sie sich im *Hearth* trafen oder im *Nags*. Manchmal ging er mit ihr aus und ließ sie dann an einem Tisch mit ein paar Frauen sitzen, wie es die alten Knacker oft mit ihren Weibern taten, während er selbst durch die Kneipe zog, mit Kumpeln redete und irgendwelche Deals machte. Er spendierte ihr ein kleines Bier, nie mehr, und dann zog er los, um mit irgendwem, den Marie nicht kannte, Billard zu spielen oder mit Jenny hinter der Bar zu flirten. Er sei früher mal mit ihr zusammen gewesen, sagte er, aber jetzt seien sie nur noch gute Freunde.

Marie hätte das einfach aussitzen können, wenn es nicht mehr damit auf sich gehabt hätte, denn mit beginnendem Winter kam es plötzlich zu einer weiteren Veränderung. Als Erstes kaufte sich Arthur eine Gitarre. »Eine beschissene Gitarre«, sagte sie. »Ich meine, er kann doch verdammt noch mal gar nicht spielen.«

»Was für eine Gitarre?«, fragte ich.

Sie sah mich an, als wäre ich Teil der großen Verschwörung gegen ihr Glück. »Woher soll ich das wissen?«, sagte sie. »Und was macht das für einen Unterschied?«

Ich schüttelte den Kopf. In der Woche zuvor war mir eine Veränderung an Arthur aufgefallen, war er doch in die Bank gekommen und hatte zum ersten Mal Geld abgehoben. Ich hätte mir vermutlich nicht viel dabei gedacht, nur hatte er gar nicht gewusst, wie er an das Geld kam, das er auf dem Konto hatte. Er musste fragen.

»Ich meine, ist es eine elektrische oder eine akustische Gitarre?«, fragte ich.

Marie dachte einen Augenblick nach. »Akustische«, sagte sie. »Er hockt da, im vorderen Zimmer, und schrammelt vor sich hin. Stan findet das unerträglich. Allen geht das so.«

»Vielleicht will er eine Band gründen«, sagte ich.

Marie schnaubte verächtlich. »Nie im Leben«, sagte sie.

Wie sich herausstellte, hatte Arthur wirklich nicht vor, eine Band zu gründen. Stan hatte ihn gefragt, als Marie bei ihm war; es wurde eine hässliche kleine Szene, denn Stan hatte sich mit seinem Dad über den jüngeren Bruder lustig gemacht, während Arthur einfach nur am Küchentisch saß und über die Gitarrensaiten strich, den Kopf zum Fenster gewandt. Marie meinte, er hätte nichts gesagt, hätte einfach nur dagesessen mit diesem traurigen kleinen Lächeln im Gesicht, als bedauerte er sie alle, dabei sah man ihm an, wie schwer es ihm fiel, nicht zu weinen. Fast habe er ihr leidgetan, sagte sie, aber er habe es ja regelrecht herausgefordert mit seiner blöden Gitarre und diesen verrückten neuen Klamotten.

Ich hatte Arthur tags zuvor in der Bank gesehen, und er war gekleidet gewesen wie immer, schwarze Jeans und dunkelblaues Hemd. »Was denn für Klamotten?«, fragte ich.

»O mein Gott«, sagte Marie. »Du hättest ihn sehen sollen. Er hat sich total verändert. Bunt gestreifte Hemden und diese irre Wildlederjacke. Zumindest glaube ich, dass das Wildleder ist.«

»Und wann hat das angefangen?«

»Noch gar nicht so lange her«, sagte sie. »Er hat sich komplett verändert, spielt den ganzen Tag Gitarre und geht dann aus, aber kein Mensch weiß, wohin. Stans Dad meint, er hätte sich bestimmt eine flotte Biene zugelegt.«

Ich schüttelte den Kopf und fühlte mich von Arthur seltsam enttäuscht, vielleicht, weil er diese Show vor Stan und seinem Dad abzog, vielleicht aber auch, weil ich mir durchaus vorstellen konnte, dass er mit einer Frau zusammen war und sich zum Affen machte. »Glaube ich nicht«, sagte ich. »Nicht Arthur.«

Marie lachte. Es war ein grausames Lachen. »Na ja«, sagte sie. »Er ist ganz schön aus seinem Schneckenhaus rausgekommen, seit er ein bisschen Geld hat.« Sie musterte mich mit gemeinem Blick. »Hast deine Chance verpasst.«

Da ärgerte ich mich, nicht über sie, sondern über mich selbst, darüber, dass ich mich überhaupt auf dieses Gespräch eingelassen hatte. Mich kümmerte eigentlich nicht, was Arthur McKechnie so trieb. Wenn er sein hart verdientes Geld unbedingt für die neueste Mode und eine Gitarre ausgeben wollte, die er nicht spielen konnte, wünschte ich ihm dabei viel Glück. Ich sah Marie an und sah das feine Funkeln fiesen Vergnügens in ihren Augen. »Gehst du heute Abend aus?«, fragte ich.

»Natürlich«, sagte sie, und ich konnte sie denken hören: Was für eine blöde Frage.

»Mit Stan?«

Sie rollte mit den Augen. »Na klar.«

Ich nickte. »Da bin ich wohl nicht die Einzige, die ihre Chance verpasst hat«, sagte ich und bedauerte meine Worte, sobald ich sie ausgesprochen hatte.

Marie wurde bleich, dann lachte sie. »Du hast sie ja nicht mehr alle«, sagte sie, klang aber nicht besonders überzeugend, und ich fühlte mich noch schlechter, nicht nur um ihretwillen, sondern auch meinetwegen, weil ich so gemein sein konnte.

Später haben wir herausgefunden, dass Arthur McKechnie sich seine seltsamen Sachen meist nur anzog, um dann bei einer halben Flasche Weißwein und einer Portion knusprig gebratener Ente allein in einem chinesischen Restaurant zu sitzen. Oder er ging zu einem Kirchfest, versteckte sich in einer Ecke und sah den Leuten beim Tanzen zu. Vermutlich hat er so auch Zoe Walsh kennengelernt, und damit fing der Ärger erst richtig an.

Eigentlich gibt es da nicht viel zu erzählen. Stan McKechnie hatte offenbar was mit Zoe Walsh gehabt, als beide auf die Mittelschule gingen und Arthur noch auf der Grundschule war. Die Walshs hatten im Devon Way gewohnt, zwei Häuser weiter als die McKechnies, und obwohl die Familien sich nicht sonderlich nahestanden – Joe Walsh hat sich schon immer für was Besseres gehalten – entschied Stan, dass er und Zoe ein Paar seien, trottete neben ihr her zur Schule, versuchte, sie in Gespräche zu verwickeln oder sie zu beeindrucken, und führte sich überhaupt so auf, als verbände sie mehr miteinander als die bloße Tatsache, dass sie in derselben Straße wohnten. Ich nehme nicht an, dass Zoe irgendwas davon ernst genommen hat, aber als Stan in die zehnte Klasse kam, redete er von Zoe Walsh als seiner Freundin und regte sich ziemlich auf, weil ihr Vater so gut verdiente, dass er mit seiner Familie aus der Siedlung in eines dieser sogenannten Luxushäuser mit separatem Esszimmer ziehen konnte, deren gläserne Schiebetür nach hinten raus auf eine Terrasse mit Hochbeeten und ummauertem Hof führen. Alle McKechnies regte es auf, dass die Walshs gesellschaftlich aufstiegen: Stans Dad hatte was gegen Joes Erfolg, sagte, er sei ein Arschkriecher, und die Schwestern setzten das Gerücht in die Welt, dass May Walsh eine Vorliebe für Wodka hätte. Stan aber hasste die Walshs mehr als alle anderen.

»Stan macht es nicht gerade glücklich«, sagte Marie mir eines Tages nach der Arbeit, »dass Arthur sich immer seine Sachen nimmt.« Sie schüttelte den Kopf. »Ein großer Fehler.«

»Er nimmt seine Sachen, was soll das heißen?« Ich konnte mir Arthur nicht als Dieb vorstellen, und selbst wenn er es wäre, nahm ich nicht an, dass Stan was besaß, das er haben wollte.

»Nur Krimskrams«, sagte sie. »Klamotten und so'n Zeugs. Er behauptet, er würde es sich ausleihen, aber Stan verleiht nichts. Kannst du dir das vorstellen?«

Ich schüttelte den Kopf, um ihr zu bestätigen, dass ich es nicht konnte.

»Und dann hat er zu einer Verabredung mit Walsh, dieser hochnäsigen Bitch, Stans bestes Hemd angezogen.«

»Hat er nicht.«

»Hat er doch.«

»Nein«, sagte ich. »Ich meine, er hatte keine Verabredung mit ihr. Oder kannst du dir vorstellen, dass Zoe mit einem von den McKechnies ausgeht?«

Marie warf mir einen gehässigen Blick zu. »Was willst du denn damit sagen?«

»Du weißt schon, was ich meine«, erwiderte ich. »Aber ich rede nicht von dir und Stan …«

»Doch«, sagte sie. »Genau darüber redest du.« Sie zündete sich eine Zigarette an. Normalerweise rauchte sie nicht im Haus, da sie nicht von Dad erwischt werden wollte. »Aber Stan und ich, wir sind glücklich, und mir ist egal, was Dad sagt. Ich liebe Stan, und ich werde ihn heiraten.« Sie klang wie ein kleines Mädchen auf dem Spielplatz. »Du solltest lieber mal in den Spiegel gucken, ehe du über andere Leute urteilst.« Sie wandte sich leicht ab und blickte aus dem Fenster, die Hand mit der Zigarette an die Wange gepresst.

Darauf zu antworten schien mir sinnlos. Ich war nicht wütend auf Marie, ärgerte mich nicht mal. Einen Moment lang wollte ich zu ihr gehen und sie in den Arm nehmen, aber so was war in unserer Familie nicht üblich. »Ich urteile über niemanden«, sagte ich nach einer Weile. »Ich möchte nur, dass du glücklich bist.«

Da sah sie zu mir herüber, und ich merkte ihr an, wie sie mit den Tränen kämpfte. »Glücklich«, wiederholte sie leise, als wäre das ein fremdes Wort, an dessen Bedeutung sie sich nicht recht erinnern könnte. Sie lachte. »Glücklich«, sagte sie noch einmal und zog an der Zigarette. Im Rauch und frühen Abendlicht sah sie beinahe hübsch aus, fast wie eine junge Frau in einer spätabendlichen Fernsehshow, ehe sie vor allem davonläuft, aus dem Film geschrieben, um irgendwo anders ein neues Leben anzufangen.

Der erste Schnee fiel früh in jenem Jahr: ein überraschender Schneesturm, eine schöne Anomalie. Und es schneite, wie man es aus Filmen kennt, weiß, perfekt und in großen Flocken; die Autos fuhren langsam über weiße Straßen, die Leute traten am Morgen aus ihren Häusern oder blieben auf der Hauptstraße stehen, um sich das Licht anzusehen. Eine Zeit lang war es, als gäbe es keine Fabriken; der Schnee fiel unablässig, weiß auf weiß auf weiß, und nichts war so grau, so verraucht oder verpestet, dass es bleibende Flecken hinterlassen hätte. Es war wirklich schön. Die Kunden kamen mit Mänteln und Handschuhen in die Bank, schüttelten sich an der Tür die Flocken von den Schultern und aus dem Haar, lächelnd, gut gelaunt dank dieses strahlenden Tages. Man konnte das Kind in jedem Gesicht erkennen, ein begrabenes Leben, das wieder auferstand, etwas Helles um Mund und Augen, eine kindliche Lieblichkeit, die in ausgetrocknete Stimmen zurückkehrte. Alle wirkten glücklich, oder doch fast alle. Stan McKechnie jedoch war nicht glücklich. Hin und wieder hörte ich mehr darüber von Marie – die kleinlichen Details, seine düsteren Launen, die gemurmelten Drohungen –, aber ich hatte aufgehört, mich dafür zu interessieren. Bei all dem Schnee und in all dem Licht kam es mir zu lächerlich vor.

Der Schnee blieb allerdings nicht liegen. Er wich einer grauen Tristesse, nichts als Rauch und Roheisen. Von dem Tag, an dem Stan McKechnie fast seinen Bruder getötet hätte, habe ich deshalb vor allem im Gedächtnis, wie sich das Licht änderte, als der Schnee schmolz. Es war ein Tag, wie es ihn nur in einer Stadt wie der unseren geben konnte: Die Sonne hell, fast warm, nur hing ein chemischer Dunst in der Luft, das Licht irgendwie trübe, staubig, ein Licht, das wir kannten, weil wir schon so lang im Schatten der Fabriken lebten. Das war, was ich von jenem Morgen in Erinnerung habe, dieser blasse Dunst und dünne Geruch, der im Mund zu einem Geschmack wurde, teils nach Rost, teils nach Friedhof – doch war da an jenem Tag noch mehr, etwas, was ich nie zuvor gespürt hatte. Wenn ich es beschreiben sollte, würde ich sagen, es war ein Gefühl für die Dinge, wie sie gewesen sein mochten, ehe auch nur irgendeiner von uns da gewesen ist, eine störrische Schönheit im Licht, das die Bäume umgab, ein Gefühl für das Land um uns herum mit seinen begrabenen Toten und den Winterbäumen, dem Vieh, den Wolken, den Zaunpfosten, ein Gefühl für die Schönheit des Lichts, für das wir wie eine Ausnahme von der Regel waren, eine hässliche, doch letztlich ziemlich kleine Falte im Gewebe der Dinge, fürs Große und Ganze unwichtig.

Stans schwarzer Pullover war Auslöser der Prügelei. Das zumindest erzählte man sich, als alles vorüber war: »Dieser Stan McKechnie, nur wegen eines Pullovers hätte der seinen Bruder fast umgebracht.« An dem Abend, an dem es zur Schlägerei kam, erzählte Marie mir davon, während wir uns beide fürs Ausgehen zurechtmachten. Noch am Nachmittag hatte Arthur sich bei Stans Aftershave bedient und dann den neuen schwarzen Pullover angezogen, von Stan am Wochenende zuvor gekauft, obwohl Stan ihm an die tausendmal gesagt hatte, dass er seine Sachen nicht anfassen solle. Niemand wusste, wohin Arthur gegangen war, aber Stan rief Marie an und sagte, er werde das jetzt ein für alle Mal regeln. Marie wollte ihn beruhigen, wusste aber, dass es sinnlos war; Stan steuere seit Wochen auf einen großen Krach zu, sagte sie, und ihr sei klar, dass Ärger in der Luft lag. Niemand hätte allerdings vorhersagen können, wie weit das Ganze ging, und niemand sollte je erfahren, was zu den letzten Augenblicken geführt hat. Es war nur eine weitere Anekdote, die man sich erzählte, eine der vielen mahnenden Geschichte über die McKechnies, darüber, dass in dieser Familie der eine den anderen wegen eines Pullovers bewusstlos prügelte. Marie erzählte mir am selben Abend davon und war so mitgenommen, dass ihr völlig entging, dass ich mich ebenfalls fürs Ausgehen zurechtmachte. Erst als sie zu reden aufhörte und ich ihr sagte, sie solle sich keine Sorgen machen, das werde sich schon wieder einrenken, fiel es ihr auf.

»Du hast ein Date?«, fragte sie, nein, brach es regelrecht aus ihr hervor, da sie sich nicht die Mühe machte, ihre Überraschung zu verbergen.

Ich lachte. »Jetzt tu nicht so schockiert«, sagte ich.

»Mit wem?«

»Geht dich nichts an.«

»O Gott!« Sie legte die Hände vors Gesicht. »Sag nicht, mit Arthur.«

Ich sah sie an. Sie meinte es ernst, bloß merkte ich, dass sie sich nicht um mich sorgte – sie wollte nur, dass das Chaos nicht noch größer wurde, als es ohnehin schon war. Ich schüttelte den Kopf.

»Sag nein«, hakte sie nach. »Sag mir bitte, dass das nicht stimmt.«

Nur um ihr Gesicht zu sehen, war ich sehr versucht, ihr zu erklären, dass ich mich mit ihm treffen wollte, doch dann schüttelte ich bloß erneut den Kopf. »Sei nicht blöd«, sagte ich.

Es war sowieso kein richtiges Date. Jemand in der Bank hatte mich gefragt, ob ich mit ihm ausgehen wollte, Peter, ein hochgewachsener, schlanker Mann, der in der Abteilung für Geschäfts- und Auslandskonten arbeitete. Er war etwas älter als ich, aber ich hatte mich gelangweilt und war so überrascht gewesen, als er fragte, dass ich die Einladung zu einem Drink im *Falcon* annahm, ehe mir richtig klar war, worauf ich mich einließ. Typisch Arbeitsplatz. Viele dieser Büroromanzen fangen aus Langeweile an oder weil man sich wünscht, dass irgendwas die Monotonie durchbricht. Wie sich herausstellte, war der Abend dann genau das, ziemlich monoton, und ich bedauerte meinen Irrtum bereits eine ganze Weile, als Arthur die Bar betrat, sich an den Tresen stellte und darauf wartete, dass man ihn bediente. Er war allein und sah schick aus mit Stans schwarzem Pullover und einer dunkelgrünen Hose. Vielleicht wollte er sich mit jemandem treffen, vielleicht war er aber auch nur gekommen, um zu sehen, was so los war. Eines wusste ich jedoch ganz genau, nämlich dass er nicht mit Zoe Walsh verabredet war. Während ich Peter zuhörte, der mir endlos von seinen Zukunftsplänen erzählte, beobachtete ich Arthur, wie er sich einen Drink bestellte, ein Radler, und ich musste daran denken, dass ich Arthur eigentlich gar nicht kannte. Ich sagte mir, dass es ein Fehler wäre, mich in seine Fehde mit Stan einzumischen, dass ich mich lieber um meinen eigenen Kram kümmern sollte, aber Peters angebliche Zukunftsaussichten langweilten mich, und ich war dankbar für jeden Vorwand, mich ihm entziehen zu können, sei es auch nur für wenige Minuten. Peter schien es nichts auszumachen, als ich sagte, ich müsse kurz mit jemandem reden. »Familienangelegenheiten«, gab ich zur Erklärung an. Er nickte nur und nahm noch einen Schluck Bier. Vielleicht langweilte er sich genauso wie ich mich.

Arthur sah mich nicht kommen. Er hatte mich nicht bemerkt, als er hereingekommen war, und wenn doch, dann wollte er mich sicher nicht kennen. Vielleicht war ihm unsere Begegnung am Twenty-Two peinlich. Dieser Gedanke kam mir zum ersten Mal, und als er sich schließlich zu mir umdrehte und mich sah, wusste ich, dass ich einen Fehler machte. Nur war es da schon zu spät, noch umzukehren. Ich musterte ihn ernst. »Hübscher Pullover«, sagte ich.

Er stellte das Glas auf den Tresen und sah mich an. Er wusste, wer ich war, doch hatte es ihn überrascht, dass ich ihn ansprach. »Danke«, sagte er. »Der gehört mir nicht. Ich habe ihn mir nur geliehen.«

»Steht Ihnen«, sagte ich.

»Danke.«

»Sie wissen, dass Stan Sie sucht?« Je eher ich sagte, was ich zu sagen hatte, dachte ich, desto eher könnten wir wieder unserer Wege gehen.

Er sah mich verwirrt an. »Wie bitte?«, doch im selben Moment hatte er begriffen, worauf ich hinauswollte. Er schüttelte den Kopf. »O nein«, sagte er.

»O doch«, sagte ich. »Bei ihm braut sich schon seit Langem was zusammen.« Ich kam mir dumm vor: Ich redete wie jemand aus einer Seifenoper oder aus einem schlechten Film. Was tat ich hier?

Nichts von alldem ging mich etwas an. Ich sah zu Peter zurück. Er spielte am Flipperautomaten. Ich wandte mich wieder Arthur zu. »Es sollte mir vielleicht egal sein«, sagte ich. »Aber ich finde, Sie sollten Bescheid wissen.«

»Sie verstehen das ganz falsch«, sagte er. »Stan ist mein Bruder.« Er studierte mein Gesicht. »Wir sind *Brüder.*«

»Ich weiß.« Ich wollte noch mehr sagen, doch fiel mir nichts weiter ein.

Einen Moment lang glaubte ich, Arthur wolle lachen, aber als nähme er mich zum ersten Mal wahr, als wäre ich ein Rätsel, über das er seit Wochen Hinweise sammelte und das er gerade erst gelöst hatte, musterte er mich plötzlich mit ernstem, fast besorgtem Blick. »Ist schon in Ordnung«, sagte er. »Mir ist klar, dass Sie es nur gut meinen, aber Stan ist mein Bruder. Er weiß, dass ich ihm nie was antun würde.«

Ich hätte in dem Moment aufgeben sollen. Das wäre das Vernünftigste gewesen, und ich weiß nicht, warum ich weitermachte. »Ich fürchte, das sieht er anders«, sagte ich. »Er sucht in diesem Moment nach Ihnen.«

Er lächelte sanft. »Woher wollen Sie das denn wissen?«

»Meine Schwester hat es mir gesagt.« Es war mir wirklich peinlich, mich so reden zu hören, wie ein kleines Kind, das Geschichten erzählt. Ich wusste, es war hoffnungslos, und ich wollte nicht weiterreden, wollte ihn nur an die Hand nehmen und irgendwohin führen, in die Schatten, in Sicherheit, raus zum Twenty-Two, wo er sich unter Wasser verstecken konnte, bis die Gefahr vorüber war.

»Ach so.« Er beugte sich zu mir vor, und das in den Hängeflaschen sich spiegelnde Licht änderte sich leicht, was ihn sanfter aussehen ließ, weniger streng. »Marie ist Ihre Schwester.«

Ich nickte. Einen Moment lang dachte ich, ich sei zu ihm durchgedrungen – dass er mir glaubte, dass ich als Maries Schwester wusste, wovon ich redete. Kurz senkte er den Kopf, starrte zu Boden, und ich nahm an, er dachte über das nach, was ich gesagt hatte. Und einen Augenblick lang stimmte das vielleicht auch. Ich habe keine Ahnung, was ihm damals durch den Kopf ging, als dieser Augenblick aber vorüber war, sah er mich an, lächelte erneut und schüttelte kaum wahrnehmbar den Kopf.

»Ich danke Ihnen, dass Sie sich Sorgen um mich machen«, sagte er, »aber es ist alles in Ordnung.« Er stellte sein Glas auf den Tresen, es war noch halb voll, nur kümmerte ihn das nicht, und er schickte sich an, zu gehen. »Ehrlich«, sagte er. Und diese eine Sekunde lang wirkte er enttäuscht, aber nicht enttäuscht von Stan, sondern von mir, vielleicht weil er glaubte, dies sei eine Art Spiel, das ich mit ihm trieb, irgendein Trick, um seine Aufmerksamkeit zu erlangen. Was nicht so unwahrscheinlich war. Er erinnerte sich an Twenty-Two, und er hatte mich in der Bank bemerkt; vielleicht mochte er mich, doch war es ihm peinlich, dass ich mit ihm über diese Dinge redete. All das ging mir durch den Kopf, als er sich abwandte, um zu gehen, nur war da noch was anderes, etwas, was ich nicht hätte erklären können. Ich habe es damals nicht bewusst registriert, hätte es nicht in Worte fassen können, aber ich denke, dies war der Moment, in dem ich begriff, dass er längst fort war und dass nichts, was ihm von irgendwem gesagt worden wäre, noch im Mindesten verändert hätte, was er als Nächstes tat. Denn aus den allergewöhnlichsten, den banalsten Gründen war er dem Untergang geweiht. Er war ein Unschuldiger, ein verlorener Fall, ein Fremder an dem einzigen Ort, den er je gekannt hatte, und er konnte nichts dagegen tun. Unter anderen Umständen wäre Arthur McKechnie einer von denen gewesen, über die man in der Zeitung liest: der schizoide Junge, der aus dem Fenster springt, weil er glaubt, er könne fliegen; der verrückte Forscher, der die Arktis mit nichts als einem Rucksack und einem Paar Steigeisen durchqueren will.

Als er ging, blickte er sich noch einmal um, und ich sah ihm an, er wusste so gut wie ich, dass es nichts weiter zu sagen gab, aber er sagte es trotzdem. »Bis bald.«

Eine Stunde später hatte Stan ihn gefunden. Ich bin mir ziemlich sicher, dass er den eigenen Bruder nicht mit Absicht so schwer verletzt hat, nicht wegen eines geborgten Pullovers, aber auf seine Absichten kam es letztlich nicht an. Der Polizei sollte er erzählen, er wisse nicht mehr, was er an jenem Abend getan habe, aber es gab gut ein Dutzend Zeugen, und sie haben alle mehr oder weniger dasselbe ausgesagt: Arthur war im *Hearth* gewesen und auf dem Heimweg, als er Stan vor dem Kebab-Laden in der Gloucester Road traf; Stan lief ihm entgegen, schrie und schlug zu; Arthur stand einfach nur da, sagte nichts und steckte die ersten Hiebe ein, als wäre es eine Art Spiel – und er hatte diese seltsame Miene im Gesicht, sagten die Leute, ein merkwürdiges, nur angedeutetes Lächeln, das niemand verstand, obwohl alle es gesehen haben, und hinterher sagten auch alle das Gleiche aus, nämlich dass es dieses angedeutete Lächeln gewesen sei, das Stan zur Weißglut getrieben habe, dieses seltsame leise Lächeln, als ob Arthur nicht ernst nehme, was geschah, weder Stans Wut noch die Schläge, die auf ihn herabprasselten. Manche Zuschauer meinten, er müsse wohl ein bisschen schlicht gestrickt sein, weil er einfach nur dastand und grinste, den Angreifer provozierte und sich auf keine Weise gegen ihn zu schützen versuchte.

Als alles vorbei war, kam es Stan offenbar gar nicht in den Sinn zu fliehen. Er stand einfach nur da und sah die Zuschauer an, fast als überraschte ihn, dass niemand eingeschritten war. Hinterher sagten die Leute, sie hätten Arthur für tot gehalten, so wie er auf dem Bürgersteig lag, ganz verdreht und völlig regungslos. Diejenigen, die von Anfang an dabei gewesen waren, wussten, sie hätten einschreiten sollen, trotzdem hatten sie nur zugesehen, anfangs acht oder zehn, später sei dann die Warteschlange aus dem Kebab-Laden nach draußen geströmt, um zu sehen, was da los war. Keiner versuchte, die Prügelei zu verhindern, und keiner versuchte, Stan aufzuhalten, als der sich abwandte und die Straße hinunterging. Er rannte nicht, er hatte es nicht mal besonders eilig. Jemand meinte später, er habe ausgesehen, als machte er einen Spaziergang, wäre da nicht das viele Blut auf seinem Mantel und an seinen Händen gewesen. Er ging nicht nach Hause, entschied sich vielmehr für die andere Richtung, und er blieb erst stehen, als die Polizei ihn eine Stunde später stellte. Als man ihn mitnahm, behauptete er wohl, er habe es nicht so gemeint. Er habe nicht gewusst, was über ihn gekommen sei, sagte er. Er habe einfach Rot gesehen.

Nachdem man Stan verhaftet hatte, wollte Marie nicht mehr aus dem Haus. Alle redeten darüber, was geschehen war, oder erzählten sich alte Geschichten über die schlimmen Dinge, die Stan in der Vergangenheit angestellt hatte, über seine Einbrüche, als er noch zur Schule ging, darüber, dass er mit Drogen gedealt hatte oder über den Vorfall damals mit den Cronins und Bobby Curran im *Swan*. Einige der Leute, die bei der Prügelei dabei gewesen waren – die, die nur zugesehen und nichts getan hatten – behaupteten sogar, Stan käme zu leicht davon, denn man hätte ihn wegen versuchten Mordes anklagen sollen und nicht bloß wegen schwerer Körperverletzung. Marie ging unterdessen nicht zur Arbeit und blieb auf ihrem Zimmer; das Radio lief, doch glaube ich nicht, dass sie auch nur einen Moment lang zugehört hat. Manchmal kam sie nach unten, noch im Schlafanzug und mit Morgenmantel, obwohl es schon spät am Nachmittag war. Sie redete nicht viel, und wenn, dann sagte sie verrücktes Zeug. »Ich wünschte, ich könnte einfach verschwinden«, zum Beispiel oder: »Ich wünschte mir, die Erde täte sich auf und würde mich verschlingen.«

Wir wussten alle, dass etwas getan werden musste, um sie aus ihrer Schwermut zu reißen, nur wollte niemand den ersten Schritt tun. Also warteten wir ab. Manchmal unterhielt ich mich mit Mum darüber, und wir gingen die üblichen Argumente durch, bis einer von uns irgendwas Beschwichtigendes sagte und wir mit unserem Leben weitermachten. »Auch das geht vorüber«, sagte Mum zum Beispiel. »Sie hat schließlich allen Grund, durcheinander zu sein.« Oder ich merkte an, dass meine Schwester, die oben im Morgenmantel auf ihrem Zimmer hockte, doch besser dran sei, jetzt, da Stan hinter Gittern saß. »Wenn er das dem eigenen Bruder antun kann …«, begann ich etwa einen Satz, den ich nie zu beenden brauchte, da ich nur auf die kleine Grimasse des Entsetzens zu warten brauchte, mit der sie ihr Einverständnis signalisierte. Ich will damit nicht behaupten, dass wir uns nicht um sie kümmerten. Es war nur so, dass wir einfach nicht wussten, was wir tun sollten, und wir mochten uns auch nicht den Peinlichkeiten stellen, die wir auf uns nehmen müssten, wenn wir es herausfinden wollten. Marie trauerte unterdessen, und wir gingen unserem Alltag nach und taten, als wenn nichts wäre.

Im Haus der Familie McKechnie ging es vermutlich nicht anders zu. Der ältere Sohn verhaftet, sein Bruder im Krankenhaus, da konnte der alte Mann nur zu Hause sitzen und hoffen, dass die Welt sich weiterdrehte und bald ein anderes Gesprächsthema fand. Selbst die Schwestern schämten sich für das, was Stan getan hatte, dabei hatten sie ihn stets abgöttisch bewundert. Ich habe gehört, dass die Familie geschlossen ins Krankenhaus ging, um Arthur zu besuchen, aber der hatte sie nicht mal sehen wollen. Er hatte gewartet, bis es ihm wieder gut genug ging, dann tauchte er in der Bank auf, hob alles ab, was auf seinem Konto war, und ging zurück in den grauen Nachmittag, weiß Gott wohin. Damals habe ich ihn zum letzten Mal gesehen, an jenem Tag, an dem er sein Geld abhob, und er hatte so was Dunkles, Entschlossenes um die Augen, das mir ein bisschen Angst machte. Er kam auch nicht an meinen Schalter, sondern wartete, bis eine andere Kassiererin frei war. Sobald die Auszahlung abgeschlossen war, steckte er das Geld in die Manteltasche und murmelte leise vor sich hin; dann ging er, ohne sich noch einmal umzusehen. Niemand wusste, wohin er wollte. Am besten stellt man sich wohl vor, er sei einfach verschwunden.

In der Woche vor Weihnachten schneite es wieder. Ich war einkaufen gewesen und ging durch den Park an der Weymouth Road nach Hause, als es begann; vom ersten Augenblick an zahllose dicke Flocken, die den Rasen und die dürren, nassen Sträucher am Spielplatz bedeckten. Der Schnee fiel überall, färbte die Straße, die Gärten weiß und legte sich in dicken Schichten auf die Hecken, weshalb ich unwillkürlich meinen Schritt verlangsamte, um länger draußen in all dem Weiß zu sein und zu sehen, wie die Dinge sich in dieser ständigen Bewegung auflösten. Als ich zu meinem Haus kam, waren die Flocken so dick und dicht, dass ich kaum mehr die Hand vor Augen sehen konnte. Alles verschwand hinter diesem fließenden Vorhang, Häuser und parkende Autos und Bürgersteige; die Stadt in meinem Rücken wurde zum bloßen Gerücht, zu einem schwachen Nachgeschmack von Eisen und Rauch und einer schattigen Masse, die im Schneesturm zerschmolz. Am Gartentor blickte ich zurück in die Richtung, aus der ich gekommen war. Der Schnee wirkte völlig anders als der, den wir im November gehabt hatten: Damals war er reine Helligkeit gewesen, und als sich die Dunkelheit herabsenkte, wurden sichtbare Spuren, Fährten, Abdrücke im Weiß pflaumenblau und schwarz; dieser Schnee aber war Dunkelheit von Beginn an, eine neue Variante des Dunklen, eine neue Form. Jener erste Schnee war Schnee wie aus einem Film gewesen, dieser aber war Schnee wie aus einem Traum.

Es war bitterkalt. Mir war das nicht aufgefallen, als ich aus dem Haus ging, aber jetzt spürte ich sie, die reine Kälte, die mir in die Knochen drang – und während der Schnee den Garten um mich herum auslöschte, konnte ich spüren, wie mich diese reine Kälte auserwählte, mich auf der Straße isolierte und mich auslöschte, von Minute zu Minute stärker, Flocke um Flocke. Marie hatte gesagt, sie wolle verschwinden, aber das hatte sie nicht so gemeint: Eigentlich wollte sie die Uhr zurückdrehen, wollte zurück in eine Zeit, ehe sie Stan kennengelernt hatte, in eine Zeit, als das Leben noch voller Möglichkeiten zu sein schien. Sie wollte nicht unsichtbar werden, sie wollte so gesehen werden, wie sie sich selbst sah, nicht als jemanden in einem Zeitungsbericht. Sie wollte gut sein. Als sie davon redete, sie wolle verschwinden, als sie sagte, sie wünschte sich, die Erde täte sich auf und würde sie verschlingen, wusste ich, ihre Scham würde nicht andauern, und in einem Jahr dürfte kaum mehr wichtig sein, was ihr passiert war. Sie würde jemand anders kennenlernen, und sie würde heiraten und leben, wie unsere Mutter gelebt hatte; die Leute würden in ihr die Frau irgendeines Mannes sehen, dann die Mutter von irgendwem, und sie würde nicht unsichtbar sein, niemals.

Ich aber schon. Ich würde unsichtbar sein. In diesem unerbittlich rasch fallenden Schnee geschah es bereits; ich verschwand schon, und ich verschwand nicht nur in diesem Weiß, sondern in allem um mich herum. Wie ein Geist in einem Film verschmolz ich mit der Kulisse, begann aus meinem Leben zu schwinden, nicht indem ich irgendwohin fortging, sondern einfach dadurch, dass ich blieb, wo ich war und tat, was ich immer getan hatte. In der Bank arbeiten, Abendessen zubereiten, meine Bücher lesen, im Sommer im Twenty-Two schwimmen, im Winter im Schnee spazieren gehen. Es hatte was mit Arthur zu tun, all dies Verschwinden, lächerlich, ich weiß, aber auch wahr. Anders als Marie wollte ich nicht, dass die Erde sich auftat und mich verschlang, aber in jenem Moment wusste ich, dass ich bereits zu verblassen begann. Das war gar nicht so übel, vielleicht hatte ich mir sogar genau das immer gewünscht. Bleiben, wo ich war, und hinter der Tapete verschwinden. Nichts wollen – keinen guten Job, keinen Mann, keine Kinder. Weder Geld noch Glück. Nichts, was meine Eltern eine Zukunft genannt hätten. Mein ganzes Leben würde sein wie jene Vormittage, an denen der Postbote kommt und an der Tür stehen bleibt, einen Stapel Karten und Briefe durchsieht und glaubt, niemand sei daheim, weil es im Haus so still ist, dabei ist die ganze Zeit jemand in der Küche, lauscht, wie er mit der Post raschelt, während sie Tee macht oder Toast mit Butter bestreicht, nicht recht glücklich, wenn man hier überhaupt von Glück reden will, aber auch nicht unglücklich. Es war nichts, was man aus dem Kino oder dem Fernsehen kennt, aber mir schien es gut zu sein, wie ich da im Schnee stand und unmerklich in ein Leben verschwand, das ich mir nicht ausgesucht hatte, dem ich mich aber auch nicht verweigerte, jetzt, da ich wusste, wie es war.

Als ich ins Haus trat, fand ich Marie in der Küche, wo sie darauf wartete, dass das Wasser im Kessel kochte. Ihr Gesicht war weiß und leer, kein Make-up, das Haar zerzaust. Die Fenster waren beschlagen, und mir kam der Gedanke, dass sie offenbar schon eine Weile hier saß.

»Alles in Ordnung?«, fragte ich.

Sie sah mich an, sagte aber nichts. Als ich hereinkam, war sie wohl dabei gewesen, sich einen Tee zu machen und hatte dann vergessen, was sie wollte, oder sie hatte sich gesagt, es sei der Mühe nicht wert.

»Kann ich was für dich tun?«, fragte ich.

Sie schüttelte den Kopf. »Ich muss ständig an Stan denken«, sagte sie.

Ich nickte. »Natürlich«, sagte ich, ging einen Schritt auf sie zu und dachte daran, die Hand auszustrecken und sie zu berühren, am Arm oder an der Schulter, entschied mich dann aber dagegen.

Sie lachte leise. »Er stand ihm nicht mal«, sagte sie. »Ich hab's ihm gesagt, als er ihn gekauft hat, hab's gleich gesagt, als er ihn anprobiert hat. ›Der steht dir nicht, Stan.‹« Sie sah mich an. »Egal«, sagte sie, »war ja nur ein Pullover.«

Ich nickte erneut. Ich wusste nicht, was ich sagen sollte und wollte zu ihr gehen, irgendwas tun, nur wusste ich nicht, was. Nach einer Weile holte ich Teebeutel aus dem Schrank und goss den Tee auf. Dann steckte ich sechs Brotscheiben in den Toaster. Es war jetzt still, kein Wort, kein Laut, nur das leise Kontinuum des Schnees vor dem Fenster – und ich wollte, dass sie sah, wie schön es draußen war, wenn auch nicht für immer, dann doch wenigstens jetzt, in diesem Augenblick, aber als ich mich erneut umdrehte, war sie auf dem Stuhl eingeschlafen, der Kopf nach hinten weggesackt, die Arme hingen beidseits herab, fast wie ein Balanceakt, etwas, was sie über Jahre perfektioniert hatte. Und obwohl es ziemlich heikel aussah, wusste ich, sie würde nicht fallen. Ich dachte daran, mit dem Tee ins Wohnzimmer zu gehen, beschloss dann aber zu bleiben und ihr Gesellschaft zu leisten. Vielleicht würde sie bald wieder aufwachen, und wenn, dann wäre sie vielleicht hungrig. Das wäre ein gutes Zeichen, dachte ich. In Büchern war es immer ein gutes Zeichen, wenn Menschen, die deprimiert waren, wieder zu essen anfingen. Es war der Beginn von etwas: einem neuen Leben, einer Genesung.

Ich steckte sechs weitere Scheiben in den Toaster und nahm Zitrusmarmelade sowie ein unangebrochenes Glas Schwarze-Johannisbeer-Konfitüre aus dem Schrank. Als ich mit allem so weit fertig war, trug ich meine Tasse und die zwei Teller mit frisch gebuttertem Toast zum Tisch, eine Portion für sie, eine für mich.

Ich war jetzt auch hungrig, und ich fing schon bald an, von dem Teller zu essen, den ich für mich hergerichtet hatte, gab mich aber gar nicht erst mit der Marmelade ab, sondern genoss den Geschmack von warmer Butter und frisch geröstetem Toast. Es schmeckte wunderbar, wie etwas aus lang vergangener Zeit, eine Kindheitsköstlichkeit. Und dann, als ich meine Toasts aufgegessen hatte, schenkte ich mir eine weitere Tasse Tee ein, und weil ich noch hungrig war und mich wirklich glücklich fühlte, wie ich da im Stillen saß und auf den Schnee hinaussah, stibitzte ich mir erst eine Scheibe, dann noch eine und schließlich alle Toastscheiben, die ich für Marie zubereitet hatte, und aß sie mit Marmelade, solange sie noch warm waren.

Fügung

Dies ist eine Geschichte vom Ende der Kindheit, von jenen letzten Tagen, in denen alles zufällig geschah und keine Erklärung, klänge sie auch noch so plausibel, uns gänzlich zufriedenstellte. Es war eine Zeit der Geheimniskrämerei, aber auch der absurden Ehrlichkeit, eine Zeit, in der wir alle weniger wussten, als wir zu wissen meinten, und weit mehr, als wir zu wissen vorgaben. Jene unter uns, die diese Zeit überlebten, können von Glück reden, wenn sie zurückblicken und das Geschehene als Erzählung zu begreifen vermögen, eine Geschichte, die anderen widerfuhr und uns nur im Vorübergehen streifte – der Ansicht sind wir zumindest hier in dieser Gegend. Geglaubt haben wir es damals jedoch nicht. Denn wir hielten uns für seltsame, unbändige Geschöpfe der Gegenwart, aufgeweckt, gescheit und fürs Unmögliche bereit. Wir waren es, die in den Waldstreifen hockten, Bannzauber verhängten und stümperhaft jene Tiere folterten, die unsere Pfade kreuzten, kindliche Connaisseurs von Hutnadel und selbst gebrauten Giften; wir waren es, die mit Streichhölzern und Rasierklingen spielten, draußen im Sumpfland, wo wir für ein, zwei Stunden vergessen konnten, dass es die Stadt überhaupt gab. An Allerheiligen sahen wir Teufel unseren Blick in den Spiegel erwidern und Gespenster im Schnee am Neujahrsmorgen, während zugleich unsere Jugendträume von Liebe und Grauen brodelten und die übrige Welt ihrem eintönigen Geschäft nachging, stets in der Hoffnung, eine gesicherte Zukunft zum Ausgleich dafür einzuhandeln, dass sie das Schicksal nicht herausforderten. Was aber blieb, was sich herausfordern ließe, was man lieben, dem man sich ergeben konnte? Wir wollten keine gesicherte Zukunft; wir konnten uns nicht vorstellen, irgendwas von dem zu wollen, was wir so widerstrebend geerbt hatten. Wir wollten *die Welt* – und wir bekamen eine sterbende Bergarbeiterstadt, in der sich nichts änderte außer dem Wetter.

Hier hat sich im Laufe der Jahre nur wenig getan, und doch ist alles anders geworden. Die alten Mietskasernen in Eskdale wurden dem Erdboden gleichgemacht und an ihrer Stelle *bezahlbare* Häuser errichtet, auch wenn ich keinen Menschen kenne, der sie bezahlen könnte. Man hat das Lichtspielhaus abgerissen und ein Parkhaus hingesetzt, damit die Leute aus den Neubausiedlungen ihre Autos abstellen können, wenn sie zum Einkaufen in die Stadt kommen, obwohl sie meist zum Einkaufszentrum fahren, weil da die Auswahl größer und alles billiger ist. Auch der alte Schlachthof wurde abgerissen, und der Typ, dem das ganze Land auf der Ostseite gehörte, hat die Waldstreifen abholzen und Windräder hinstellen lassen, um die Subventionen zu kassieren – schlimmer ging es nicht, denn das war der Ort, an dem meine Kindheit lebendig gewesen war, ein Flecken Land draußen am alten Ackerweg. Der Name stand nicht in den Karten, aber so haben wir ihn genannt, ein tief ausgetretener Pfad, der durchs Buchengehölz zum Sumpfland führte, ein Feldweg dorthin, wo das Nirgendwo gewesen sein könnte, zu verborgenen Schlupfwinkeln und animalischer Wachsamkeit, denn obwohl wir nur selten Tiere sahen, wussten wir, dass da draußen immer etwas war, was uns beobachtete. Füchse, Rotwild, manchmal Kreaturen, deren Namen wir nicht einmal kannten, die für ein, zwei Augenblicke aus dem Wald traten, um sich dann von dem abzuwenden, was sie von unserer Welt sahen, und zurückzukehren zu dem, was sie kannten.

Am Ackerweg stand auf halber Strecke, genau in der Mitte zwischen Stadt und Wildnis, ein flacher Bau mit klappriger grüner Tür, die Ritzen im Mauerwerk mit Federn und gemahlenen Knochen verstopft. Fenster waren zu sehen, aber die meisten hatten keine Scheiben mehr, und gab es doch noch welche, waren sie von einer dicken Staubschicht und altem Sackleinen verdeckt. Das war der Schlachthof, damals, ein niedriges Sandsteingebäude, umgeben von einer Trockensteinmauer, die auch einen Hof voller Müll und Schlacke einschloss, hinter den Wänden verborgen eine lange, unaussprechliche Geschichte von Blut und Asche – und dahin lief ich, wenn ich genug hatte von unseren kindlichen Spielen draußen im Sumpfland, um mich unweit der Tür aufzuhalten, bis sie irgendwann geöffnet wurde. Was nicht oft geschah, doch wenn, dann kam der Schlachter heraus, um eine zu rauchen, im Rücken die Faszination und den Geruch des Todes, das halbe Lächeln zu wehmütig, um für grausam gehalten werden zu können. Es mag seltsam scheinen, so etwas jetzt zu sagen, doch er war ein attraktiver Mann, groß, ruhig und sanft, wie er da in der Tür stand, und auch wenn ich es damals nicht wusste, auch wenn mich jenes Tun faszinierte, dem er wenige Schritte tiefer im zwielichtigen, steinernen Innern nachging, hatte ich doch schon immer den blutbespritzten Saum seiner Schürze berühren wollen, wenn er aus dem Gestank der Schlachtkammer und vor die Tür trat, um sich eine Zigarette zu drehen, in den Augen kaum die fahle Andeutung einer Trance, so als hätte er sich insgeheim, irgendwo in seinem tiefsten Innern, einem fernen Zustand verschrieben, den als Liebe zu missdeuten ich mir damals nie erlaubt hätte.

Und doch *war* es Liebe, was ich in seinem Gesicht sah – ein altes, unauslöschliches Licht, das ihm blieb, auch wenn er Tag für Tag mit Blut und Kadavern umging. Sein Name war George Taylor, und jeder wusste, dass es da irgendwo eine Angetraute gab, eine Frau, die er verlassen hatte, als er hierherkam und die Arbeit im Schlachthof annahm. Es hieß, er schicke ihr gelegentlich ein wenig Geld und sei froh, von ihr fort zu sein – eine gefühllose, hartherzige Schlampe hatte meine Mutter sie mal beiläufig genannt, auch wenn ich nicht weiß, woher sie das wissen wollte; außerdem schockierte es mich, dass sie solche Worte in den Mund nahm. Andere Leute sagten allerdings ziemlich dasselbe, hätten sie also je das Licht in George Taylors Augen gesehen, hätten sie gleich geahnt, dass es nicht seiner Frau galt. Was vermutlich nichts zu besagen hatte, hartherzige Schlampe hin oder her, wäre der Tag, an dem dieser Fremde das Schicksal herausforderte und an dem diese alte Geschichte beginnt, nicht der Tag gewesen, an dem die Stadtleute die Sache mit ihm und Carol Poole herausgefunden hatten.

Carol Poole. Wie alt war sie damals? Sechzehn? Siebzehn? Und George Taylor um die dreißig, vielleicht älter. Kein Wunder also, dass sie es geheim halten wollten, die beiden – auch wenn nichts an einem Ort wie diesem lange geheim bleibt. Das Licht in George Taylors Augen hätte ihn außerdem früher oder später verraten. Und obwohl jeder in der Stadt die Pooles kannte und wusste, wer sie waren, zeigten sich die anständigen und rechtschaffenen Leute doch entsetzt, als sie die Wahrheit über das erfuhren, was dort draußen vor sich gegangen war, am Ackerweg auf halber Strecke zwischen Stadt und Wildnis. Aber auch wenn die Pooles widerlich und habgierig waren und jeder in der Stadt Geschichten über die Gehässigkeit des älteren Poole zu erzählen wusste oder über die brutale Dummheit des Sohnes, war es trotzdem nicht richtig, dass ein erwachsener Mann ein solches Mädchen derart ausnutzte. Carol war ein simples Geschöpf, eine halbe Portion, die keiner Fliege etwas zuleide tun konnte – und hatte sie nicht schon genug zu erdulden? Nicht bloß den alten Mann mit seinen fummelnden Händen und dem dreckigen Mundwerk oder den großen Bruder, der sie wie eine Küchenmagd behandelte, dabei wären die beiden schon schlimm genug gewesen; nein, sie musste auch noch mit der anderen fertigwerden. Dieser Morag. Der junge Davey hatte Morag Rogers vor fünf Jahren von Coaltown heimgebracht, und zwei Monate später standen sie vor dem Traualtar, die mausgraue Kleine aus der Wohnsiedlung, die ihr Glück nicht fassen konnte, in eine solche Familie einzuheiraten, eine mit einem großen Haus, der Kerrick Farm, die der Alte Tom Baxter abgeluchst hatte, um gar nicht erst von den gut sechshundert Morgen Land drum herum zu reden. Man konnte sich denken, wie viele Zuschüsse *das* einbrachte. Sie bekam sogar ihr eigenes Pferd, und es dauerte nicht lang, da stolzierte sie umher, als gehörte ihr das Ganze. Natürlich brummelten einige Leute düster, dass selbst ein so verschlagenes kleines Luder wie diese Morag nicht scharf darauf gewesen wäre, die Dame des Hauses zu spielen, wenn sie gewusst hätte, welchen Preis sie dafür zahlen musste.

»Stellt euch vor, ihr solltet diesen Davey küssen«, sagte Tante Margaret eines Abends, als alle Erwachsenen am Tisch vor ihren Whiskys und Sektgläsern saßen.

Meine Mutter nickte und verzog angewidert das Gesicht. »*Aye*«, sagte sie, »stellt euch das mal vor …« Sie brachte den Satz nicht zu Ende, aber alle wussten, was sie meinte, und die Frauen lachten, während mein Dad und sein Bruder Tom die Gelegenheit nutzten und rasch ihre Gläser wieder füllten.

Selbst jedem Kind war damit klar, dass die Pooles nicht gerade beliebt waren, denn das mit dem Lügen, Betrügen und der schieren Sturheit der Leute auf der Kerrick Farm hatte eine lange Geschichte. Wer es also verhindern konnte, mit denen Geschäfte zu machen, ging ihnen aus dem Weg. Nur Carol war anders. Sie war nicht besonders helle, und einige Leute aus der Stadt vermuteten, ehrlich gesagt, dass sie einen *kleinen Dachschaden* hatte, aber letztlich war sie auch nur ein Mädchen und hatte ein gutes Herz. Sie war fünf, als ihre Mutter starb, also wurde sie von ihrem Alten und ihrem Bruder Davey aufgezogen, was nicht besonders lustig gewesen sein dürfte. Und sicher wurde es noch schlimmer, als Morag auftauchte. Kein Wunder also, dass Carol ihr halbes Leben draußen verbrachte, durch den Wald stromerte oder im Bushäuschen vor der Bibliothek hockte und dem Treiben der Welt zusah. Ich denke, so hat sie auch George Taylor kennengelernt. Durch Zufall – was nur ein anderes Wort für Schicksal ist. Der Alte wird sich gewiss nicht darum geschert haben, was Carol machte; Töchter zählten in seiner Welt nicht viel. Er wollte das Haus sauber und das Essen auf dem Tisch haben, sobald er heimkam; ansonsten konnte das Weibervolk machen, was es wollte, solange es nur leise und unauffällig geschah. Der junge Davey dürfte ziemlich dieselbe Einstellung gehabt haben, zumindest soweit es seine Schwester betraf. Sie gehörte zum Hof, genau wie die Tiere oder die Maschinen, auch wenn sie nicht ganz so wertvoll war. Nein, niemanden kümmerte es, was Carol trieb, wie glücklich, unglücklich oder wie einsam sie war, zumindest nicht, bis sie sich mit George Taylor einzulassen begann. Von da an war sie mit einem Mal ihr Augapfel. Die arme, irregeleitete Schwester, die vor den Folgen des eigenen Leichtsinns bewahrt werden musste. Daddys kleiner Engel. Jedermanns bestes Stück. Es war wie in diesem biblischen Gleichnis, in dem der Hirte eines seiner Lämmer verliert und alles stehen und liegen lässt, um danach zu suchen. Für den alten Poole war ein Schaf natürlich ein Stück Vieh, Lebendgut, das wichtig war, weil es Geld einbrachte. Wer ihn und den jungen Davey je draußen auf der Weide gesehen hatte, wie sie trächtige Schafe zum Lammen reinholten, der wusste gleich, dass sie es mit Pflege und Sorge nicht so hatten. Ich meine, zumindest sorgten sie sich nicht um die Tiere selbst. Sie waren wie Lagerarbeiter, die Sachen transportieren. Güter, bewegliche Habe, Vieh. Das reichte weit zurück: Ein Schaf oder eine Tochter, was machte das schon? Wertvoll wurde etwas nicht, weil es Wert an sich hatte; wertvoll wurde es dadurch, dass es *ihnen* gehörte und niemandem sonst.

Kein Mensch weiß, was George Taylor und Carol Poole zusammengebracht hat, und außer mir weiß niemand, seit wann sie zusammen waren, da sie es verblüffend lang geheim halten konnten. *Ich* jedoch wusste über sie Bescheid. Ich wusste es früher als alle anderen, weil ich sie *gesehen* hatte, aber wie hätte ich sie auch nicht irgendwann sehen sollen? Ich lief ständig zum Schlachthof, und George Taylor wusste immer, wann ich da war. Während die übrigen Kids durchs Sumpfland streiften, Feuer machten und Tiere jagten, um sie zu quälen, ging ich den Ackerweg zurück und setzte mich auf einen der großen Bäume, die letzten Winter bei einem Sturm umgekippt waren, um zu warten, bis George Taylor auf eine Zigarette herauskam – und kein einziges Mal ist ihm entgangen, dass ich da war. Wahrscheinlich fand er, ich hätte selber einen kleinen Dachschaden, doch ich wusste, dass er nichts dagegen hatte, wenn ich mich da draußen herumtrieb. Ich denke, im Grunde gefiel es ihm sogar. Ohne mir schmeicheln zu wollen, glaube ich, es gefiel ihm, wie es einem Mann gefällt, einen treuen Hund an seiner Seite oder irgendwo in der Nähe zu wissen, einen Hund, der ihn abgöttisch liebt, aber still auf Abstand bleibt, ein Hund, dessen einziges Vergnügen darin besteht, bei ihm zu sein. Und das wiederum war *sein* Vergnügen. Damals wusste ich es nicht, aber heute weiß ich, dass er so klug war, keinem Menschen zu trauen, dennoch fühlte er sich manchmal einsam und duldete mich deshalb nicht nur, sondern genoss es auch, vor die Tür zu treten und mich irgendwo am Rande seines Blickfelds zu sehen, nicht aufdringlich, nicht fordernd, einfach nur beobachtend. Vielleicht aber wusste ich damals schon, dass ihm meine Anwesenheit etwas bedeutete, denn warum hätte ich sonst all die kleinen Geschenke für ihn dalassen sollen, Kensitas-Zigaretten aus der Schachtel meiner Mutter, hin und wieder eine Flasche Bier oder ein Stück Pastete, das ich aus der Vorratskammer zu stehlen gewagt hatte, die vielen Bilder und Streichholzfiguren, die ich nur für ihn machte? Ich merkte, dass sie ihm gefielen, auch wenn der Tausch völlig stumm ablief: Ich redete nie, und er tat nie etwas, womit er meine unbeholfenen Geschenke anerkannt hätte. Ich schmeichle mir wirklich nicht, denn damals wie heute wusste ich, dass ich nur zum Hintergrund seines Lebens gehörte, Teil einer Welt, die er mit vorsichtigem Interesse musterte, die aber nicht die seine war.

Mit Carol war es jedoch anders. Ich könnte heute nicht mehr sagen, wie sie sich kennengelernt haben, und ich begriff damals nicht, wie das, was zwischen ihnen geschah, etwas mit Liebe zu tun haben konnte. An allzu viel erinnere ich mich aber auch nicht mehr. Ich habe Bilder im Kopf, Schnappschüsse. Im Vorübergehen gehörte Gesprächsfetzen, doch zu wenig, um zu verstehen, worüber geredet wurde. Ehrlich gesagt, beim Schlachthof hatte es mir ohne Carol besser gefallen, und wenn ich trotzdem noch hinging, dann vor allem, um aus der Stadt wegzukommen. Aus dem Haus, fort von den Straßen, den Leuten. Ich sprang über den Bach hinter unserem Haus und folgte ihm bis zu der Stelle, wo er breit genug wurde für eine Brücke über ein flaches, träges Gewässer, das über lose, mit smaragdgrüner Wasserpest betüpfelte Steine strömte. Dahinter war nichts außer dem Ackerweg, der bis an den Rand meiner Welt führte, an die äußerste Grenze von allem, was wir Kids uns vorstellen konnten, ein Ort, von dem wir glaubten, selbst die Zeit würde stillstehen, könnte man dort nur lang genug allein sein. Nur konnte man dort eben nie allein sein, weshalb ich mich lieber am Schlachthof herumtrieb, wo der Hof voll rostiger Nägel und Drahtstücke war, die Fenster zerborsten und mit Sackleinen verhängt, dunkle Schatten im mörderischen Dornengeflecht, die Tür heimgesucht von Dämonen frischer Schmerzen. Den anderen Kids gefiel es hier nicht, die Gegend jagte ihnen Angst ein, auch wenn sie es nie zugaben. Wobei ich mit den anderen Kids nicht viel zu tun hatte. Meine eigene Gesellschaft war mir lieber. Manchmal bin ich wohl mit den Nolan-Brüdern im Sumpfland unterwegs gewesen: Ich habe Bilder von Lagerfeuern im Kopf und von einer Katze, die Tom Nolan gefangen und angezündet hatte, aber heute kann ich mich nur noch an wenig erinnern. Es heißt, man hat Glück, wenn man sich kaum noch erinnert. So lebt man vor allem in der Gegenwart. Erinnerungen verwirren nur, da einem die Vergangenheit stets schöner erscheint und man darunter leidet, dass man sie nicht zurückholen kann. Was verloren ist, lässt sich nicht mehr retten. Man kann das Parkhaus, die bezahlbaren Häuser und die Windräder nicht wieder abreißen, um die Welt aufs Neue so herzurichten, wie sie einmal war. Man muss sich damit abfinden und kann nur hoffen, dass einem nicht alles unter den Füßen weggezogen und verkauft wird.

Vor einigen Jahren hatte ich was mit einer Frau, die angeblich ein fotografisches Gedächtnis besaß, und da habe ich mich gefragt, wie das ist: Bleiben die Erinnerungen reglos und starr, unveränderlich wie Schnappschüsse im Familienalbum? Sie sagte, sie könne es nicht beschreiben. Mir jedenfalls nicht. Ich hatte keine Ahnung, was ich davon halten sollte, war jedoch lange überzeugt, selbst nicht eine einzige echte Erinnerung zu besitzen. Ich hätte sogar behauptet, gar keine eigenen Bilder im Kopf zu haben, bloß Wörter und Ideen aus zweiter Hand, unbestimmte, neblige Impressionen von Herbsttagen, Bauernhöfen und jenen wenigen Orten, an denen ich außerdem noch gewesen bin. Nur war das falsch. Ich besaß eine deutliche, bildhafte Erinnerung, einen kurzen Film, den ich in Gedanken von Anfang bis Ende abspulen konnte; allerdings machte mir weniger zu schaffen, dass ich mich exakt daran erinnerte, als vielmehr die Tatsache, dass es so wenig Zusammenhänge mit dem gab, was ich sonst noch wusste. Ich sehe George Taylor am Schlachthof vor mir, wie er eine Zigarette raucht; George Taylor und Carol Poole, wie sie im hohen, klammen Gras am Waldrand liegen, und obwohl ich überzeugt war, dass George Taylor dazu gar nicht fähig gewesen wäre, meinte ich manchmal zu sehen, wie er ihr wehtat. Dabei rede ich nicht von Sex; mit Sex kannte ich mich aus. Ich meine Schmerzen. Manchmal tat er etwas, was ich nicht sehen konnte, presste sie mit kräftigen Händen zu Boden; und einmal war da auch ein Messer. Sie schrie, dann zog sie ihn an sich, aber was er auch tat, er führte es zu Ende. Ich weiß nicht, was es war; möglicherweise habe ich da auch etwas falsch verstanden, aber selbst als sie schrie, bat sie ihn, nicht aufzuhören oder sie loszulassen, und falls er Carol wirklich wehtat, scheint es ihr nichts ausgemacht zu haben, da sie immer wiederkam. Er liebte sie, das merkte man ihm an – und bei einer Familie wie der ihren brauchte sie mehr Liebe als die meisten Menschen. Keine Ahnung, ob sie seine Gefühle erwiderte, vielleicht war sie nur froh, jemanden zu haben, der merkte, dass es sie gab, doch hat er ihr sicher nichts getan, womit sie nicht einverstanden gewesen wäre.

Natürlich konnten sie nicht zusammen sein. Ich habe einmal gehört, wie ihm Carol das mit genau diesen Worten sagte: Wir können nicht zusammen sein. »Warum nicht?«, hat er zurückgefragt, aber ich weiß nicht, was dann passierte. Irgendwie muss sie gespürt haben, dass ich in der Nähe war und lauschte. Wie, das ist mir schleierhaft, da ich mich hinter der Mauer versteckt hielt, und sie standen an der Tür zum Schlachthof und teilten sich eine Zigarette – ich habe ihnen immer gern dabei zugesehen, wie sie nie jeder für sich rauchten, sondern sich immer eine teilten –; Carol nahm ihn jedenfalls am Arm, und zusammen gingen sie ins Haus und schlossen hinter sich die Tür. Trotzdem wusste ich, dass Carol recht hatte, was immer George Taylor auch sagte. Sie konnten nicht zusammen sein, zumindest nicht in diesem Leben. Vielleicht wussten sie es beide, und vielleicht sind sie deshalb unvorsichtig geworden, obwohl sie doch lange übervorsichtig gewesen waren; bald nach diesem Gespräch wurde ihr Geheimnis jedenfalls plötzlich bekannt. In dieser Gegend wird gern getratscht, bestimmt weil es sonst nicht viel zu tun gibt. Man tratscht und macht unheilschwangere Andeutungen. Ich weiß noch, wie meine Mutter eines Nachmittags, als in der Stadt bereits Gerüchte umgingen, meiner Tante Margaret die ganze Geschichte brühwarm erzählte. Alle Welt hat sich da gefragt, wie die Pooles wohl reagieren würden.

»Das nimmt noch ein böses Ende«, sagte meine Mutter, während sie in der Küche saß und Tee trank.

Tante Margaret dachte einen Moment nach und erwiderte dann: »Nimmt nicht alles ein böses Ende?«

Woraufhin sie beide lachen mussten, nur war es kein richtiges Lachen, und einige Sekunden später schüttelte meine Mutter den Kopf. »Ganz richtig, das nimmt noch ein böses Ende«, sagte sie und beide nickten, in gemeinsamer Weisheit vereint.

»Keiner kann seinem Schicksal entrinnen«, sagte Tante Margaret und genehmigte sich den letzten Butterkeks auf dem Teller, jenen, von dem ich gehofft hatte, meine Mutter würde ihn für mich übrig lassen.

Manchmal sehe ich George Taylor. Ich will das nicht, aber die Toten sind nun einmal überall um uns herum, und er ist der Einzige, dessen Geschichte ich wirklich kenne. Die Toten sind überall, nur sind sie nicht, was sie einmal waren, und auch wenn sie uns nicht mehr kennen, schauen sie in diesen Augustnächten vorbei, nähern sich auf Schleichwegen, verstohlen wie entflohene Sträflinge in einem alten Fernsehfilm, rasch und beinahe unsichtbar, weshalb wir ihnen nur zufällig begegnen, wenn wir im grauen Dämmer zur Frühschicht aufbrechen oder in den Morgenstunden von einer Party nach Hause kommen – und wenn ich George Taylor sehe, macht mir das keine Angst, erinnert es mich doch höchstens an eine alte Gespenstergeschichte, wie man sie sich am Lagerfeuer im Wald erzählt. Dabei ist es eigentlich keine richtige Begegnung, eher ein unvermitteltes, flüchtiges Gefühl, das mir noch stundenlang nachhängt, obwohl es nur wenige Sekunden dauerte, ein Gefühl, vielleicht auch ein lang unterdrücktes Wiederbegreifen, dass nichts hier endgültig sicher ist. Die Bäume nicht, auch nicht das Haus an der Straße, die Häuser in Eskdale nicht oder die kirschroten und silberfarbenen Lichter an den Laderampen des neuen Milchbetriebs dort draußen, wo einmal der Ackerweg war. All das ist real, das weiß ich, einen Moment lang aber ist es auch nicht wahr, hat es etwas an sich, was nicht überzeugt, fast wie ein Filmset oder die Schilderung in einem Reiseführer, die einen Ort, zumindest hinsichtlich der Fakten, präzise beschreibt und ihn zugleich dennoch irreal wirken lässt.

Es gab keine Zeugen für die Ermordung von George Taylor. Nicht einmal mich. Ich saß in der Schule, sehnte mich nach draußen. Offiziell war es auch kein Mord, bloß ein Unfall. Irgendwie brach bei der Arbeit ein Feuer aus, und irgendwie hat er es nicht bemerkt, oder falls doch, kam er irgendwie nicht raus. Was ziemlich irrsinnig ist, denkt man auch nur ein bisschen drüber nach. Das Gebäude war voller Fenster – einige hatten nicht einmal Fensterscheiben, die waren nur mit Sackleinen verhängt, und selbst wenn ihm das Feuer erst nicht aufgefallen wäre, hätte er später immer noch rauslaufen können. Nur glaube ich nicht, dass George Taylor noch bei Bewusstsein war, als das Feuer ausbrach – womöglich hat er nicht einmal mehr gelebt. Irgendwer ist zu ihm, erst vielleicht bloß, um mit ihm zu reden, vielleicht aber hatte er auch von Anfang an vor, George Taylor zu beseitigen, dann wurde er bewusstlos geschlagen oder umgebracht, und die Mörder – es müssen mehr gewesen sein als nur eine Person, ich könnte mir sogar vorstellen, dass es die ganze Sippschaft der Pooles gewesen ist –, die Mörder gerieten dann jedenfalls in Panik und steckten das Haus in Brand. Oder das war von Anfang an ihr Plan: George Taylor töten und anschließend den Schlachthof abfackeln, um alle Spuren zu beseitigen. Und falls das ihr Plan war, hat er funktioniert; ich fürchte bloß, sie wären sowieso ungeschoren davongekommen, da sich kein Mensch auch nur die Bohne für George Taylor interessierte und weil fast alle, und sei es auch noch so ungern, irgendwelche Geschäfte mit den Pooles laufen hatten. So lauteten nun mal die Regeln, okay? Leg dich nicht mit Leuten an, die mehr Geld oder Grund besitzen. Stell denen keine unbequemen Fragen, die hier schon seit Generationen auf dem Rücken anderer Leute leben, die sämtliche Subventionen einstreichen und den Ton angeben. Hinter vorgehaltener Hand kann man flüstern, was man will, aber wer mit dem Finger auf diese Menschen zeigt, der kriegt Ärger.

Außerdem hatte niemand irgendwelche Beweise, soll heißen, niemand außer mir. Ich nämlich besaß ein winziges Fitzelchen von Beweis, auch wenn es vor Gericht nicht im Mindesten standgehalten hätte. Was mir auch damals schon klar war, hatte ich doch bloß ein Stückchen Alufolie, das von irgendwem zerknüllt und weggeworfen und von mir zufällig gefunden worden war, am Tag nach George Taylors Tod, als ich mir die ausgebrannten Ruinen ansah. Dass ich es gefunden hatte, war purer Zufall, ein Wunder fast, könnte man sagen, aber ich habe es gleich erkannt, denn ich war es, der es auf die Fensterbank vom Schlachthof gelegt hatte, eines meiner kleinen Geschenke für George Taylor. Als ich es hinlegte, war es wie eine Schale geformt gewesen, wie ein Pokal oder Kelch, und ich hatte es eigenhändig und sehr sorgfältig und mit

Bedacht geformt, ein Zeichen meiner Wertschätzung für einen Mann, der meist so tat, als wenn er mich gar nicht bemerkte. Es war kein besonders tolles Geschenk; meine Mutter hatte mir einige Tage zuvor gezeigt, wie man einen Vogel, ein Tier oder eine kleine Trophäenschale aus Alufolie falten konnte, und ich hatte gewollt, dass George Taylor die Schale bekam – ich denke, damit er verstand, dass ich ihn liebte. Denn ich habe ihn geliebt, damals, und vielleicht auch heute noch, nicht wie einen Vater, aber vielleicht wie einen idealen älteren Bruder, dessen Glück mich glücklich machte. Und er war mit Carol Poole glücklich gewesen, glücklich auf seine stille Art, auch wenn er ihr hin und wieder wehtat und sie nicht zusammen sein konnten – jedenfalls war sie mit ihm glücklicher gewesen, als ich geahnt hatte, denn warum sonst hätte sie drei Tage nach dem Brand in die Spülküche der Kerrick Farm gehen und sich mit dem Gewehr ihres Vaters das Hirn wegpusten sollen? Falls die Pooles George Taylor getötet haben, um ihr kleines Mädchen zu retten, hatten sie einen schwerwiegenden Fehler begangen – und genau das wollte sie ihnen damit klarmachen, als sie sich auf diese Weise in ihrem Haus umbrachte. Darüber hinaus wollte sie ihnen noch etwas zu verstehen geben: Sie sagte, seht her, selbst wenn ihr noch so viel Geld, Land und Einfluss in dieser Gegend habt, ich halte nichts davon. Sie sagte, auch wenn ihr noch so viel habt, habt ihr doch das eine nicht, worauf es ankommt, und – verzeiht, wenn das jetzt schnulzig klingt – das eine, worauf es ankommt, ist Liebe. Akzeptiert man, dass man jemanden liebt, fordert man womöglich das Schicksal heraus, nur ist das besser als die Alternative, die da hieße, gar kein Schicksal zu haben, kein Schicksal und keine Bestimmung, bloß blinde Selbstsucht, Gier und dieses leere Gefühl der eigenen Seele in der Nacht, wenn einen alles einholt und man wach im Bett liegt und denkt: Mein Gott, was habe ich nur getan?

Man kann das Schicksal herausfordern und muss damit rechnen, dass es reagiert, bloß reagiert es nie so, wie man es erwartet. Kurzfristig lassen sich die Dinge erklären: »Das ist unfair, das war nicht in Ordnung«, langfristig aber bleibt das Schicksal ein Rätsel. Eigentlich interessiert es sich nicht für unsere Angelegenheiten, geht es ihm doch allein um die lange, inhumane Geschichte, die sich um uns herum entfaltet, die wir aber nie verstehen können. Deshalb werden die Schuldigen nicht bestraft, zumindest nicht so, wie man es erwarten würde. Ich wusste, die Pooles waren für das verantwortlich, was mit George Taylor passiert war. Ich wusste es, weil ich den jungen Davey vor meinem inneren Auge sah, wie er mein kleines Geschenk fand und es mit grimmigem, selbstgerechtem Vergnügen zu nichts zermalmte, um es dann wegzuwerfen. Vielleicht hat er gedacht, es sei von Carol, wahrscheinlicher aber ist, dass er überhaupt nicht gedacht hat. Wäre es jemand anders gewesen, wäre das winzige Indiz nie gefunden worden, damals aber hatte ich und habe ich vielleicht sogar heute noch den forensischen Blick sowie eine schon fast lächerliche Aufmerksamkeit fürs Detail in jenen Dingen, die mir wichtig sind, weshalb ich, als ich den winzigen Aluball fand, sofort verstand. Doch was sollte ich sagen? Was konnte ich tun? Irgendein Behördenmensch hätte es mit den Pooles aufnehmen und sie vor Gericht bringen sollen, aber dass das passieren würde, hat niemand geglaubt, ich am allerwenigsten. Und dennoch – vielleicht lag darin ja eine Art Gerechtigkeit, erst in Carols Selbstmord und dann, im Laufe der folgenden Tage, Wochen, Jahre, in der Gewissheit, die wir alle in unseren einsamsten, stillsten Augenblicken teilten, die Gewissheit nämlich, dass die Pooles ihr Leben lang für ihre Sünden gelitten hatten. Sie hatten gelitten, und sie wurden auf bestmögliche Weise bestraft, so wie uns das Schicksal gern bestraft, lang bevor sie George Taylor das antaten, was sie ihm antaten. Und sie litten auch, als sie Carol verloren. Ich will nicht behaupten, dass ihnen viel an ihr gelegen hätte, doch setzte ihnen die Schande zu, die ihr Tod über sie brachte. Und die Schande setzte ihnen zu, weil sie anderen Leuten die Augen öffnete oder zu der stummen Einsicht brachte, dass die Pooles verkümmert waren, hässlich und gemein – was genau dem entsprach, was sie in ihren einsamsten, stillsten Augenblicken schon immer gewusst hatten. Vielleicht klingt das jetzt melodramatisch, doch war dies der Grund, warum die Pooles nicht lieben konnten. Deshalb ging es ihnen nur ums Geld, darum, was zu besitzen und das zu beschützen, was sie zu haben glaubten – was natürlich auch Carol einschloss, dabei hätten ihnen alle, die damals hier lebten, sagen können, dass jeder, der etwas ungebrochen wertschätzen will, lernen muss, es mit anderen zu teilen.

Dennoch strafte das Schicksal die Pooles auf direkterem Wege, auch wenn es eine Weile dauerte. Es geschah drei Jahre nach dem Brand, kam für sie aber zu einem extrem ungünstigen Zeitpunkt, da der Alte krank daniederlag und die kleine Morag außer Rand und Band geriet, sich mit ihrer alten Gang herumtrieb und vermutlich eine Affäre mit einem der Jungs aus Coaltown hatte. Vielleicht funktioniert das Schicksal ja so, vielleicht gehen hier Schicksal und Gerechtigkeit ineinander über. Jedenfalls entfaltet es sich nicht in unserem Tempo und hält auch nicht die übliche Arbeitszeit ein, doch irgendwann fordert es seinen Tribut – und funktioniert auf ihm eigene Weise, wo niemand sein Wirken deutlich erkennt, mal in der Spülküche einer leidgeprüften Farm, mal draußen in der Wildnis, im Sumpfland, wenn die frechen Kids in der Schule hocken oder sich im Kino eine billige Vormittagsvorführung ansehen. Es wählt Zeit und Ort, dann schlägt es zu, weshalb alle, obwohl sie es öffentlich nie zugeben würden, wussten, dass Davey Pooles scheinbar unvermittelter Tod eine Strafe war, ein Schicksalsschlag, zu dem es aus bestimmtem Grund draußen im Sumpfland kam,

so wie sich auch Carol aus bestimmtem Grund in Kerricks Spülküche umgebracht hatte. Womit ich nicht behaupten will, dass die
Wildnis – der Wald, das Sumpfland oder die jenseits gelegenen
Orte, von denen wir Kids nur träumten –, also womit ich nun
wirklich nicht behaupten will, dass Gott oder die Natur oder wie
man es nennen mag, über uns *urteilt*. Zumindest nicht so, wie die
Menschen über sich und andere urteilen. Das glaube ich heute
nicht und habe es auch damals nicht geglaubt. Die Wildnis nimmt
unsere Verbrechen ebenso gleichgültig hin wie unsere freudvollen,
glücklichen Augenblicke. Das ist mir klar, und ich behaupte auch
nichts anderes, und doch … Ich weiß nicht. Die Wildnis urteilt
nicht über uns, doch wann immer wir hingehen, können wir vielleicht nicht anders, als uns so wahrzunehmen, wie wir sein würden,
schaute ein Engel oder eine Gottheit auf uns herab und prüfte
unsere Seelen. Ich glaube, genau das ist auch mit Davey Poole
passiert, auf den Tag genau drei Jahre nachdem George Taylors
Leichnam im Schlachthof ein Opfer der Flammen wurde. Offenbar war er ins Sumpfland gegangen, um Kaninchen zu schießen,
nur gehörte das nicht gerade zu seinen üblichen Gepflogenheiten –
Davey Poole zog Gift dem Gewehr vor –, und es schien eigenartig,
dass er an einem nasskalten, windigen Tag gegen Ende des Sommers mit seinem neuen Hobby begann. Vielleicht wollte er nur
spazieren gehen und hatte – womöglich im Banne eines Aber-
glaubens, dem er nach dem Tod seiner Schwester verfallen war –
das Gewehr als eine Art Talisman mitgenommen, damit es ihn
nicht allein gegen die eine oder andere Person schützte, die ihm
Böses wollte, sondern auch gegen das Schicksal selbst – soll heißen,
gegen sein unterentwickeltes schlechtes Gewissen, falls er denn
überhaupt eines hatte. Jedenfalls denke ich, dass Folgendes passiert ist: Er kam, warum auch immer, an diesen Ort, wo die Schatten dunkler waren als sonst irgendwo, einen Ort, an dem plötzlich

Stille herrschte und er sich allein fühlte, ungeschützt, sodass sich die Sinnlosigkeit seines Lebens wie die allerschwärzeste Wolke auf ihn herabsenkte und – nun, ich will nicht behaupten, er hätte den Anstand besessen, sich umzubringen, denn Leute wie die Pooles klammern sich fester ans Leben als die meisten andern, da auch das Leben für sie eine Art Besitz ist. Zumindest halten sie es dafür. Egal, es war jedenfalls kein Selbstmord. Kann sein, das da was passiert ist. Vielleicht ist er gestolpert, und er hielt das Gewehr in einem bestimmten Winkel, und dann …

Vielleicht ist ihm auch wer nachgelaufen und hat die ganze Sache inszeniert, damit es wie ein Unfall *aussah*. Doch wer hätte das sein sollen? Schließlich kümmerte es niemanden, was mit George Taylor war, nur mich und Carol Poole, aber Carol war schon lang tot und ich nur ein Junge. Ein Kind eigentlich noch, jedenfalls niemand, der es mit Davey Poole aufnehmen konnte. Also kann ich mir nicht denken, wer ihn im steten Nieselregen verfolgt und von hinten erschlagen haben soll mit einem Stein, den er am Rand eines der kleinen Teiche im Sumpfland fand, als Davey Poole ihm gerade den Rücken zukehrte. Es ist ein weites, offenes Terrain da draußen, bloß buschgroße Bäume und Schilf-inseln, also nichts, wohinter man Deckung suchen könnte. Man muss das Sumpfland schon ziemlich genau kennen und sich da-rauf verstehen, leise zu sein und den richtigen Augenblick abzu-warten, wollte man sich von hinten an jemanden heranschleichen und ihn dann niederschlagen; außerdem musste man die Ruhe bewahren und fest entschlossen sein, um dann Daveys Gewehr zu nehmen und ihm genau da ein Loch in den Schädel zu pusten, wo die Schusswunde die mit dem Stein beigebrachte Verletzung überdecken würde. Und dann? Was dann? Wie lebt man mit sich, wenn man weiß, dass man jemanden umgebracht hat? Wer wollte da nicht nachts aufschrecken und fürchten, dass das Geheimnis entdeckt wurde? Ich vermute, man hielte es nur aus, wenn man sich einredete, man hätte im Namen der Gerechtigkeit gehandelt oder als langer Arm des Schicksals, bloß kenne ich hier niemanden, der so denkt. Die Leute in dieser Gegend interessieren sich nicht für Gerechtigkeit, das können sie sich nicht leisten. Man senkt den Kopf und versucht einfach weiterzuleben, und wenn irgendwem was geschieht, heißt es »Keiner kann seinem Schicksal entrinnen«, und man ist dankbar dafür, dass der schwarze Engel nicht an die eigene Tür geklopft hat. Vielleicht haben sie ja recht. Vielleicht ist das wirklich die einzige Möglichkeit, an einem Ort wie diesem nicht den Verstand zu verlieren, an einem Ort, wo alles solchen Leuten wie den Pooles gehört.

Dies ist eine Geschichte vom Ende der Kindheit, von jenen letzten Tagen, in denen alles zufällig geschah und keine Erklärung, klänge sie auch noch so plausibel, uns gänzlich zufriedenstellte. Ich weiß das, aber ich möchte sie so gut wie möglich erzählen, diese Geschichte, da ich die Kluft füllen will, die sich mit George Taylors Tod auftat, jenen Platz an der Tür, wo er seine Zigarette rauchte, und ich möchte der Leere gedenken, die er und Carol Poole hinterließen, eine Leere, die nichts füllen kann, wie viele Windräder und bezahlbare Häuser auch immer dort errichtet werden, wo wir einst lebten, das Schicksal herausforderten, Teufel im Spiegel sahen und, ja, draußen im Sumpfland unsere kindlichen Spiele mit Rasierklingen und Streichhölzern spielten. Außerdem will ich nichts erklären, denn ich wüsste ja doch nichts weiter, als die hausbackene Lebensweisheit meiner toten Tante zu wiederholen: »Keiner kann seinem Schicksal entrinnen.« Oder um es mit anderen Worten auszudrücken, so wie George Taylor es vielleicht bei seinem Versuch gesagt haben würde, Carol Poole einzureden, dass sie, trotz allem, zusammenbleiben könnten, sie beide, mit Worten, die er verstanden hätte, dass man nämlich das Schicksal herausfordern muss, wenn es keine andere Möglichkeit gibt, ein anständiges Leben zu führen. Es ist der einzige Weg, jener animalischen Existenz zu entfliehen, für die sich die Pooles und ihresgleichen wie auch die meisten Menschen in dieser traurigen, sterbenden Stadt entschieden haben. Man muss das Schicksal herausfordern, wenn man sich selbst treu bleiben will. Ansonsten erzählt man bald Geschichten, die einem gar nicht gehören. Geschichten, die zu erzählen man kein Recht hat. Geschichten, die, wenn alles getan, alles entstaubt wurde und die Leichen in ihren Gräbern liegen, schon immer anderen Leuten gehörten und einen selbst nur im Vorübergehen streiften, nicht schicksalhaft, sondern weil man das einzig wahre Pech hat, das man haben kann, und das ist Fügung.

Schlampenflusen

Der Zahn hatte ihr schon den ganzen Tag zu schaffen gemacht, weshalb sie Rob davon erzählte. Sie hatte es nicht gewollt, da sie wusste, dass es ein Fehler war, ihm was zu erzählen, andererseits war alles, was sie in letzter Zeit tat, ein Fehler, und sie konnte nicht ewig so weitermachen, Tag und Nacht mit jedem Wort, das ihr über die Lippen kam, vorsichtig sein und zugleich so tun, als würde sie ihm nichts verheimlichen, denn nichts machte ihn wütender. Eine Frau sollte vor ihrem Mann keine Geheimnisse haben, sagte er gern. Und wenn es etwas gebe, was er hasse, dann seien das Geheimnisse. Als sie sich zum Essen an den Tisch setzten, hatte er gefragt, was denn los sei, obwohl sie keine Ahnung hatte, wie er darauf kam, hatte sie doch nicht die geringste Andeutung darüber verloren. Hätte sie es getan, hätte er gesagt, sie solle aufhören, so wehleidig zu sein. Er mochte keine Leute, die wehleidig waren, statt die Probleme anzupacken. Und deshalb hatte sie, obwohl der Zahn, als Rob nach Hause kam, puckerte und ganz entzündet war, darauf geachtet, sich nicht anmerken zu lassen, wie weh er tat – und sie kapierte nicht, woher Rob das wissen konnte, da sie kein Wort über den Schmerz verlor und sich wie gewohnt um sein Abendbrot kümmerte. Aber so war er eben manchmal, fast als könnte er Gedanken lesen.

»Und?«, hatte er wie aus heiterem Himmel gefragt, als sie ihm sein Tennent's brachte. »Was stimmt nicht mit meiner Janice?« Sie hatte wieder Spaghetti gemacht, weil Nudeln billig waren, und auch, weil er nur ungern mehrmals hintereinander dasselbe aß. Mit verschiedenen Soßen, dachte sie sich, mal mit Tomatensoße und ein paar Abende später dann mit Speck und Pilzen, würde es sicher nicht so auffallen. Er mochte Nudeln, die waren nicht so schlimm wie Reis oder Kartoffelbrei. »Du bist doch nicht krank, oder?«, fragte er.

Janice zwang sich zu einem Lächeln und schenkte ihm sein Bier ein. Er mochte keine zu große Schaumkrone, folglich musste sie sich konzentrieren. Alles musste genau so sein, wie er es mochte. »Mir geht's gut«, sagte sie in ruhigem Ton, damit es sich nicht anhörte, als würde sie jammern. Rob hasste es, wenn sie jammerte.

»Tja, anscheinend nicht«, sagte er. »Du läufst rum mit einem Gesicht wie sieben Tage Regenwetter, also geht's dir nicht gut, oder?«

Er bedachte sie mit einem knappen, aber strahlenden Lächeln und fuhr fort zu essen. Es war einfach nicht fair. Sie kümmerte sich um ihre Zähne, er nie. Er hatte auch sonst keine gesundheitlichen Probleme, aber mit den Zähnen schon gar nicht. Seit Jahren sei er nicht beim Zahnarzt gewesen, betonte er gern. Genau genommen seit der Schule nicht mehr.

Sind alles Diebe, diese Zahnärzte. Manchmal, beim Grillen oder auf einer Party, öffnete er eine Bierflasche mit den Zähnen, spuckte mit breitem Grinsen den Deckel aus und trank auf ex, wobei der Schaum über den Rand und ihm das Kinn herunterlief. »Hab nur ein bisschen Zahnweh«, sagte sie. »Das geht bald vorbei.«

Rob griff zur Gabel und wickelte sich Nudeln auf. Pilzstückchen und Krümel vom geriebenen Käse flogen über den Tisch, was er aber nicht zu bemerken schien. Er aß Nudeln wirklich gern und war für den Rest des Abends meist gut gelaunt, wenn es Spaghetti Bolognese gab oder wenn sie die leckeren Penne mit Meeresfrüchten nach dem Rezept machte, das sie aus der Zeitung hatte. Früher hatte Rob mal in einem italienischen Restaurant gearbeitet und konnte einem die Namen der verschiedenen

Nudelsorten aufzählen: Vermicelli, Fusilli, Linguine, Bucatini oder Spaccatelli. Er war nur Küchengehilfe gewesen, kannte sie aber trotzdem. »Sollte es verdammt noch mal auch«, sagte er, als die Gabel schließlich voll war. »Kannst schließlich nicht ewig mit einer solchen Visage durch die Gegend laufen.« Er steckte sich die Gabel in den Mund, biss die Nudelenden ab und nahm einen Schluck Bier. »Ist nämlich echt deprimierend.«

Janice blickte auf den Teller. Ihr war jetzt nicht nach Essen, der Schmerz war zu schlimm, aber sie wusste, es würde ihr nicht erspart bleiben. Verschwendung konnte er nicht ausstehen. »Das wird schon wieder«, sagte sie und hoffte, damit sei das Thema erledigt. Rob sagte nichts weiter, also probierte sie die Spaghetti. Die Soße war scharf und heiß, aber sie schluckte trotzdem.

»Himmel Herrgott!«, sagte er und ließ das Besteck auf den Tisch fallen. Janice legte ihres daraufhin auch beiseite und wartete ab. Wenn er wütend war, hörte man am besten auf, irgendwas zu tun, und ließ ihn sagen, was er zu sagen hatte. Still saß er einen Moment da, dachte nach, nahm einen Schluck Bier und lehnte sich zurück. »Was genau stimmt denn nicht?«

»Na ja, der eine Zahn, der ist ein bisschen empfindlich«, sagte sie.

»Und? Ist er schon faul?«

»Glaub nicht …«

»Irgendwas muss ja damit nicht stimmen«, sagte er, stand auf und ging um den Tisch herum zu ihrem Stuhl. »Lass mal sehen.« Er fasste sie am Kinn und schob ihr den Kopf in den Nacken.

»Weit aufmachen«, befahl er.

Sie öffnete den Mund, aber noch im selben Moment fiel ihr auf, dass sie Mundgeruch hatte, und sie wollte nicht, dass er das merkte. »Ich glaube …«

»Ich kann nichts sehen, wenn du so mit der Zunge rumwerkelst«, sagte er und rückte so nah an sie heran, sodass sie seine

Fahne riechen konnte. Wie beim Sex am Samstagabend, wenn sie den Biergeruch in Mund und Nase hatte und er sie wie eine Puppe benutzte. »Welcher ist es denn?«, fragte er und drehte ihren Kopf ins Licht, damit er besser sehen konnte.

»Der …«

»Aha!« Unvermittelt ließ er sie los und trat einen Schritt zurück. »Na ja«, sagte er. »Hast du zu lange schleifen lassen. Seit wann macht er Probleme?«

Janice sagte nichts. Es gab nichts zu sagen. Sie wusste, der Zahn musste raus, aber sie wusste auch, dass sie nicht zum Zahnarzt gehen konnte. Die nahmen nur noch Privatpatienten, und selbst wenn nicht, kosteten sie zu viel. In letzter Zeit hatte sie nicht mal genug für den Haushalt, von einem Zahnarzt ganz zu schweigen. Darüber zu reden war zwecklos, außerdem wurde dann nur das Essen kalt. Was er ihr bestimmt auch noch zum Vorwurf machen würde.

»Na ja«, meinte Rob. »Damit wirst du wohl zum Arzt müssen.«

Sie starrte auf ihre Spaghetti. »Geht bestimmt bald vorbei«, sagte sie. »Und ein Arzt ist viel zu teuer.«

Das ließ ihn für einen Moment verstummen. Er hasste es, wenn sie über Geld redete, hasste es, wenn sie ständig so negativ war und ewig davon anfing, was sie sich alles nicht leisten konnten. Nur wusste er auch, wie wenig sie hatten, seit sie nichts mehr verdiente und er selbst nur noch Gelegenheitsjobs bekam. Solange sie im Krankenhaus gearbeitet hatte, waren sie zurechtgekommen, aber er hatte gewollt, dass sie die Stelle aufgab, weil sie immer so früh anfangen musste, was mit seinen Zeiten nicht zusammenpasste. Dabei hatte ihr die Arbeit gefallen. Mit den Kindern spielen, sobald sie aufgenommen wurden, dann dafür sorgen, dass es den Erwachsenen gut ging, wenn ihre Kleinen in den OP kamen. Meist hatten die Eltern keine Ahnung, wie fertig es sie machen würde, wenn die kleine Angela oder der kleine Tommy betäubt wurde,

gerade noch da, gleich darauf weg. Das zu sehen war für die Eltern ein Schock – und dann mussten sie raus und auf der Station
warten, bis ein völlig Fremder endlich aufhörte, mit Tupfer und
Skalpell an ihrem Kind herumzufummeln. Manche regten sich
schrecklich auf, und es gehörte zu Janice' Aufgaben, ihnen beizu-
stehen und sie zu beruhigen. Das war eine große Verantwortung –
und sie hatte Rob gehasst, als er sagte, sie müsse ihre Arbeit aufgeben. Allerdings konnte er auch nicht verstehen, wie das war,
weil er nie einen Job gehabt hatte, bei dem man regelmäßig mit
Leuten zu tun hatte.

Rob saß wieder auf seinem Platz, trank sein Bier. Janice sah ihm
an, dass er nachdachte, was kein gutes Zeichen war. Sie wickelte
Spaghetti auf ihre Gabel. Wenn sie sich benahm wie immer, würde
er sich vielleicht nicht weiter drum kümmern.

»Du hast recht«, sagte er nach einem Moment. »Ist zu teuer.«
Er trank das Bier aus, stellte das Glas auf den Tisch und warf ihr
einen vielsagenden Blick zu. Gleich erhob sich Janice und ging
zum Kühlschrank, um noch eine Dose zu holen. Sie öffnete sie
sorgsam und stellte sie so hin, dass er leicht danach greifen konnte.
Nur das erste musste sie ihm einschenken, danach goss er sich
selbst ein. Dann setzte sie sich und fing erneut an, Spaghetti auf
die Gabel zu wickeln.

»Vergiss das«, sagte er, plötzlich in hartem Ton. Nicht laut, noch
nicht, aber das würde bald kommen. Er dachte kurz nach, dann
stand er auf und ging auf den Flur. Sie konnte hören, wie er im
Schrank neben der Tür kramte, und fragte sich, was er da suchte.
Er blieb jedoch nicht lang, und als er zurückkam, hielt er seinen
Werkzeugkasten in der Hand. Er sah sie an.

»Ich mach das«, sagte er.

Erst verstand sie nicht. »Du machst was?«, fragte sie. Dann begriff sie, und ehe sie es verhindern konnte, schüttelte sie den Kopf.

»Nein«, stieß sie hervor und wusste im selben Moment, dass sie einen Fehler beging. Rob aber sagte nichts, öffnete nur den Werkzeugkasten und holte eine schlanke Zange heraus, eine, wie Elektriker sie benutzen.

»Siehst du«, sagte er. »Ich habe in meiner Kiste alles, was so ein Zahnarzt hat, auch wenn es nicht ganz so glänzt, aber bei der Kohle, die so einer scheffelt, kann er sich es ja leisten, neue, glänzende Zangen zu haben.« Er sah ihr in die Augen. »Letzten Endes aber braucht man nicht mehr als das hier, eine Zange. Und eine feste Hand.«

Janice schüttelte den Kopf, sagte aber nichts. Widersprach sie ihm, würde er garantiert nicht damit aufhören. Nicht, bis sie einen praktischen Grund fand, warum er es nicht machen konnte. Jetzt durchwühlte er die Kiste, um nachzusehen, was sonst noch nützlich sein könnte. »Aber Rob«, sagte sie kurz darauf. Ihn beim Namen zu nennen, fand sie immer komisch. Fast so, als würde sie eine Lüge wiederholen. »Das ist nicht sicher. Ist nicht – steril ...«

»Null problemo«, sagte er. »Dafür brauchen wir nur kochendes Wasser. Wie in diesen Wildwestfilmen.«

Sie dachte einen Moment darüber nach – und diesen Moment lang glaubte sie, das Ganze wäre vielleicht doch nur ein Scherz. Als er aber in die Küche ging und den Kessel aufsetzte, wusste sie, dass er es ernst meinte. »Bitte, Rob«, sagte sie. »Dein Essen wird kalt.«

Er gab keine Antwort. Sie hörte ihn in der Küche rumoren, etwas aus dem Schrank holen, dann kochte das Wasser, und er kam zurück mit einem Glas und einer Flasche Whisky, die er auf der Arbeit bei einer Tombola gewonnen hatte. Weil er sich nicht viel aus Whisky machte, war sie noch fast voll. Er stellte sie auf den Tisch, das Glas daneben. »Trink«, sagte er.

»Mir geht's gut«, sagte sie. »Tut fast nicht mehr weh.« Sie konnte die Verzweiflung in ihrer Stimme hören, was bedeutete, dass er sie auch hörte. Und das würde ihn nur darin bestärken, zu Ende zu bringen, was er angefangen hatte.

Er beachtete sie gar nicht. »Statt Narkose«, sagte er. »So machen sie es auch in den Filmen. Wenn sie eine Kugel oder was weiß ich rausschneiden.« Er griff nach der Zange, ging zurück in die Küche, und ihr kam der Gedanke, dass sie wegrennen könnte. Wenn sie sich beeilte, war sie aus der Tür und die halbe Treppe runter, ehe ihm was auffiel. Aber sie rührte sich nicht vom Fleck. Er kehrte mit der frisch sterilisierten Zange zurück. »Alles startklar«, sagte er und sah zum leeren Glas. »Trink lieber was. Macht es leichter.« Behutsam legte er die Zange so auf den Tisch, dass der Zangenkopf nichts berührte. »Jetzt sei kein Frosch«, sagte er und goss ihr einen großen Schluck ein. »Das Ganze ist im Nullkommanichts vorbei.« Er gab ihr das Glas. »Trink.«

Sie nahm das Glas und setzte es an die Lippen. Der Whisky roch süß und schwer wie feuchtes Holz. Sie nahm einen Schluck, schluckte so viel sie konnte und musste gleich noch mal schlucken, um sich nicht zu übergeben. Rob stand über sie gebeugt, bis das Glas leer war, schenkte ihr erneut ein und sah zu, bis sie auch das ausgetrunken hatte.

Dann machte er sich ans Werk.

Hinterher saß sie lange vor dem Fernseher, ein Handtuch ans Gesicht gepresst, während Rob sich bereit machte, aus dem Haus zu gehen. Er hatte nicht gesagt, wann er zurückkommen würde, aber kaum hatte er den Zahn gezogen und sich gewaschen, verkündete er, dass er runter ins West End zu Dougie gehen wolle. »Ich bleib nicht lang«, sagte er, aber das sagte er immer – und manchmal stimmte es sogar. Manchmal blieb er nur eine Stunde weg. Dann wieder kam er erst früh am nächsten Morgen nach Hause. Es gefiel ihm, dass sie sich nie sicher sein konnte.

Diesmal hatte er ihr ziemlich wehgetan. Der Zahn wollte anfangs nicht raus, weshalb er es mit Gewalt versuchte, sie mit einer Hand auf dem Stuhl hielt, während er mit der anderen an ihrem Kiefer zerrte und dabei ständig murmelte, fluchte und sie anschrie, sie solle stillhalten, damit er den Zahn besser zu fassen bekam. Einmal war er mit der Zange ausgerutscht, und sie hatte Angst, er könnte einen gesunden Zahn abbrechen, aber er machte so lange weiter, bis er den faulen Zahn locker bekam. Was allerdings seine Zeit brauchte. Am Ende war überall Blut, auf ihm, auf ihrem Gesicht und auf dem T-Shirt; und vom Schmerz und vom Whisky wurde Janice wieder übel.

Es lief nichts Interessantes im Fernsehen. Außerdem sah sie eigentlich sowieso nicht hin, was sie nach einer Weile trotzdem deprimierte, weshalb sie den Apparat ausstellte und ans Fenster trat. Die Straße unten war jetzt unsichtbar bis auf den silbrigen Schimmer, der von den Schaufenstern ausging; und über die Dächer der gegenüberliegenden Häuser hinweg konnte sie das sich bis nach Hilltown ziehende Funkeln und Glitzern der Stadt sehen. Meist schien sie grau und klamm, aber sah man wie jetzt nur die Lichter im Dunkel, konnte die Stadt richtig schön sein. Und wenn man die Leute und die Autos ausblendete, wirkte sie friedlich, fast wie das Leben, dass sie sich gewünscht hatte, als sie Rob kennenlernte. Damals war er ihr anders vorgekommen, und sie hatte geglaubt, sie wollten beide dasselbe: die nächtliche Stille, gemeinsame Abende daheim, entspannte Musik und ein schönes Essen, das sie zuvor stundenlang zubereitet hatte.

Sie erinnerte sich, wie er an einem Sonntagnachmittag, damals besaß er noch sein Auto, einen Ausflug mit ihr gemacht hatte und sie nach Five gefahren waren, vorbei an St Andrews, die ganze Strecke bis hin zu diesem Strand unweit von Kingsbarns. Er sei einmal da gewesen, als er noch klein war, hatte er gesagt, und er war glücklich dort, weshalb er ihn ihr zeigen wollte. Der Strand machte nicht viel her, und Rob war ein wenig verlegen gewesen, als sie über den Sand liefen und aufs Meer hinaussahen an diesem klaren, kalten Winternachmittag kurz vor Weihnachten. Außer ihnen war sonst niemand dort, weshalb es auch so still war und man nur die träge Wucht des Meeres hören konnte, dessen weiße Wellen fast ihre Füße überspülten, ehe sie in dünnen, glitzernden Lagen über den Sand zurückströmten. Sie waren eine Stunde gegangen, vielleicht auch länger, hatten sich kreuz und quer ihren Weg vorbei an Felstümpeln und den tieferen Abflüssen gesucht, die von den Feldern strömten, und als sie dann am Ende aufblickten, war es immer noch hell, aber der Mond war schon da und hing so staubig weiß wie ein Kreidezeichen überm Wasser. An diesem Nachmittag war sie so glücklich gewesen. Sie hatte den Strand geliebt, und sie hatte Rob geliebt, weil er sie mitgenommen hatte – jetzt aber, als ihr das wieder einfiel, überraschte sie, dass es erst drei Jahre her war.

Drei Jahre. Länger hatte er nicht gebraucht, um sich in jemanden zu verwandeln, der ihr fremd war, und sie so zu verändern, dass sie sich im Spiegel nicht wiedererkannte, sie zu einer zu machen, die ihre Arbeit aufgab, weil er es wollte, zu einer, die auf ihrem Stuhl am Küchentisch hockte und zuließ, dass er ihr mit einer Elektrikerzange einen Zahn zog. Jetzt war ihr übel, und sie hatte Schmerzen, und sie wollte nichts lieber, als ihn verlassen, nur wusste sie genau, dass sie das nicht konnte. Die Angst war zu groß. Betrunken hatte er ihr oft genug gesagt, dass er ohne sie nicht leben könne, dass er, sollte sie ihn je verlassen, nicht wüsste, was er tun würde. Immer wenn er was Schlimmes getan hatte, sagte er das. Heute Abend kam er bestimmt mit einer Tafel Schokolade und einer Piccoloflasche Sekt nach Hause, setzte sich zu ihr an den Küchentisch und sagte, wie leid ihm doch alles täte und wie sehr er sie doch liebte. Er würde sie bitten, ihm zu verzeihen, und das würde sie, weil sie sich zu sehr vor dem fürchtete, was er mit ihr anstellen könnte, wenn sie ihm nicht verzieh. Und dann, falls er nicht zu betrunken war, würden sie ins Bett gehen, und er würde Sachen mit ihr machen wollen, über die er in *Forum* gelesen hatte.

Als sie in die Küche zurückging, um sich noch eine Anadin zu holen, hörte sie das Geräusch, ein Rascheln, und erst konnte sie nicht genau sagen, wo es herkam. Sie stand am offenen Schrank, zählte die Tabletten – nur acht, nicht genug für eine Überdosis –, da hörte sie aus der Ecke dieses Raschelgeräusch, irgendwo zwischen Schrank und Kühlschrank, vielleicht kam es auch von den Rohren dahinter, von dort, wo sich der Staub sammelte. Rob beschwerte sich bei ihr ständig über die Küche, darüber, dass sie hinter den Sachen nicht gründlich genug putzte, was doch wie eine offene Einladung für Ungeziefer wäre, es sich da gemütlich zu machen, ein Nest zu bauen und winzige, klitzekleine Nachkommen zu zeugen. Letzteres sagte er immer mit der Stimme von Gary Oldman in *Das fünfte Element*. Er liebte diesen Film und kannte fast jedes Wort auswendig. »Will vielleicht noch einer verhandeln?«, fragte er etwa mit der Stimme von Bruce Willis, und Dougie und die anderen fanden ihn total komisch, bloß war er's nicht, denn in dem, was er sagte, schwang immer auch was Gemeines mit. Ahmte er zu Hause diese Stimmen nach, wusste sie, dass etwas im Busch war. »Bingo!«, sagte er und machte einen auf Gary Oldman als korrupter Bulle in *Leon*, wenn er sie bei etwas erwischte oder irgendwas entdeckte, was sie verbockt hatte. Er hatte das schon so oft getan, dass sie Angst bekam, wenn Gary Oldman auch nur im Fernsehen zu sehen war. Egal in welchem Film. Sie bekam solche Angst; sie spürte sie in der Brust und im Hals wie einen Schrei, den sie nicht loswurde.

Sie nahm zwei Anadin und spülte sie mit einem Schluck Wasser hinunter. Rob hatte den Whisky auf dem Tisch stehen lassen, und sie überlegte, ob sie noch einen Schluck trinken sollte. Zusammen mit den Tabletten würde ihr davon vielleicht so schlecht, dass sie ins Krankenhaus musste; eine gute Idee war das aber auch nicht, das wusste sie. Rob würde nur glauben, sie wolle ihn bloßstellen, und früher oder später hatte sie dafür zu zahlen. Einen Moment stand sie einfach da und versuchte, einen klaren Kopf zu bekommen. Sie fühlte sich kein bisschen betrunken, eher duselig und ziemlich mitgenommen. Wenn sie sich hinlegte und so tat, als schliefe sie, ließ er sie womöglich in Ruhe, wenn er zurückkam. Vielleicht war er ja zu besoffen für Sex und würde sich nur neben sie legen und gleich einschlafen. Das Beste wäre natürlich, er würde sich was zu essen holen und zurück zu Dougie gehen, aber da hegte sie keine großen Hoffnungen – falls Dougie nicht das Geld hatte, ihn einzuladen, was ziemlich unwahrscheinlich war. Ihre Gedanken drehten sich im Kreis. Sie wusste, sie hätte nach dem Whisky nicht noch mehr Tabletten schlucken dürfen. Dann überlegte sie, ob sie duschen sollte, aber ihr Verstand wehrte sich dagegen – sie wollte, dass er das Blut sah, wenn er hereinkam, damit er nicht vergaß, was er ihr angetan hatte. Und sie wollte dreckig aussehen, damit er keinen Sex wollte; allerdings war ihm völlig egal, wie sie aussah, wenn er unter Dampf stand. Er würde es vermutlich nicht mal bemerken.

Wieder das Geräusch, und diesmal wusste sie genau, wo es herkam. Aus der hintersten Ecke beim Wäschetrockner, den ihre Mum ihnen geschenkt hatte – und jetzt, als sie nachsah, bemerkte sie etwas, konnte aber nicht erkennen, was es war. Ihr Blick verschwamm, und sie nahm nur etwas Undeutliches, Unfertiges wahr, fast wie ein Gekritzel in blauer Tinte auf nassen Schatten – etwas Unmögliches, dachte sie, auch wenn es eindeutig da war. Ein unförmiges Büschel aus blauem Fell, halb geformt und fluffig wie das Zeug, das sich im Haus alter Leute unterm Bett findet, wenn seit Jahren niemand mehr geputzt hat. So sah es aus, im Moment jedenfalls, dann aber bewegte es sich, und da war wieder dieses Geräusch, zuerst ein Rascheln, dann ein Kratzen wie von einem Tier, das versucht, sich durch feuchten Putz zu graben. Und genau das sah sie, als sie näher heranging und in die pudrige, nach Waschpulver riechende Ecke mit schmutzig-weißem Linoleum zwischen Wäschetrockner und Wand stierte: Ein Tier, bloß konnte sie nicht erkennen, was für eine Art Tier, denn ihr verschwommener Blick und die Schatten machten es nicht einfach, etwas zu erkennen.

Erst dachte sie, es sähe aus wie eine winzige, unterernährte Katze, nur war sie blau und selbst für ein Kätzchen zu klein; und dann, als ihr Blick klarer wurde, begriff sie, dass es ein Fuchs war, ein Fuchs mit einem so scharfen, gewitzten Gesicht wie aus einem Kinderbuch. Der schnelle rote Fuchs springt über den dicken faulen Hund. Bloß war das unmöglich, denn Füchse sind nicht blau, und überhaupt, wie sollte ein Fuchs in ihre Küche kommen, hoch oben im dritten Stock eines Mietshauses mitten in Dundee? Und wie könnte ein Fuchs so klein sein? Denn jetzt, da sie genauer hinsah, erkannte sie, dass das Tier klein war, viel zu klein für einen Fuchs oder ein Kätzchen, selbst für eine Ratte. Es war winzig – was bedeutete, dass es was anderes sein musste, etwas Mögliches. Vielleicht eine Maus, die aus einem Haus mit Kindern geflohen war und sich hier, in Sicherheit, verkrochen hatte. Heutzutage gab es zahme Mäuse in allen Farben; weiße, schwarze, gelbe und sicher auch blaue. Sie bückte sich und starrte dieses Etwas an, das sich an die Wand presste und verzweifelt am feuchten Putz kratzte – und jetzt, da sich ihr Blick klärte, konnte sie sehen, dass es wirklich eine Maus war. Eine kleine, taubenblaue Maus mit langem Fell, winzigen Füßen und einem scharfen, gewitzten Gesicht, das aus dem Schatten zu ihr aufblickte. Überrascht stellte sie fest, dass sie keine Angst hatte, ganz im Gegensatz zu dem Tier. Das aber hatte eine panische Angst und versuchte verzweifelt zu entkommen, verstört, verirrt, weit fort von seinesgleichen, und die feuchten, schwarzen Augen sahen zu ihr hoch, so glänzend, feucht und hoffnungslos, dass sie das plötzliche, verzweifelte Verlangen spürte, sie aufzuheben und verschwinden zu lassen, ehe Rob nach Hause kam. Sie, mit anderen Worten, zu retten – denn Rob würde sie töten, wenn er sie fand. Da war es egal, ob sie taubenblau oder irgendjemandes Liebling war, er würde sie trotzdem umbringen, denn er hasste Schädlinge. Er würde sie umbringen, ohne zu zögern, und Janice wusste, so weit durfte sie es nicht kommen lassen. Sie musste dieses Etwas aufheben und hier rausbringen, vielleicht auf der Treppe freilassen und zusehen, wie es seinen Weg nach Hause fand, oder noch besser, es auf den kleinen grünen Trockenplatz hinterm Mietshaus bringen und da ins Gras setzen, damit es ins Dunkle davonhuschen konnte.

Sie musste es retten – sie wusste nicht warum, aber sie musste –, und eigentlich war das auch keine große Sache. Dafür brauchte sie nur zuversichtlich genug zu sein, wie ihr Großvater immer gesagt hatte, als sie klein war und noch zu Hause wohnte. Damals waren die Nachbarskinder zu ihm gekommen, wenn sie eine verletzte Drossel oder einen verletzten Star im Wald oder auf dem alten Ackerweg gefunden hatten; und wenn es mal wieder so weit war, ließ er gleich alles stehen und liegen und folgte ihnen dahin, wo der Vogel kauerte, ein großer, schweigsamer Mann in Hemdsärmeln, umgeben von stillen, aufgeregten Jungen. Und dann, eine halbe Stunde später, kam er zurück, den reglosen, wachsamen Vogel in der Hand, der aufmerksam jede Bewegung verfolgte, aber eigentlich keine Angst hatte, da er die sanfte Güte des Mannes spürte. Er hatte ihr einmal erklärt, dass mehr nicht nötig war, wenn man es mit Tieren zu tun hatte. War man ruhig, waren auch sie ruhig. Hatte man Angst, hatten sie Angst. Sie brauchte also nur zuversichtlich zu sein.

Nur hatte sie keine Ahnung, wie man ein lebendes Tier fängt, und auch nachdem sie sich klargemacht hatte, dass es nur ein winziges Etwas war, allein, wehrlos und sicher furchtsamer als sie selbst, ängstigte sie die Vorstellung, es in die Hand zu nehmen. Trotzdem zwang sie sich, sich hinzuhocken, formte mit den Händen eine Schale und hoffte, das Tier bliebe lang genug reglos, dass sie es aus dieser dämmrigen, nach Waschpulver riechenden Ecke fischen und forttragen könnte. Sie wusste nicht, wie spät es war, aber sie fürchtete, dass Rob jeden Moment zurückkommen könnte. Deshalb musste sie schnell sein und entschlossen handeln. Entschlossen und zuversichtlich, vor allem aber ruhig.

Sie stützte sich auf ein Knie. Die Maus bewegte sich nicht mehr und hatte sich leicht gedreht; sie sah sie nicht länger an, wusste aber, dass sie da war. Sie geriet nicht in Panik und versuchte auch nicht zu fliehen, als Janice Zentimeter um Zentimeter näher heranrückte, bis dann plötzlich eine ihrer Hände wie aus eigenem Willen vorschoss – eine Hand, nicht zwei, wie ursprünglich geplant – und sie die Maus in der halb geschlossenen Faust hielt, ein kleines Bündel Haar und Knochen, das sich nicht wehrte, sich eigentlich überhaupt nicht bewegte, vollkommen ruhig war. Einen Moment lang war überhaupt alles still. Sie hob die Hand leicht an, um einen Blick auf die Maus zu werfen – und erst schien es, als hätte sie das Tier verfehlt und nichts als Staub und Luft gegriffen. Dann aber, als sie sich die halb geschlossene Faust näher vor die Augen hielt, sah sie das Gesicht. Was die Maus dachte, konnte sie nicht sagen, aber sie sah nicht mehr verängstigt aus und schien einfach nur auf etwas zu lauschen, auf etwas in weiter Ferne.

Sie hatte Ohren, die zu groß für ihren Kopf waren, und ihr Mund sah winzig aus und zusammengekniffen, fast als hätte ihn jemand mit dünnem schwarzem Garn zugenäht. Bis eben hatte sie geglaubt, sie hocke drall, rund und warm in ihrer Faust; jetzt aber, da sie das

Tier gefasst hatte, spürte sie, wie kalt und leichtgewichtig es war. Was sie mehr als alles andere verblüffte. Eigentlich war es ein Nichts, nur ein Hauch von etwas, was, wie sie unwillkürlich glaubte, völlig verschwinden würde, wenn sie ihren Griff nur ein wenig verstärkte – und noch ehe sie sich umdrehte, um in den anderen Raum zu gehen, noch ehe sie Robs Schlüssel in der Wohnungstür hörte, konnte sie spüren, wie es schrumpfte, weshalb sie einen kurzen Moment lang dachte, sie würde es zerquetschen, obwohl sie es doch so vorsichtig in der Hand hielt, so sanft. Genau davor hatte sie Angst gehabt, als sie zum ersten Mal daran dachte, das Tier aufzuheben: Sie hatte sich nicht um sich selbst geängstigt, sie hatte gefürchtet, sie könnte die Maus irgendwie verletzen, ohne es zu wollen. Sie hatte Angst, die Maus könnte sterben, und es wäre ihre Schuld. Doch jetzt, als sie so geborgen, versteckt und warm in ihrer Hand hockte, schmolz sie dahin, schrumpfte ihr zwischen den Fingern zu einem leichten Büschel aus Haar und Staub – und sie wusste, sie musste sie aus der Wohnung bringen, ehe sie gänzlich verschwand.

Sie war nur wenige Schritte gegangen, als sie den Schlüssel hörte. Erst den Schlüssel, danach die mit typischem Knarren aufschwingende Tür, und dann – Sekunde um Sekunde wie ein Zeitlupensoundtrack des Alltäglichen – die Geräusche, mit denen Rob den Mantel auszog und vom Flur hereinkam, die Miene abwesend und vom Alkohol leicht aufgedunsen. Zuerst sah er sie nicht mal, wie er da in der Tür zwischen Wohnzimmer und Küche stand, und sie wusste, er hatte ordentlich getankt, obwohl doch kaum Zeit vergangen zu sein schien, seit er gegangen war. Dann nahm er sie wahr, blieb aber noch einen langen Moment stehen, als versuchte er, sie im Nebel auszumachen, was sie an die Eltern im Wartezimmer erinnerte, nachdem ihre Kinder in den OP gebracht worden waren, daran, wie sie sie aus weiter Ferne ansahen, unglücklich und überrascht, fast als könnten sie sich nicht mehr erinnern, wer sie war.

Sie war nur wenige Schritte gegangen, und in all der Zeit, in der sie ihren Mann anblickte und einzuschätzen versuchte, wie betrunken er war, konnte sie spüren, wie der letzte Rest des Nagers dahinschwand – bis sie in diesem wie scheintoten Zustand schließlich zu begreifen begann, dass sie die Maus gar nicht erwischt hatte. Sie hatte danebengegriffen und nichts weiter als eine Handvoll Staub gefasst und – wie hieß dieses Zeugs, das man in den dunklen Ecken fand, die niemand sauber machte? Wie hieß es noch gleich? Schlampenflusen. Ja, richtig. So hatte ihre Mutter das immer genannt, Schlampenflusen, und Janice erinnerte sich, wie sehr sie den Klang dieses Wortes geliebt hatte, als sie noch klein war und nicht wusste, was eine Schlampe ist. Rob hatte sie mal so genannt, weil sie sich von Dougie unter einem Mistelzweig küssen ließ – kein richtiger Kuss, seine Lippen hatten nur flüchtig ihre Wange gestreift –, damals während der ersten Weihnacht nach ihrer Hochzeit. Schlampe. Er hatte es gesagt, als freute es ihn, als hätte er es schon längst gewusst; und als sie es mit einem Lachen abzutun versuchte, hatte er sie am Hals gepackt und sie an die Wand gedrückt. »Hältst du mich für einen Idioten?«, hatte er gesagt und sie festgehalten, bis ihr die Tränen kamen.

Jetzt starrte er sie an, als überraschte es ihn, nicht allein in der Wohnung zu sein, und sie merkte, dass er betrunkener war, als sie geglaubt hatte. Zugleich kam ihr der Gedanke, dass die Maus, wenn sie sie nicht gefangen hatte, noch irgendwo hinter ihr sein musste – außer Gefahr, zumindest für den Augenblick –, und sie horchte, hoffte, sie würde nichts hören, betete, dass das Tier gespürt hatte, dass Rob kam und dass es an einen dunklen Ort gehuscht war, wo er es niemals finden würde, denn sie wollte unbedingt, dass die Maus in Sicherheit war. Sie war ihr Geheimnis, und sie musste dafür sorgen, dass ihr nichts passierte, denn nichts ist kostbarer als ein Geheimnis, hatte ihr Großvater einmal gesagt, als sie noch klein war – und während der ganzen Schulzeit hatte sie diesen Gedanken gehütet wie einen kostbaren Schatz, weil es sonst nichts gab, was ihr kostbar war. Schon immer hatte sie Geheimnisse erfunden, sie aus der Luft gegriffen und inbrünstig bewahrt – und jetzt hatte sie wieder eines. Es war nichts weiter als eine Maus, das wusste sie, eine winzige blaue Maus mit zugenähtem Mund und übergroßen Ohren, aber sie war zu ihr gekommen, zu niemandem sonst, und Rob durfte niemals in ihre Nähe gelangen. Jetzt nicht, später nicht, niemals.

Sie fühlte sich plötzlich wieder duselig, und ihr Kiefer puckerte. Das war bestimmt die ganze Zeit schon so gewesen, begriff sie, aber bis jetzt hatte sie es nicht gemerkt. Sie sah Rob an. Sie musste so tun, als freute sie sich, ihn zu sehen, musste ihn glauben machen, dass sie die ganze Zeit auf ihn gewartet hatte, damit sie ihm Kaffee aufsetzen oder noch ein Bier holen konnte, sobald er zur Tür hereinkam. Vor allem aber musste sie so tun, als merkte sie nicht, dass er betrunken war, denn das hieß, sie würde sich ein Urteil über ihn erlauben, und nichts hasste er mehr, als wenn jemand über ihn urteilte. Sie verzog den Mund zu dem, was hoffentlich einem Lächeln glich. »Ich wollte gerade Wasser aufsetzen«, sagte sie und wusste, sie erklärte sich bereits, was seinen Verdacht wecken musste, denn dass man in die Küche ging, brauchte man nicht zu erklären, nicht mal ihm.

Allerdings wurde er nicht misstrauisch, und Erleichterung überkam sie wie eine helle Woge, als ihr klar wurde, dass er die Maus nicht finden würde. Jedenfalls nicht heute Nacht. Er war zu betrunken, und da war noch etwas, ein dunkles, vernebeltes Gewirr von Gedanken und Gefühlen hinter seinen Augen, das sie prompt als Reue deutete. So war es immer, wenn er sie übel zugerichtet hatte. Er betrank sich, und dann bekam er ein schlechtes Gewissen. Manchmal sagte er, es täte ihm leid, und gab für die Zukunft Versprechungen ab, manchmal kam er auch einfach nur, stellte sich vor sie hin und wartete auf ein Zeichen, dass sie alles hinter sich lassen konnten. Dieses Gefühl war echt, solange es denn vorhielt – und sie hasste ihn dafür. »Willst du einen Kaffee?«, fragte sie.

Rob nickte, sagte aber nichts. Er dachte immer noch nach, feilte an der hübschen kleinen Rede, die er halten würde, wenn er so weit war. Janice wartete einen Moment, dann ging sie in die Küche, um den Kessel aufzusetzen, wobei sie sorgsam darauf achtete, nicht in Richtung Wäschetrockner zu sehen, bis sie hörte, wie der Fernseher angestellt wurde. Erst als sie ganz sicher sein konnte, dass sie nicht gesehen würde, ging sie genau zu der Stelle, wo sie vorhin auf dem Boden gekniet hatte, um sich zu überzeugen, dass es nichts weiter gab, was Rob sehen könnte, außer einigen winzigen Kratzern auf dem Putz und hier und da einen Bausch Schlampenflusen, seltsam lebensecht und blau auf schmutzig-weißem Linoleum.

Sonnenbrand

Jedes Jahr am ersten richtig warmen Sommertag bekomme ich einen Sonnenbrand. Ich gehe in den Garten oder ich sitze am Strand und ziehe mein Hemd aus, nur für einen Moment, um mich abzukühlen oder um die erste Wärme des Jahres auf Rücken und Schultern zu spüren. Natürlich habe ich vor, mich nach fünfzehn Minuten wieder anzuziehen, spätestens nach einer halben Stunde, dabei ahne ich während all der Zeit, worauf es hinausläuft. Ich habe helles Haar und helle Haut, weshalb ich leicht einen Sonnenbrand bekomme. Ich sollte eine Sonnencreme mit hohem Lichtschutzfaktor benutzen; noch besser, ich ließe mein Hemd, wo es hingehört, denn aus jahrelanger Erfahrung weiß ich, dass ich einschlafe, sobald mir die Sonne auf den Pelz brennt. Ich drifte in Gedanken davon, ich träume, und meine Träume sind kompliziert, absolut fesselnd, kleine Mythen, die sich in meinem Kopf abspielen. Dann schlafe ich für eine Stunde ein oder für einen Nachmittag; und bis mir klar wird, was passiert, ist mein Rücken rot und die Arme kribbeln schon. Ziehe ich dann das Hemd an, läuft mir ein exquisiter Schauder über die Haut, halb angenehm, halb schmerzhaft, so flüchtig und dunkel wie der Wind, der über ein reifes Kornfeld streicht. Eine Stunde später fühlt sich die Haut wund an.

Das Traurige ist, ich weiß, was passiert, und mache es trotzdem. Jedes Mal wenn ich jemanden sagen höre, Selbsterkenntnis sei der Schlüssel zu einem glücklichen Leben, muss ich lachen. Nicht dass ich was gegen Selbsterkenntnis als solche hätte, aber für mich ist sie ebenso ein Hobby wie jede andere Form von Wissen. Ist das

Muster erst festgelegt, tun wir wieder und wieder, was immer wir nun einmal tun müssen. Wir können zu Therapeuten gehen oder Selbsthilfebücher lesen, wir können aber auch einfach mit dem weitermachen, was wir immer schon getan haben, oder wir werden zu jemand anderem als zu dem, der wir sind. Wie Cindy zum Beispiel. Cindy hat jedes nur erdenkliche Selbsthilfebuch gelesen, was dazu führte, dass sie einen Großteil ihres Lebens im Schatten ihres wahren und unweigerlich rätselhaften Ichs verbringt. Sie tut, was sie tun zu sollen glaubt, praktiziert Reiki und emotionale Intelligenz, ernährt sich nach Buchanweisung und bittet ihresgleichen um Hilfe, wenn sie sich ein bisschen neben der Spur fühlt. Sie gleicht einem adretten Vorstadtgarten: ein bisschen zu ordentlich, ein bisschen zu gepflegt. Ich gehe unterdessen meinen Angelegenheiten nach, tue, was ich zu tun habe, und darüber hinaus möglichst wenig. Jedes Jahr am ersten richtig warmen Sommertag bekomme ich einen Sonnenbrand. In manchen Jahren verbrennt die Haut ziemlich übel, in anderen kaum. Doch das ist egal; es muss passieren. So erinnere ich mich an die Geschichte, die mein Körper erzählt, eine Geschichte, die überwiegend recht angenehm ist, manchmal allem Anschein zum Trotz.

Die Geschichte beginnt in dem Sommer, in dem ich vierzehn wurde. Schon von klein auf war ich eines dieser verschlossenen, launischen Kinder, die nachts wach liegen und sich wünschen, sie hätten ein besonderes Talent, etwa für Kryptografie oder Musik. Ich glaubte, irgendwann in nicht allzu ferner Zukunft würde ich etwas lernen, was mich zu etwas Besonderem machte. Ich könnte dann sechs Sprachen sprechen, oder ich wäre der einzige Mensch auf der ganzen Welt, der den Reichtum einer uralten Zivilisation anhand des scheinbar zufälligen Inhalts eines Tontopfes oder aufgrund irgendeines obskuren Systems von Knüpf- und Flechtarbeiten erkennen konnte. In der Schule hockte ich an meinem Tisch und dachte an die Zukunft, die jeden Tag beginnen musste. Bis dahin war ich allein. Ich redete mit keinem, nicht mal mit meinen Eltern – vor allem nicht mit meinen Eltern –, und ich kannte niemanden, da ich, wie jeder Philosoph im Teenageralter, nicht daran glaubte, dass es möglich sei, jemanden zu kennen. Nicht jedenfalls, ihr wisst schon, so *richtig kennen*. Ich war mehr oder minder zufrieden, zumindest wäre ich es gewesen, hätte man mich mir selbst überlassen, doch das Schlimmste daran, fast vierzehn zu sein, ist, dass von einem erwartet wird, Freunde zu haben; und hat man die nicht, machen sich die Leute Sorgen. Mit fünfzig zum Beispiel kann ein Mann der ruhige, wissenshungrige Typ sein, eine Nachteule, einer, der Bücher oder eine Katze oder einen guten Single Malt lieber hat als jede Gesellschaft. Wie mein Vater. Warum also musste ausgerechnet er derjenige sein, der mich dazu bringen wollte, etwas *zu tun*? Warum fand gerade er, es sei ungesund, dass ich es vorzog, nicht rauszugehen und mich mit Gleichaltrigen zu treffen, wenn seine Vorstellung von zwischenmenschlichem Kontakt doch höchstens in Radiohören bestand? Fünfzig zu sein und keine Freunde zu haben ist ein Anzeichen von Tiefsinn; mit vierzehn in derselben Verfassung zu sein ist ein Anzeichen von Versagen – wenn nicht heute, dann bald. Wäre es möglich, würde ich zu dem knapp Vierzehnjährigen zurückkehren und ihm sagen, dass das alles Unsinn war, dieses Gerede von rausgehen und jemanden treffen; und ich würde ihm sagen, er solle weniger an die Zukunft denken und sich mehr um das kümmern, was ihm entgeht, denn ich hab diesen Jungen ziemlich gern, jetzt, da ich nicht länger er sein muss.

Heute denke ich kaum mehr an die Zukunft. Es kommt eine Zeit, da besteht die einzig sinnvolle Bemühung darin, die Zukunft gänzlich zu vergessen und sich auf das eine zu konzentrieren, das immer da ist: die Gegenwart, die unberechenbare. Es kommt eine Zeit, in der es nichts als die Gegenwart gibt, die weiterhin immerzu passiert und nicht weniger wird oder zur Vergangenheit verblasst. Die Vergangenheit bleibt als Idee natürlich bestehen, aber die Zukunft ist rein gar nichts. Sie, diese flüchtige Gegenwart, ist nicht mal, was sie einst schien, der Quell fürs Morgen oder fürs nächste Jahr. Es kommt eine Zeit, in der die Dinge ihren Namen vergessen, in der eine Gestalt, die man aus einem alten Gemälde kennt, in der alltäglichen Welt die Straße überquert, ein Engel aus einem Krippenbild von Duccio oder einer der unbedeutenderen Apostel aus einem Fresko, das irgendein Meister des fünfzehnten Jahrhunderts der amüsierten Nachwelt hinterließ. Es kommt eine Zeit, in der nichts anders ist, als es zu sein scheint, nichts, woran man sich messen muss. Könnte ich zu dem knapp Vierzehnjährigen zurückkehren, würde ich ihm dies und noch manches andere sagen, auch wenn die Annahme, er hörte mir zu, geradezu lächerlich wäre.

Die Vergangenheit bleibt, und es kann nicht schaden, sie von Zeit zu Zeit aufzusuchen. Meist ist sie nicht, was sie zu sein schien, fast alles verschiebt sich, wenn wir uns durch unsere Erinnerungen bewegen, doch gibt es Abschnitte, die unverändert bleiben, ganze Stunden am Stück, die weder verblassen noch sich verändern. Wie jener Tag, an dem ich während schöner warmer Nachmittagsstunden allein zu Hause war und nach draußen eilte, um mich in die Sonne zu setzen, ein Buch in der einen, einen stibitzten Gin Tonic in der anderen Hand. Eigentlich mochte ich Alkohol nicht besonders, hielt es aber für meine Pflicht, ihn zu trinken, wenn meine Eltern aus dem Haus gingen und verkündeten, dass sie erst nach Mitternacht zurückkämen und ich mich, wenn ich Hunger hätte, an den Sachen im Kühlschrank bedienen, aber nicht zu lange aufbleiben solle, da ich morgen wieder Schule hatte oder zur Musikstunde musste oder was sonst immer ich gerade machte, um ein besserer Mensch zu werden. Selbst in diesem Alter aber hätte ich wissen müssen, dass Hitze und Alkohol sich nicht vertragen; mein Dad bekam mal einen Hitzschlag, weil er den ganzen Tag im Garten saß und Bier trank, dabei hatte meine Mutter ihm ständig gesagt, er solle sich was überziehen, da er wie ich eine helle Haut hatte. Wie ein Scheitern kam sie mir vor, diese helle Haut. Nicht wie ein Zufall der Natur, sondern wie etwas, was wir, die beiden Männer der Familie Williamson, irgendwie falsch gemacht hatten.

Ich erinnere mich nicht daran, eingeschlafen zu sein oder daran, wie viel ich getrunken hatte, ehe es passierte, aber ich weiß noch, dass sich Angela Mathers, unsere Nachbarin, plötzlich über mich beugte, ihre Hand auf meinem Rücken, ihre Stimme aus der vollkommenen Ferne des Schlafs. »Hallo«, sagte sie. »Wach auf, sonst verbrennst du noch.« Wieder berührte sie mich, und ich fuhr hoch wie elektrisiert. Sie spitzte die Lippen. »Huch«, sagte sie, »sieht aus, als wär's schon passiert.« Sie richtete sich auf. »Wo sind Caron und David?«, fragte sie.

»Ausgegangen«, sagte ich und musterte sie. In jenem Moment fühlte sich die Hitze auf Rücken und Armen gar nicht schlimm an, eher wie ein wohliges Summen. Schwieriger zu verkraften fand ich, dass sich Angela Mathers in einem kurzen, zitronengelben Sommerkleid über mich beugte, ihre Miene halb besorgt, halb amüsiert. »Sie kommen erst spät zurück«, setzte ich hinzu, um das Gespräch in Gang zu halten. Ich wollte nicht, dass sie mich verließ.

»Tja, dann will ich mal sehen, was ich finden kann, um dich zu verarzten«, sagte sie. »Du gehst in den Schatten, am besten rein ins Haus, und ich sehe nach, was ich in eurem Medizinschrank finde.«

Das machte mir ein wenig Sorgen, denn ich nahm nicht an, dass wir einen Medizinschrank im eigentlichen Sinne besaßen.

Trotzdem stand ich auf; die Hitze auf meinem Rücken brannte plötzlich, die Haut juckte und glühte, als ich Angela Mathers nach drinnen folgte.

Seit drei Jahren war ich in sie verliebt, seit jenem Tag, an dem ich sie morgens in einem dunkelblauen Wintermantel und ebenso blauen Handschuhen aus dem Haus hatte gehen sehen. Sie arbeitete in einem Gebäude, das man nur das Veterinärlabor nannte, eine Bezeichnung, in der stets ein Hauch von Geheimhaltung mitschwang. Ich hatte keine Ahnung, was dort passierte, und ich glaube, auch niemand sonst wusste es, aber ich stellte sie mir vor, da oben am Waldrand in den Gebäuden aus den Dreißigerjahren, wie sie Tests vornahm oder lange, komplizierte Telefongespräche mit Wissenschaftlern und Technikern in Dänemark oder Manitoba führte und wie ihre sanfte Stimme von den Telefonleitungen übermittelt wurde und mit Schneefall, Vogelgesang und dem Wind über der Nordsee verschmolz. Im Labor war es immer Abend; und wenn Angela Mathers am Ende eines langen, wichtigen Tages ihr Labor verließ, wirkte sie berührt vom Schatten des Anderswo, selbst wenn sie im Sonnenschein eines späten Nachmittags nach Hause ging. Sie hatte vollkommen blaue Augen, die sich mit nichts, was ich kannte, vergleichen ließen; und sie trug ihr dunkles, nicht gänzlich schwarzes Haar in einem straffen Knoten, was sie selbstsicher und verdienstvoll aussehen ließ.

Im Haus saß ich im Esszimmer, während Mrs. Mathers verschwand, um nach Medikamenten zu suchen. Ich hatte keine Ahnung, was ihr vorschwebte, die Möglichkeiten aber schienen plötzlich beängstigend und wunderbar zugleich. Ich erinnerte mich an ihre kühlen Fingerspitzen auf meiner Schulter und glaubte, das Einzige, was meine Beschwerden lindern könne, sei ebendiese Kühle, diese Sanftheit, die meine Verbrennung fortstreichelte. Mir war leicht schwindlig, der Mund staubtrocken. Ich dachte daran, in die Küche zu gehen und ein Glas Wasser zu holen, wollte mich aber nicht vom Fleck rühren. Schließlich kam sie zurück, im Gesicht ein breites, beschwichtigendes Lächeln, das sie fast wie eine Fernsehkrankenschwester aussehen ließ.

»Genau das Richtige«, sagte sie und zeigte mir eine große blaue Tube, die ich noch nie zuvor gesehen hatte. Sie schraubte den Deckel ab. »Das könnte jetzt ein bisschen brennen«, sagte sie. »Halt einfach still.« Sie zog sich einen Stuhl heran und musterte meine linke Schulter. »Okay, du wirst es überleben«, verkündete sie fröhlich. »Los geht's.« Und damit machte sie sich ans Werk, und um mich herum verschwand das Zimmer, dann verschwand *ich*, und allein die kühle Lotion blieb, der sanfte Druck ihrer Hände; und eine Stimme, der ich kaum zu folgen vermochte, entführte mich in die Dunkelheit.

Ich nehme an, dass einige Zeit verging. Mir fehlt jede Erinnerung daran, aber die Zeit bleibt leider niemals stehen. Mrs. Mathers redete, stellte Fragen, lockte mich aus der Reserve, und ich gab mir alle Mühe, in meinen Antworten normal zu klingen, locker und erwachsen. Wir redeten über Schule und über Bücher, und sie fragte mich, ob ich eine Freundin hätte.

»Nein«, erwiderte ich. »Die Stelle ist noch frei.« Ich hatte keine Ahnung, woher das kam. Lag vielleicht am Gin.

Sie lachte. »Tja«, sagte sie. »Wäre ich nicht in festen Händen, würde ich mich darum bewerben.«

»Sie gehört Ihnen, wenn Sie sie haben wollen«, schoss ich zurück und konnte es nicht glauben: Ich flirtete mit Angela Mathers.

Wieder lachte sie, ein unglaublich musikalisches Lachen, aber sie sagte nichts, rieb nur weiter die Creme auf meine Schultern. Es folgte eine lange, doch nicht sonderlich peinliche Stille, bevor mir klar wurde, dass sie fast fertig war und ich im Begriff, sie ohne ein weiteres Wort gehen zu lassen. Verzweifelt suchte ich nach irgendeiner Möglichkeit, sie aufzuhalten, doch mein plötzlich aufgeflammtes Selbstvertrauen war wieder versiegt, und mir fiel nichts ein, was ich noch sagen könnte.

Sie strich mir sanft über den Rücken. »Das war's«, sagte sie. »Bald bist du wieder so gut wie neu.«

»Danke, ich fühle mich schon besser«, sagte ich, stand auf und drehte mich zu ihr um, aber sie hatte sich bereits einige Schritte entfernt. »Kann ich Ihnen etwas anbieten?«, wagte ich mich vor. »Einen Drink? Irgendwas?«

Wieder lachte sie und schüttelte dann den Kopf. »Du bist unverbesserlich«, sagte sie, während sie zur Terrassentür ging. »Bleib im Haus und kühl deine Haut«, sang sie im Davongehen und setzte mit wissendem Lächeln hinzu: »Und keinen Gin mehr, okay? Du kennst doch den Spruch, dass nur Engländer und verrückte Hunde sich in die pralle Sonne wagen …?«

Ich nickte, und mit einem letzten, herrlichen, allein mir zugedachten Lächeln verschwand sie im Sonnenlicht. Ich wollte nach draußen, wollte ihr nachsehen, wie sie über den Rasen lief, und mich vergewissern, dass sie wohlbehalten in ihrem Garten ankam, aber ich blieb, wo ich war. Es hatte in ihrem Abschiedslächeln etwas gelegen, was in mir den Wunsch weckte, mich genau so zu verhalten, wie sie es wünschte.

Spät am Abend, doch noch ehe meine Eltern nach Hause kamen, wachte ich auf. Ich war nach oben gegangen, um mich eine Weile hinzulegen, und auf dem Bauch liegend eingeschlafen. Ich hatte Durst, wollte aber keinen Gin. Wie spät es war, wusste ich nicht, aber dass ich allein im Haus war, verrieten mir die von unten aufsteigende Stille und die Geräusche, die durchs Fenster hereinwehten. Die Mathers' waren mit ihren Gästen im Garten, das erkannte ich an den Stimmen, an Angela Mathers' hellem Lachen, das durch die Dunkelheit herüberschwebte; die Stimmen der anderen dunkler, schwerer, fast wie die Stimmen von Statisten in einem Hörspiel. Ich stand auf und trat ans Fenster, immer noch halb nackt; die kühle Luft sandte ein Zittern über meine Haut, die jetzt nicht wehtat, doch wusste ich, dass sich das noch ändern würde. Von dort, wo ich stand, konnte ich Angela Mathers sehen, sie mich aber nicht, und ich beobachtete sie, solange ich mich traute, wie sie sich mit ihrem Mann und ihren Freunden unterhielt – eine erwachsene Frau, weit fort und unerreichbar fern gleich hinter der Kirschlorbeerhecke. Einen Moment lang gestattete ich mir, von einer unmöglichen Zukunft zu träumen; dann ging ich nach unten, um mir aus dem Kühlschrank eine große kalte Limonade mit viel Eis zu holen.

Ich habe einmal einen Dokumentarfilm über eine Gruppe Wissenschaftler gesehen, die ihr Leben damit zubrachten, tiefe Löcher ins Eis der Polarkappe zu drillen und die seildicken, silbrigen Bohrkerne zu analysieren, um herauszufinden, wie die Atmosphäre vor Hunderttausenden von Jahren gewesen ist. Es waren überwiegend besonnene, wortkarge Geschöpfe, diese arktischen Wissenschaftler, doch ihren Augen sah man an, dass etwas Unerwartetes bei der Arbeit sie tief im Innersten ihrer Vorstellungskraft berührt hatte, eine Ferne im Eis, die zu Beginn nicht erwartet worden war, eine Ahnung von etwas Dringlichem jenseits der Kälte, die sie tagtäglich ertrugen, oder der Resultate, die sie sammelten und damit die Theorien einer globalen Katastrophe erstellten, die, zumindest für mich, fast nebensächlich schien. Das Eis blieb selbst für ihren Körper nicht ohne Folgen, machte sie bedächtig und kompakt, verlieh ihnen eine Schwere, wie ich sie sonst nur aus alten Schwarz-Weiß-Filmen kannte. Das hatte mit der Ewigkeit zu tun und mit der Kälte, dieser Eindruck, der mir sagte, dass jeder von ihnen sein ureigenes Geheimnis wahrte, nicht weil er wollte, sondern weil das tiefere, eher körperliche Wissen, das er durch seine Arbeit und die Gnade der Umstände erlangte, sich nicht in Worte fassen ließ. Ich sollte diese Sendung nie wieder vergessen, dabei war sie eigentlich nur ein ganz normaler Wissenschaftsbeitrag fürs Fernsehen gewesen, etwa für *Horizon* oder für *Equinox*. Wegen dieser Wissenschaftler erinnere ich mich daran, wegen der Dunkelheit in ihren Augen, und ich erinnere mich auch an das Verlangen, das ich spürte, als ich sah, wie sie diese herrlichen Eisbohrkerne in Händen hielten, ein Verlangen, das auf seine Weise so dringend war wie echter, verzweifelter Durst, denn mehr als alles andere wollte ich von jener kalten Flüssigkeit kosten, die von den schmelzenden Eiskernen tropfte, wollte die Luft lang vergangener Zeit schmecken, einen Hauch der Prähistorie, die kalten Mineralien des Ursprungs. Was könnte verlockender sein?, sagte ich mir. Was könnte notwendiger sein, als das Verlangen, von der reinsten Kälte zu trinken, die salzige Essenz einer Welt vor unserer Zeit zu schlürfen? Während ich diesen Wissenschaftlern zuschaute, merkte ich ihnen an, dass jeder auf seine Weise von jenem Ur-Eis gekostet hatte. Das war es, was man ihren Augen ansah und der Art, wie sie sich gaben. Sie besaßen eine besondere Art von Wissen, ein Geheimnis, das stärker war als der Wunsch, davon zu erzählen. Es war das Wissen vom Eis, das Geheimnis der Ewigkeit.

Ich wusste mit vierzehn nicht, dass ich vor allem die Kälte liebte, und auch erst viel später wusste ich, dass mir gar nicht so sehr an der Zukunft lag. Allerdings wollte ich mehr als nur Eis: Ich liebte die Kälte, starken Wind und ersten Schnee, mehr als all das aber liebte ich den eisigen Schauder, der einem bei Fieber über die Haut läuft – und deshalb bekomme ich jedes Jahr am ersten warmen Sommertag einen mittleren bis schweren Sonnenbrand. Wenn es passiert, ist Cindy meist nicht da, oder sie ist mit irgendwas im Haus beschäftigt, sodass sie mich nicht erwischt, ehe es zu spät ist. Vermutlich sollte es mich nicht wundern, dass sie verärgert reagiert. Sie steht dann da und sieht mich an, einen Pinsel in der Hand oder eine Tüte mit Einkäufen, während ich ein wenig verlegen in der Küche hocke, die juckenden Schultern knallrot. Meist fühle ich mich leicht fiebrig, als flimmerte mein ganzes Leben an der Grenze zwischen dem Realen und dem Fiktiven entlang; nach den ersten Minuten aber ist es nicht mehr so unangenehm, wie Cindy vermutlich glaubt. Unterdessen will ich ihr sagen, dass ich nicht dagegen ankomme, dass dies aus einem bestimmten Grund geschieht. Ich will ihr sagen, dass irgendwas in meinem Hinterkopf dafür sorgt, dass es passiert. Dass ich es zulasse der Liebe, der Ewigkeit wegen und wegen meiner lang zurückreichenden Verbundenheit mit der Kälte. Ich lasse es zu wegen des Gefühls beim Anziehen eines sauberen weißen Hemds und wegen des Schauders, der mir dann über den Rücken läuft, wegen des Fiebers, das mich packt, später, wenn Cindy schläft, und wegen der Minuten, in denen ich wach und halb nackt am Fenster stehe, die Kälte der Nacht auf der Haut spüre und in die Dunkelheit horche auf das, was immer dort in der Stille der endlichen Welt ist, nur Millimeter entfernt.

Die Zukunft des Schnees

Wenn es heftig schneit, fahre ich drei Kilometer auf der Straße nach Inver bis zum Anfang des Bergwanderwegs und bleibe eine Weile auf dem Parkplatz. Ich bin nicht im Dienst und aus keinem bestimmten Grund hier. Mir ist einfach nur, als müsste ich am Ende eines weiteren Jahres an einem Ort, wo Margaret und die Mädchen mich nie vermuten würden, eine Weile für mich sein und dem fallenden Schnee zusehen. Ich bleibe eine Stunde oder so, dann fahre ich wieder, im Kopf nur Weißes und Stille. Und ich steige nie aus dem Wagen aus. Ich war schon lange nicht mehr da; der Grund, warum es heute Morgen anders ist, heißt Frank Morton; er läuft hier draußen in Hemdsärmeln rum, weil er einen seiner Anfälle hat. So sagen die Leute in der Stadt dazu, wenn er ganz fahrig wird und davonstiefelt wie ein Betrunkener auf einem Zug durch die Kneipen, der für alle anderen längst zu Ende ging. An diesem Morgen, zwei Tage vor Weihnachten, ist er jedoch stocknüchtern. Ist er immer, auch wenn es Ausnahmen gab, damals, vor seiner Heirat. Alle Welt kannte Frank, als er noch alleinstehend war, und niemand wusste etwas Nachteiliges über ihn zu sagen. Heute wenden wir uns ab, wenn wir ihn auf der Hauptstraße sehen, teils aus Verlegenheit und teils weil wir uns fragen, ob Unglück nicht ansteckt. »Der arme Frank«, sagen wir dann, sobald er vorbei und außer Hörweite ist, und wir erinnern uns an einen unbekümmerten Jungen, den es nie gegeben hat: Frank vor Beth, Frank vor dem »Unfall«. Allerdings hängen wir dem lieber nicht allzu lange nach und ehrlich gesagt, sollte er eines

Wintertages für immer verschwinden, wird ihn wohl niemand sonderlich vermissen.

Es ist mein Job, mich zu kümmern, schließlich bin ich Polizist. Aus Gründen, von denen die Stadt nichts zu wissen braucht, ziehe ich es meist vor, einen Bogen um Frank Morton zu machen, aber wenn ich jemanden bei Schneesturm in Pantoffeln die Bergstraße raufgehen sehe, muss ich anhalten. Ich hatte bereits einige Male mit ihm zu tun, weil ich ihn nachts in Hemdsärmeln und Mokassins auf der Straße antraf. Er hat allerdings nie Ärger gemacht, und wenn ich ihm auf der Straße begegne, blickt er über mich hinweg, als könne er sich an nichts erinnern.

An diesem Morgen trägt er sein knalliges Hemd, das mit den blau-roten Streifen. Ich war dabei, als Beth es gekauft hat, eine Woche vor ihrem Tod, deshalb weiß ich, warum er es heute trägt, am Jahrestag. Dieses Hemd war das Letzte, was er von ihr bekam, ein Geschenk, das er unterm Baum gefunden und im leeren Haus ausgepackt haben muss, das Geschenkpapier hin und her wendend auf der Suche nach einem letzten Hauch ihres Dufts oder ihrer Berührung, in der Hoffnung, es würde sie zurückbringen, irgendwie. Vielleicht hatte sie auch für mich ein Geschenk besorgt, aber ich habe es nie erhalten. Bestimmt war es da, lag die ganze Zeit im Auto, während wir ihren Leichnam aus dem Schnee bargen. Frank hat sie erst als vermisst gemeldet, als es schon zu spät war, was seltsam ist, wenn man es genau bedenkt. Gewöhnlich wusste er gern, wo sie sich aufhielt und was sie vorhatte, was es uns nicht leicht machte, uns zu treffen, und wir haben immer sorgsam darauf geachtet, unsere Spuren zu verwischen. Manchmal habe ich mich gefragt, ob er das Geschenk später doch noch fand und sich gewundert hat, für wen es war. Es wird kein Hemd oder dergleichen gewesen sein. Es wird nichts gewesen sein, was sie ihm hätte schenken können, also dürfte es ihn verwirrt haben. An dieses Geschenk denke ich manchmal gern. Ich male mir aus, dass es ein Buch war, vielleicht auch eine CD. Sie hat Musik geliebt, und sie wollte mich immer zum Anhören von etwas Neuem bewegen, das sie gerade entdeckt hatte, irgendeine Jazzplatte von ECM etwa oder einen Sampler mit Kehlkopfgesang aus der Mongolei oder aus Labrador.

Jetzt fahre ich neben ihm her und kurble das Fenster runter. Er bleibt stehen, allerdings nicht, weil ich da bin. Was er tut, wenn er wie im Moment ist, unterliegt keiner externen Logik. Das Weiß und das vom Schnee reflektierte Licht haben von ihm Besitz ergriffen. Ich stelle den Motor ab, und die Stille trifft mich wie ein Vorwurf.

»Hallo Frank, wie geht's?«, rufe ich ihm zu, versuche aber, an diesem eisigen, leeren Ort nicht allzu laut zu sein. Ein bisschen lahm, die Begrüßung, doch das macht nichts, denn er starrt in die Ferne und beachtet mich überhaupt nicht. »Kommen Sie rein, Mann«, sage ich. »Sie holen sich noch den Tod.«

Das weckt seine Aufmerksamkeit. Dieses Wort. Wie jenes eine Wort, das man in einer fremden Sprache erkennt. *Tod*. Ich stelle mir vor, dass er die letzten zwei Jahre mehr oder weniger ununterbrochen über den Tod nachgedacht hat. Erst über den von Beth, dann über seinen eigenen. Er dreht sich zu mir um – und ich bin mir sicher, dass er in den ersten wenigen Sekunden keine Ahnung gehabt hat, *wer* ich bin.

»Jetzt steigen Sie schon ein«, sage ich. »Ich fahre Sie nach Hause.«

Er schüttelt den Kopf, aber das ist keine Weigerung, eher Verwunderung, und mir kommt der Gedanke, dass allein die Vorstellung, es gäbe ein Zuhause, ihm absurd vorkommen muss. Wie die vom Himmel oder dem Land der Feen. Ich lasse ihm einen Moment, um sich mit dem Gedanken vertraut zu machen, dann versuche ich es erneut.

»Jetzt kommen Sie schon«, sage ich. »Da draußen werden Sie nichts finden.«

Lange denkt er darüber nach, dann nickt er kaum merklich. Ich nicke zurück. Ich mag ihn nicht im Auto haben, und es ist eigentlich auch nicht meine Sache, mit ihm darüber zu reden, was er im Schnee finden könnte oder nicht, aber was bleibt mir anderes übrig? Soll ich ihn draußen erfrieren lassen, so wie seine Frau erfror vor zwei Jahren, an Weihnachten? Das ist nun wirklich nichts, was ich auf dem Gewissen haben möchte, auch wenn es eine Zeit gab, ehe Beth starb, in der es mich gefreut hätte, ihn auf welchem Weg auch immer zur Hölle gehen zu lassen.

Beim Einsteigen tut er nichts von dem, was jeder andere tun würde, wenn er aus der Kälte in einen Wagen steigt. Er schüttelt nicht die Flocken vom Hemd oder aus dem Haar, er klopft auch die Füße nicht am Trittbrett ab, setzt sich bloß auf den Beifahrersitz, sitzt da und starrt auf die leere Straße. »Mein Gott, Mann«, sage ich in möglichst leichtem, normalem Ton. »Sie müssen ja halb erfroren sein.«

Da sieht er mich an, und einen Moment lang glaube ich, er weiß Bescheid. Weiß er aber nicht, ich male mir nur das Schlimmste aus. Er weiß nicht, was passiert ist oder warum, und ehrlich gesagt, weiß er kaum, wer ich bin. Obwohl wir beide unser ganzes Leben hier verbracht haben, hatten wir doch nie viel miteinander zu tun, und vermutlich erinnert er sich auch nicht mehr an die drei, vier Male, da ich ihn nach Hause gefahren habe, nachdem ich von einem besorgten Bürger angerufen worden war, weil draußen im Dunkeln ein Irrer in seinen Schluffen herumlief. Nun, in seinen Augen bin ich nur ein Mann, der seine Arbeit macht. Er kennt mich nicht, weil er *niemanden* kennt. »Der arme Frank«, sagen wir alle, »er hat Depressionen, ihm geht's nicht gut.« Aber warum sollte ein Mann auch nicht deprimiert sein, dessen Frau an Unterkühlung starb, nur wenige hundert Meter von ihrem Wagen entfernt, an einem Ort, an dem sie nichts verloren hatte? Würde da nicht jeder Mann trauern, und würde er sich nicht zugleich in den frühen Morgenstunden alle möglichen Fragen stellen, alle möglichen Szenarien durchgehen und jene Version zu finden versuchen, die am ehesten Sinn ergab oder doch die eine, die am wenigsten schmerzte? Er hatte schon lange darüber nachgedacht, aber seine Gedanken, wohin sie auch wanderten, hatten noch nie zu *mir* gefunden. Er weiß nicht, wer Schuld am Tod seiner Frau hat, weil er den naheliegenden Schluss nicht ziehen will. Er will Beth makellos bewahrt wissen, jetzt, da er sie für immer verloren hat.

Ich lasse den Motor an. »Okay«, sage ich. »Fahren wir Sie nach Hause.« Und obwohl ich derjenige bin, der sie noch alle beieinander hat, der den Ton angibt, komme ich mir wie ein Trottel vor, wenn ich mit ihm rede. Wie ein Trottel oder vielleicht auch wie ein schuldbewusstes Kind, das zu verheimlichen sucht, was es getan hat.

Er sieht mich nicht an, aber ich weiß, er hat mich gehört. Er denkt nach, geht die lange Reihe von Gedanken und Erinnerungen durch, die er nicht ganz zusammenbringen kann, und weiß nicht, dass ich es bin, der dafür sorgen kann, dass sie Sinn ergeben. Er wird es nie erfahren. Denn ich will Beth ebenfalls makellos bewahren, nur ist die Beth, an die ich denke, anders als jene, die er in Erinnerung hat. Endlich aber schiebt er dieses Rätsel beiseite, still und entschlossen, so wie meine Mutter ihr Strickzeug beiseitelegte, wenn es an der Tür klopfte. Schneeflocken und Schmelzwasser tropfen aus seinem Haar aufs durchweichte Hemd. »Ist fast Weihnachten«, sagt er plötzlich.

Ich nicke. »Fast«, sage ich.

Seine Miene ändert sich, nur bin ich mir nicht sicher, was passiert. Erst denke ich, er lächelt, dann aber sieht es aus, als ersticke er einen Schrei. »Weiße Weihnacht«, sagt er schließlich.

»Weiße Weihnacht«, wiederhole ich ohne jeden Grund.

Er schaut mich an. »Also haben sie sich geirrt«, sagt er. »Es gibt doch noch Schnee.« Er rechnet damit, dass ich ihm zustimme, aber ich weiß nicht, was er meint, und richte meine Aufmerksamkeit wieder auf die Straße. Plötzlich sehe ich dieses Bild von Beth vor mir, sehe sie an dem Tag, an dem wir sie am Fuß des Abhangs gefunden haben, halb von einer Schneewehe verdeckt, und ich frage mich, warum sie dort war. Wir waren an dem Tag nicht verabredet, wollten uns erst Heiligabend treffen. Einen Tag später. Donnerstag, nicht Mittwoch; darauf hatten wir uns *geeinigt*. Heiligabend. Ich war in der Stadt, um Geschenke zu kaufen, und die ganze Zeit war sie da draußen, folgte bei Schneetreiben dem Weg und hat vielleicht, denke ich, auf mich gewartet. Niemand wird je erfahren, warum sie gestürzt ist oder warum sie auch nur aus ihrem Wagen stieg. An manchen Tagen sind wir den Weg ein Stück hinaufgelaufen, fort vom Parkplatz, wo man uns hätte sehen können, und ich nehme an, das war der Grund, deshalb ist sie ein paar Schritte gegangen, weil sie geglaubt hat, ich sei bereits oben auf dem Hügel.

Frank sieht mich jetzt neugierig an, und mir wird klar, dass ich ihm eine Antwort schulde. Nur weiß ich nicht, welche. »Wie meinen Sie das?«, frage ich nach.

Er lacht leise. »Sie sagen, das sei vorbei«, sagt er. »Kein Schnee mehr. Keine weiße Weihnacht mehr.«

»Wer sagt das?«

»Die Wetterfrösche«, sagt er. »Sie haben's bewiesen. Die Erde wird ständig wärmer.« Er blickt auf seine feuchten Kleider, als nehme er sie zum ersten Mal wahr. »Kein Schnee mehr«, sagt er, die Stimme verhalten vor Staunen. Wir sind wieder an der Stadtgrenze, fast unlesbar der Name auf dem vorüberfliegenden Ortsschild. Ich bleibe auf den Seitenstraßen, meide die Hauptstraße – so viel Rücksichtnahme bin ich ihm schuldig –, aber ich glaube nicht, dass es ihn kümmert. Er denkt über die Zukunft des Schnees nach, weil er sie nicht zusammenfügen will, die letzten zwei, drei Puzzleteile eines einfachen Rätsels, die alles erklären würden, und das Einzige, was ich noch für ihn tun kann, ist, den Mund zu halten. Vielleicht verliert er den Verstand, versucht, diese Stimme in seinem Kopf zu überhören und ich könnte dieses langsame Treiben ins Weiß beenden, indem ich ihm sagte, was er wissen muss, aber ich tue es nicht – ich kann nicht –, weil die Geschichte, die ich ihm erzählen könnte, zu banal ist. Keine große Liebesgeschichte, kein Drama wie in den Opern, die Beth so liebte, nur etwas, was eben passiert ist, ein Spiel, das wir gespielt haben, um die Langeweile zu vertreiben, die Langeweile des Lebens in einer Stadt wie dieser, und die Enttäuschung darüber, die zu sein, zu denen wir geworden sind.

Kurz vor Franks Haus am Ende der Straße, in der vor jedem zweiten Fenster ein Baum steht, sehe ich, dass es dunkel ist wie ein Haus, in dem seit Monaten oder gar Jahren niemand mehr wohnt. Ich halte an. »Kommen Sie zurecht?«, frage ich, dabei kenne ich die Antwort.

Er sagt nichts, sitzt nur einen Moment da und starrt auf das Haus. Schließlich öffnet er die Tür. »Wie wollen wir sie je finden«, sagt er, »wenn es keinen Schnee mehr gibt?« Kurz brütet er noch über den Dingen, die er sagen will, aber nicht in Worte fassen kann, dann steigt er aus. Dort, wo er gesessen hat, ist der Sitz feucht, und ich frage mich, ob ich ihn nicht ins Haus begleiten soll, lasse es aber sein. Stattdessen starte ich den Motor, sobald er draußen ist, und biege schon auf die Straße ein, als er noch vor der Tür steht. Ich will zurück, will über die lange Straße nach Inver fahren und sehen, ob Beth dort ist, durch den Schnee stapft, so wie er es sich vorgestellt hat, aber auch das lasse ich sein, denn es ist bald Zeit fürs Mittagessen, und Margaret und die Mädchen werden sich vermutlich schon fragen, wo ich bleibe.

Pfirsich Melba

Das meiste aus meinem Leben habe ich vergessen. Was mich gelegentlich überrascht, da ich es doch so genossen habe – alles daran oder jedenfalls fast alles: Ich habe die Sommertage hier in meinem winzigen Garten am Meer genossen, die seltsam leise Zweisamkeit meiner Ehe, das Nahen des Winters, das ich still und, ja, mit einer mehr oder minder bewussten Sparsamkeit genoss, den Vorgeschmack von Schnee in der Luft, wenn ich ins Dorf ging, und dieser eigenartig exotische Baum – dunkel, nahezu reglos, mit einem Hauch von Ferne, einem schwachen, fast nicht wahrnehmbaren Anflug von Tundra –, den der Rotary Club Jahr für Jahr auf dem kleinen Rasen vor der Kirche aufstellte. Bevor ich herkam, um mich hier niederzulassen, war ich viel unterwegs, und ich weiß, dass mir das gefallen hat – jedenfalls erinnere ich mich genau, dass ich sie genoss, diese Reisen, die ich gemacht habe, oft zu den früher so melancholischen Städten Osteuropas – Prag, Bukarest, Sofia oder Skopje –, manchmal aber auch zu ganz anderen Orten, wenn kurzerhand jemand gebraucht wurde: Paris etwa oder Tromsø, Buenos Aires, Santiago, Montevideo. Ich habe viel Zeit in den größeren Städten Europas und auch Südamerikas verbracht, kann mich aber nur an wenige Einzelheiten erinnern; und wenn ich zurückdenke, sehe ich vor meinem geistigen Auge eine Straßenkreuzung in Amsterdam oder Budapest, ein Bild, das nahtlos in das von einer breiten, baumgesäumten Allee in Barcelona oder Madrid übergeht, sich einfügt oder damit verschmilzt, verschwimmt, wie sich Gesichter im Traum mit einem innerlich verewigten anderen vereinen. Der Geruch von Melonen lässt mich an jenen Sommer in Sliema denken, dieser maltesischen und – damals zumindest – so verschlafenen Hafenstadt, in der schöne junge Männer Pferdekutschen die Promenade auf und ab lenkten und der Obstverkäufer mit seinem Karren von Straße zu Straße fuhr und vor meinem Apartment kurz hielt, um dunkle, leicht überreife Melonen fürs Mittagessen feilzubieten oder Birnen, saftig wie Säckchen voll süßen Bluts. Staub vermengt mit Regen, dieser Geruch bringt die Erinnerung an Sankt Petersburg zurück, vielmehr an die Treppe, die ich jeden Tag ins Büro hinaufstieg, da ich russischen Fahrstühlen misstraute, ein Geruch, der für mich, eine milde Form von Synästhesie, unwiderruflich mit der Aussicht aus dem Fenster im vierten Stock auf die Newa verknüpft ist, eine Aussicht, die ich unversehrt im Gedächtnis bewahre, obwohl die Leute, die ich damals kannte und das, was ich tat, längst dem Vergessen anheimgefallen sind. Ich bin an all diesen Orten gewesen, erinnere mich aber nur noch an Bruchstücke, flüchtige Eindrücke, die ich nicht sauber voneinander trennen kann, ganz unabhängig davon, wie deutlich sie doch sein sollten. Hin und wieder kommt es sogar vor, dass diese flüchtigen Eindrücke nicht einzuordnen sind, dass Zeit und Ort unklar bleiben, bis letztlich nur ein vor geöffneter Blüte schwebender Kolibri bleibt oder ein Café am frühen Morgen, auf dem Tresen ein Vogel im Käfig, vermutlich in Belgien, denke ich, doch könnte es ebenso in Griechenland gewesen sein oder irgendeine laternenhelle Promenade, auf der ich vor langer Zeit einer schönen, dunkeläugigen Frau begegnete, die mich an jemanden erinnerte, den ich Jahre zuvor kennengelernt hatte – mich einen Moment lang sogar dermaßen an jene andere Frau erinnerte, dass ich glaubte, eine Erscheinung vor mir zu sehen, einen Fleisch und Blut gewordenen Geist meiner Imagination, berührt von der

Magie einer Dunkelheit, in die diese Frau – zumindest in meiner Fantasie – nie ganz einzudringen vermag.

PFIRSICH MELBA

Laut meiner Ausgabe von Mrs. Beeton's Book of Cookery and Household Management aus dem Jahr 1992 kreierte Georges Auguste Escoffier diese Nachspeise für Dame Nellie Melba. Sie »besteht aus in Vanillesirup pochierten, auf Vanilleeis arrangierten Pfirsichen«. Kalte Melba-Soße aus gesüßten Himbeeren wird über die Pfirsiche gegossen und die Schale mit dem Dessert auf einem Bett aus zerstoßenem Eis serviert. Dame Nellie Melba wurde als Helen Mitchell im australischen Melbourne geboren, jener Stadt, der sie ihren Bühnennamen verdankte. Chambers Biographical Dictionary verrät uns zudem, dass sie »1888 in Covent Garden auftrat und mit ihrem wundersam reinen Sopran weltweiten Ruhm errang«.

Heute mag es albern klingen, wenn ich so etwas sage, aber ich habe mir immer vorgestellt, ich würde jenen Geist wiedersehen. Weder als ich glücklich verheiratet war, noch als ich eine Arbeit hatte, die absurde Anforderungen an meine Zeit stellte, und nicht einmal in jenen ersten Tagen der Einsamkeit, in denen ich begriff, dass bei all den letzten Stadien, die ich mir für mich ausgemalt hatte, nicht ein einziges Mal das Stadium des Witwers darunter gewesen war, ging ich doch davon aus, dass sie wieder auftauchen würde, nicht als Phantom, als flüchtiger Augenblick, sondern als etwas Dauerhaftes. Als eine Präsenz, ein greifbares Wesen. Einmal träumte ich, meine Frau und ich hätten ein Kind, und es wuchs zu einer detailgetreuen Kopie jener dunkeläugigen Italienerin heran, die ich fünfundzwanzig Jahre zuvor kaum eine Stunde lang gekannt hatte – falls *kennen* denn das richtige Wort ist. Es gab Zeiten, da wachte ich im Dunkeln neben meiner still daliegenden Frau auf, die meist so fest wie ein Kind in ihrer eigenen Traumwelt schlief, das Haar nach Brot und Regen duftend, ein angedeutetes Lächeln um die Lippen – es gab also Zeiten, da wachte ich im Dunkeln auf und war überzeugt, ich hätte ein schreckliches Verbrechen begangen, ein schönes, perfektes Verbrechen, das ein Leben lang unentdeckt geblieben war, jetzt aber eingestanden und, sofern möglich, vergeben werden musste. Lange Minuten lag ich in panischer Angst wach und versuchte mich an mein Vergehen zu erinnern – und ebendiese Tatsache, dass ich mich nicht erinnern konnte, machte mir mehr zu schaffen als die Frage, was ich Schreckliches getan hatte. Wie konnte mir vergeben werden, wenn ich nicht wusste, worin meine Sünde bestand? Wie konnte ich je bereuen, wenn ich mich frei von jeder Schuld glaubte?

Und ich war schuldlos – auch in meinen wachen Stunden wusste ich, dass dem so war. Dachte ich darüber nach und hielt mich an die Fakten, ließ sich Folgendes sagen: Kennengelernt habe ich sie zufällig in einer Eisdiele, die sie mit ihrem Mann und dessen Mutter betrieb, zufällig, denn Vincent und Angela, ihre Kinder, gingen mit mir zur Schule; und wenn irgendwer schuld an etwas war, dann sie. Vincent galt als Klassenzimmerschönling, ein selbstsicherer, etwas grausamer Junge mit dem Aussehen eines Hollywood-Italieners, eines angehenden Matinee-Idols, den ich hemmungslos bewunderte. Er war klug, gab aber nie damit an und hegte für Priester und Lehrer eine herrliche Verachtung, die er zu zeigen wusste, ohne direkt unhöflich zu sein; er war ebenso arrogant wie attraktiv und verbreitete die Aura von jemandem, der etwas wusste, was ich höchstens erraten konnte: ein Wahrer wichtiger Geheimnisse, wie nur ein solcher Junge sie kennen konnte, ein Gesichtsdeuter, ein Nachtschatten, ein Sammler exquisit privater

Momente. Zumindest erweckte er diesen Anschein. Seine Schwester war ein Jahr älter, aber sie und Vincent standen sich nah, fast unnatürlich nah, ein Altersunterschied, der mit dreizehn bedeutsamer schien als zu irgendeiner späteren Zeit. Er war der einzige Junge, den sie duldete; auf die übrigen sah sie mit der Verachtung eines Mädchens herab, dem bereits Brüste wuchsen und das Augen hatte groß wie die von Sophia Loren, weshalb sie Mittelpunkt der geblendeten Neugier eines jeden Jungen war, dem sie begegnete – vielleicht auch schon der Männer. Wie Vincent wusste sie Dinge, wie Vincent durchschaute sie jeden; und ihrer beider besonderes Geheimnis war – was sie an irgendeinem Punkt ihres jungen Lebens vereinbart haben mussten –, diesen ihnen gemeinen Scharfsinn niemals gegeneinander zu richten. Daheim sprachen sie mit ihrer Großmutter Italienisch; und in unserer überwiegend armen Stadt besaßen sie Bücher, die ihnen ganz allein gehörten und nicht aus der Stadtbücherei stammten oder ihnen von einem mitfühlenden Lehrer geliehen worden waren. Ihr Vater gab ihnen irrsinnig viel Taschengeld und fuhr sie mit dem Wagen an Orte, an die wir auch mit dem Bus nie gelangten. Einmal im Jahr fuhren sie »nach Hause«, um Verwandte zu besuchen, und kehrten braun gebrannt und mit dem wissenden Halblächeln von Kindern zurück, die die große Welt gesehen und Geheimnisse in Erfahrung gebracht hatten, von denen sie uns erzählen könnten, wenn sie denn wollten.

Vor allem aber wohnten sie im *House of Ice Cream*. So hatte der Vater die Eisdiele genannt, eine Anspielung, das wusste ich, auf den Familiennamen. Ein schöner Name: Della Casa, irgendwie perfekt italienisch, und als ich erfuhr, was er bedeutete, dachte ich, wie dumm ihr Vater doch gewesen war, diese Musik allein um des Wortspiels willen zu verschenken. Andererseits machte die Freigiebigkeit, mit der die Della Casas verschenkten, einen Teil ihres

Charmes aus. Die Köstlichkeiten, die sie zubereiteten – Pfirsich Melba, neapolitanisches Eis, Früchtebecher, Bananensplit –, waren üppige, knallige Kreationen in jenen Jahren unmittelbar nach der Zeit der Rationierung, maßlose Schwelgereien und für Erwachsene wie Kinder gleichermaßen die einzige Möglichkeit, besondere Momente zu feiern. Dabei war es weniger die Eiscreme, die den Zauber der Della-Casa-Kinder ausmachte, sondern vielmehr die Tatsache, dass sie in der Eisdiele wohnten, aushalfen, an der Kasse bedienten oder in jene Küche liefen, die sonst kein Kind betreten durfte. Dort saßen sie an ihrem eigenen Tisch vor einer Tasse Kaffee oder vor dünnem, rehbraunem Toast – wie die Spezialität des Hauses gleichfalls nach der großen Diva benannt –, um in ihrer eigenen geheimen Sprache leise miteinander zu reden oder den Frauen hinten im Laden auf Italienisch etwas zuzurufen, der Großmutter, die man nur selten sah, oder der Mutter, die mehr oder weniger unsichtbar blieb. Kein Wunder, dass ich sie anhimmelte, kein Wunder, dass ich mich während der Messe mit dem anhaltenden Gefühl, eine schreckliche Gotteslästerung zu begehen, hinkniete und auf meine mir eigene Weise dafür betete, dass sie mich akzeptierten, dass sie mich aufnahmen, zu einem Geschöpf ihrer Welt machten, ein so niederes Wesen, und sei es für noch so kurze Zeit.

Wie der Verstand oder auch das Sprachverstehen ist die Seele bereits zu Beginn vorhanden, doch dauert es ein Leben, sie zu ihrer wahren Gestalt heranreifen zu lassen, fast wie die Wüstenpflanzen, die nur ein einziges Mal blühen, alle hundert Jahre oder so. Jeder ist irgendwohin unterwegs, jeder reist einem besonderen Ende entgegen, legt die Spur fürs Unvermeidliche: nicht für den Tod oder nicht nur für den Tod, sondern für etwas anderes, etwas gleichermaßen Mysteriöses. Für mich ist es eine Erinnerung, ein einziger, genau definierter Augenblick, für den all die anderen

Augenblicke aufgegeben wurden, sodass er in ebendiesem Maße eine Frage der Entscheidung ist. Eine vielleicht in den dunkelsten Schatten der Psyche getroffene Entscheidung, aber nichtsdestotrotz eine Entscheidung. Wir werden mit dem Älterwerden zum Produkt unserer – ob bewusst oder unbewusst – getroffenen Entscheidungen, und die einzige Weisheit, die wir je erlangen können, ist die Weisheit, die sich aus dem Wissen speist, wie dieser Prozess noch auf der verborgensten Ebene funktioniert. Unsere bewussten und unsere geheimen Entscheidungen widersprechen einander gelegentlich, was aber nicht überrascht. Es gibt Entscheidungen, die zu treffen wir erlernen, aber dann ist da noch die Sache mit der Seele, die jenseits aller Konvention und allen gesunden Menschenverstandes operiert. Das schönste Glück, das einem Menschen widerfahren kann, ist das Glück, mit der Seele statt mit dem Herzen oder dem Kopf zu entscheiden, denn es gibt immer ein Geheimnis, es gibt im Innersten immer einen Ort, der intakt bleibt, heilig, unberührbar, einen Noli-me-tangere-Ort wie jenen schattigen Ort im Garten, wo Maria Magdalena Jesus begegnete, ohne ihn zu erkennen.

Ich habe den Della Casas ziemlich schamlos nachgestellt – was seltsam erscheint im Rückblick auf ein Leben, in dem Freunde mir wenig bedeuteten und ich mich an Kollegen, Nachbarn, selbst an die meisten Familienmitglieder kaum zu erinnern vermag. Vielleicht hat es etwas mit dem zu tun, was in jenem Sommer geschah. Ich bin niemand, der schlicht an Ursache und Wirkung glaubt, schon gar nicht, wenn es um Psychologisches geht, doch ist es nun mal Tatsache, dass ich niemals spezielle oder enge Freunde hatte, noch sie je vermisste. Meine beste Freundin war vermutlich meine Frau, doch selbst sie ist mir letztlich ein Geheimnis geblieben – wie ich es zweifellos auch für sie geblieben bin. Damit meine ich nicht, dass ich sie in irgendeiner Weise verwirrend fand, weit gefehlt. In Wahrheit nämlich habe ich das Geheimnisvolle zwischen uns kultiviert: Ich ließ es zu, habe mit allerhand kleinen, doch absichtlich eingesetzten Listen und Kniffen dafür gesorgt. Ich war schweigsam, in mich zurückgezogen, war viel unterwegs, und wenn ich mich zu Hause aufhielt, bewegte ich mich so unauffällig wie ein Geist oder ein Dienstbote, der sich um Dinge kümmerte, dafür sorgte, dass sie alles hatte, was sie brauchte, der kleine Geschenke hinterließ, wo meine Frau sie finden konnte, Nippes und Kuriositäten von meinen Reisen, Pralinen der Sorte, die sie am liebsten aß, in üppig verpackten Schachteln, seltene oder interessante Netsuke-Figuren, die sie sammelte, winzige Mäuse, die im angeknabberten Innern eines winzigen Kürbisses nisteten, unwahrscheinliche Meereskreaturen, lächelnde Frösche oder Ratten aus Elfenbein. In der Zeit unserer Ehe, selbst in jenen Jahren, in denen ich oft fort war, habe ich mich für alles interessiert, was sie betraf, seien es die Netsuke oder der Garten, den sie während meiner Abwesenheit so hingebungsvoll pflegte. Niemand hätte behaupten können, dass wir unglücklich seien: Wir waren Gefährten, passten zusammen, und wir konnten von uns behaupten, dass unsere Ehe gut war, ganz zweifellos. Erst als meine Frau starb und ich sie so still und umstandslos begrub, wie wir gelebt hatten, mit einem Minimum an Aufwand und Aufhebens, wurde mir klar, dass sie, die mir nähergekommen war als irgendwer sonst, mir so nahe gar nicht gestanden hatte. Uns hatten nur dieselben Dinge viel bedeutet, dasselbe Haus, derselbe Lebensstil.

Warum ich unbedingt mit den Della Casas befreundet sein wollte, ist mir heute etwas rätselhaft. Vermutlich habe ich, wie es bei Kindern eben so ist, damals geglaubt, Freunde seien im Leben notwendig, wie ein Fahrrad oder Geld; und ich ging wohl davon aus, ein Junge ohne Freunde sei irgendwie unzulänglich. Vielleicht hat mich ihr anfängliches Desinteresse gereizt, ihre offensichtliche Gleichgültigkeit, die aber, da sie so viel besser waren als ich, keinerlei Anzeichen von Böswilligkeit oder Gehässigkeit barg. Ich fürchte, nichts findet ein Kind derart anziehend wie Geringschätzung – und in dieser Kunst war Vincent Della Casa geradezu ein Wunderkind. Eigentlich aber gelang es mir nur dank seiner Schwester, der unglaublich schönen, unglaublich faszinierenden Angela, ihnen überhaupt so nahe zu kommen, dass ich eingeladen wurde, sie auf den Rummel zu begleiten. Trotz ihres Entgegenkommens verlief jener Tag auf dem Rummel dann natürlich ganz anders als geplant – und es besteht durchaus die Möglichkeit, dass sie nie vorhatten, ihn anders als in Tränen enden zu lassen. Doch noch heute denke ich gern, dass ihre Bemühungen um mich ernst gemeint waren, so wie ich gern denke, dass sich auch hinter dem kühlen Äußeren von jemand derart Schönem eine freundliche Regung verbergen kann. Ebendies aber ist gewiss eine der Verlockungen des Schönen. Wir wollen, dass das Schöne wahr und die Wahrheit schön ist, und selbst uns, den Unschönen, kommt es wie ein Verrat vor, wenn dem nicht so ist.

Monatelang hatte ich versucht, mich mit Vincent anzufreunden, doch vergebens. Bis sich mit einem Mal alles änderte. Es muss gegen Ende der Ferien gewesen sein – am Donnerstag vor dem Rummel, wenn ich mich richtig erinnere. Ich stand allein an der hinteren Mauer des Spielplatzes auf der einzigen erhöhten Stelle, von der aus man auf das Nachbargrundstück blicken konnte, wo die Schwestern Covington wohnten. Martha und Mary, die Schwestern Covington, liebten die Wildnis und hatten ihren Garten so gestaltet, dass er Vögel anlockte, die ich nirgendwo sonst sehen konnte, Baumläufer, Kleiber und Schwanzmeisen, seltene, unbekannte Zugvögel, die von der üblichen Route abgekommen und in Marthas und Marys Garten irdischer Freuden gelockt worden waren. Das ganze Jahr über sah man dort Vögel, im Sommer aber waren Zugvögel und

Geheimnisse zu entdecken, während Schwalben auf ihrer Jagd nach Fliegen über den Himmel hin und her flitzten. Die Covingtons waren unverheiratet und wohnten schon seit Urzeiten in diesem Haus. Niemand sprach mit ihnen; selbst der Bäckerbursche und der Schlachterjunge lieferten ihre Ware auf der Türschwelle gegen den im Voraus korrekt abgezählten Betrag ab, ohne je ein Wort zu wechseln. Manchmal aber, wenn ich geduldig war, konnte ich eine der beiden in leisem Singsang reden hören, und ich war verzaubert von diesen Lauten, davon, wie diese beiden Frauen sich langsam, Tag um Tag, in das verwandelten, was sie am meisten liebten.

Es war Angela, die mich dort entdeckte. Wie aus dem Nichts tauchte sie an meiner Schulter auf und musterte mich neugierig. »Was machst du da?«, fragte sie.

Ich wusste nicht, was ich sagen sollte, deutete nur vage auf den Garten der Covingtons und hoffte, es würde als Erklärung genügen.

Angela lächelte. »Du beobachtest Vögel.«

Ich nickte. Jemand lachte, jemand hinter mir, und ich drehte mich um. Ich hatte nicht gewusst, dass Vincent auch da war, dass er aus etwa drei Metern Entfernung zusah; und plötzlich fühlte ich mich bedrückt, fast als hätten sie mich bei etwas ertappt, bei etwas Dummem oder Privatem.

»Du magst Vögel«, fuhr Angela fort und lächelte so geduldig, als redete sie mit einem Kleinkind.

»Ja«, sagte ich. »Die sind in Ordnung.«

Vincent kam näher. »Diesen Samstag ist Rummel«, sagte er.

Ich nickte. »Weiß ich.« Der Rummel kam jeden Sommer in die Stadt, dieses Jahr aber hatte der Stadtrat entschieden, dass auch ein Umzug stattfinden sollte. Für uns war das, als brächen neue Zeiten an, Zeiten des Glamours und des Geldes, das Ende jener Nachkriegsentbehrungen, die sich auf alles erstreckt hatten, auf Würstchen wie auf Küsse, beides seltene und fraglos unberechtigte Schwelgereien. Diese Zeiten waren schwer gewesen, jetzt aber würden sie besser werden. Hätten die Mächtigen doch nur früher daran gedacht, dass alles, was es brauchte, uns glücklich und gefügig zu machen, ein Mann auf Stelzen war und auf der Hauptstraße eine Parade mit Ponys und Ballerinen, Ballons und Festwagen, Kindern, die jubelnd Fähnchen schwenkten, und Erwachsenen, die in Sonntagskleidern Zuckerwatte schleckten. Nach heutigen Maßstäben nichts Besonderes – ein Umzug, ein Rummel auf dem Ödland beim alten Fernsprechamt, Buden, die Hotdogs verkauften und frisch gebackenen Kuchen –, für uns aber war es ein Fest.

»Gehst du hin?«, wollte Vincent wissen.

Ich wollte lässig wirken, da ich wusste, wie unschön Menschen vom Schlag der Della Casas es fanden, wenn man allzu begierig wirkte. »Natürlich«, sagte ich. »Die ganze Stadt wird kommen.«

Vincent lachte über meine etwas seltsame Formulierung und warf Angela einen bedeutungsvollen Blick zu. »Stimmt«, sagte er, aber nur zu ihr. »Die ganze Stadt. Alle bis auf unsere Mutter.«

Angela wirkte verärgert, und ich wusste, dass mir – nur für diesen einen Moment – Gelegenheit gegeben worden war, hinter die prächtige Fassade ihres Lebens zu blicken. Das Problem war bloß, dass ich nicht wusste, was ich dort entdecken sollte. Ich war ihrer Mutter nie begegnet. Soweit ich wusste, hatte kaum jemand sie je gesehen. Sie war wohl ein Mensch, der, so sagte man damals gern, zurückgezogen lebte. »Ich glaube«, sagte Angela schließlich, »dass mein schwachköpfiger Bruder dich eigentlich fragen will, ob du nicht Lust hast, mit uns auf den Rummel zu gehen.«

Ich konnte es kaum glauben, natürlich nicht. Zum Rummel gehen – mit den beiden? Als Nächstes würden sie noch vorschlagen, wir sollten uns vor dem Rummel auf einen Vanilleeisbecher im *House of Ice Cream* treffen.

»Nun?« Vincent musterte mich leicht amüsiert. Die Überraschung war mir wohl anzusehen. »Du könntest in den Laden kommen. Und vielleicht macht Mutter uns vorher noch einen Kaffee.« Er beäugte mich, als wäre ich eine außerirdische Lebensform. »Du trinkst doch Kaffee, oder?«

Ich nickte. Ich hatte in meinem Leben noch keinen Kaffee getrunken.

Angela erwiderte mein Nicken. »Damit ist es abgemacht«, sagte sie. »Wir treffen uns am Samstag um ein Uhr bei uns zu Hause.«

Vincent musterte mich noch einen Moment länger, dann wandte er sich ab und ging. »Komm nicht zu spät«, rief er, ohne sich noch einmal umzudrehen. »Sonst gehen wir ohne dich.«

Wenn ich behaupten wollte, ich hätte den Samstag nicht erwarten können, wäre das nur die halbe Wahrheit. Tatsache ist, dass ich diesen gesegneten Tag fast so sehr fürchtete, wie ich ihn herbeisehnte. Den ganzen Freitag ging mir durch den Kopf, was ich diesen goldenen Kindern sagen, was ich tun sollte, wie viel Geld ich mitnehmen musste, um nicht allzu dumm dazustehen, ob ich für meinen Kaffee zu zahlen hatte sowie aberhundert andere kleine Details der Form und Etikette. Seltsamerweise war es das erste und einzige Mal, dass mich solche Fragen beschäftigten, und ich sollte den Della Casas vermutlich dankbar dafür sein. Im Nachhinein verstehe ich, dass der Tag, den wir zusammen verbringen wollten, eine Katastrophe jener Art geworden wäre, die einen Menschen auf Jahre, wenn nicht fürs Leben befangen machen kann. Wie der Zufall es wollte, hätte ich mir jedoch keine Sorgen machen müssen. Aus meiner Verabredung mit Vincent und Angela wurde nichts; ich bin nie auf den Rummel gegangen und brauchte – verraten, beschämt und somit von allen Sorgen um gesellschaftlichen Anstand befreit – nichts weiter als jenes ungeschickte, einsame Kind zu sein, das ich schon immer gewesen war. Selbst Kaffee sollte ich erst viel, viel später zum ersten Mal probieren.

Irgendwo in irgendeiner virtuellen Bibliothek steht ein Buch, zu dem mein Leben ein langer Kommentar ist. Nicht Moby-Dick, *vermute ich, auch nicht* Bleak House *oder auch nur* Wie man Freunde gewinnt und Menschen beeinflusst, *eher schon* Household Management *von Mrs. Beeton, sämtliche Rezepte sowie einige Anstandsregeln, wie man Krupphusten heilt oder in Wildleder eingetrocknete Blutflecken behandelt. Auf jeden Fall ist der Inhalt des Buches für mich von einiger Bedeutung: keine heiligen Schriften – das versteht sich von selbst –, aber wenn möglich seltene, mehr oder minder zweifelhafte, mehr oder minder wahre Altweibergeschichten, Historie und Geografie in Bruchstücken, ein paar Tabellen und Logarithmen vielleicht und zudem – da bin ich mir ziemlich sicher – mehrere Seiten, auf denen ausschließlich Listen abgebildet sind. Natürlich wird es ein paar Stockflecken haben, womöglich auch einen dunklen, kamelförmigen Tintenklecks auf dem Buchrücken, entscheidend aber ist, dass irgendwo, vielleicht am Rand oder in einer winzigen, fast unlesbaren Fußnote, die Namen all meiner realen und imaginären Geliebten aufgelistet sind.*

Als ich zur Eisdiele kam, zum »Laden«, wie Vincent sagte, war niemand da. Ich hatte das *House of Ice Cream* nie zuvor leer gesehen und fand es gespenstisch, mitten im sonnenhellen Raum zu stehen, die Sitzecken entlang der Wand unbesetzt, die Tische am Fenster verlassen, niemand, der hin und her eilte, um Bestellungen aufzunehmen, niemand hinterm Tresen, niemand an der Kasse. Ich wusste nicht, wie ich mich in dieser Leere verhalten sollte, und einen Moment lang kam ich mir wie ein Eindringling vor, wie ein

Einbrecher vielleicht oder ein Eiscremedieb, vielleicht auch wie ein Geist. Dann trat aus der Küche hinterm Tresen eine hochgewachsene, dunkle, erstaunlich schöne Frau hervor, wischte sich die Hände an einem frischen, weißen Trockentuch ab und ging mit dem Selbstbewusstsein eines Menschen durch den Laden, der sich allein weiß und froh darüber ist. Ich bin mir nicht sicher, ob sie mich anfangs überhaupt bemerkt hat, und als sie mich sah, schien sie es nicht glauben zu wollen, weshalb ich mich erst recht wie ein Geist fühlte. Sie wartete einen langen Augenblick und musterte mich dabei so verblüfft, als hätte sie in ihrer Eisdiele ein exotisches Tier entdeckt und wisse nun nicht genau, wie sie damit umgehen solle. Dann lächelte sie.

»Hallo«, sagte sie. »Kann ich helfen?« Sie hatte einen starken Akzent, aber ich verstand sie, nur wusste ich minutenlang nicht, was ich antworten sollte. Ihr Lächeln verblasste. »Alles in Ordnung?«, fragte sie. »Du siehst …«

»Mir geht es gut«, sagte ich. »Ich war bloß …« Plötzlich wurde mir bewusst, dass ich sie anstarrte. Sie war, begriff ich, Vincents und Angelas Mutter, die legendäre Einsiedlerin Mrs. Della Casa, die stets in den hinteren Räumen blieb und nie mit jemandem sprach; die zuließ, dass ihr Mann und die alte Frau sich um die Kunden kümmerten, während sie, wie der berühmte Koch Escoffier, in der Küche ihre außergewöhnlichen Süßspeisen kreierte. »Ich bin Henry«, sagte ich, »ein Freund von Vincent.« Das kam mir wie eine Lüge vor, und obwohl es nicht ganz falsch war, merkte ich ihr an, dass sie mir nicht glaubte. »Wir sind verabredet und wollen zusammen auf den Rummel«, setzte ich hinzu, während mir im selben Moment aufging, dass daraus wohl nichts werden würde.

»Tut mir leid«, sagte Mrs. Della Casa, »aber Vincent ist nicht hier. Ich glaube, er ist schon gegangen …« Sie deutete ein Lächeln an, um eine Sorge zu überspielen, die eher meiner Anwesenheit als den schlechten Manieren ihrer Kinder galt. »Sie sind nicht da«, ergänzte sie ein wenig beschämt, als glaubte sie, ich unterstellte ihr eine Lüge.

Ich sah mich im leeren Laden um. »Nein, wohl nicht«, sagte ich, »sicher habe ich was falsch verstanden …«

»Ach was.« Sie schien von diesem Gedanken beleidigt, als sei ihr aufgegangen, dass sie sich gerade eine schreckliche Ungastlichkeit zuschulden kommen ließ. »Das war bestimmt nicht dein Fehler.« Peinlich berührt verlagerte sie ihr Gewicht von einem Fuß auf den andern. Sie war eine sehr schöne Frau, vielleicht die schönste, die ich je gesehen habe, und in diesem Moment, verzagt, verlegen und ohne recht zu wissen, was sie nun tun sollte, kam sie mir schöner vor, als es für ein rein menschliches Geschöpf überhaupt möglich schien.

»Ich mach mich lieber wieder auf den Weg«, sagte ich.

Ich hatte versucht, mir mein Zögern nicht anmerken zu lassen, aber sie spürte es dennoch; und zudem war ihr Sinn für Anstand geweckt. »Nein«, sagte sie. »Du solltest warten.« Sie warf kurz einen Blick in den hinteren Teil des Ladens, als fürchtete sie einen heimlichen Lauscher. Dann fuhr sie fort. »Hör mal«, sagte sie. »Ich mach dir einen Pfirsich Melba. Hast du schon jemals echten Pfirsich Melba gegessen?«

Ich schüttelte den Kopf und wollte sagen, dass mir ein Kaffee lieber wäre, schwieg aber. »Das ist nicht nötig«, sagte ich dann lahm und musste an den in jeder nur erdenklichen Situation vorgebrachten Lieblingsratschlag meiner Mutter denken: *Mach keine Umstände.* Das war sogar die Wahrheit, ich wollte wirklich keine Umstände machen. Ich wollte mit eingeklemmtem Schwanz nach Hause zurückschleichen und die Kinder dieser Frau verfluchen, diese Teufel.

Mrs. Della Casa aber hegte andere Vorstellungen. Sie hatte es zugelassen, dass ein flüchtiger Gedanke sie verletzte, und ehe ich noch etwas sagen konnte, fuhr sie fort: »Ich meine keinen gewöhnlichen Pfirsich Melba, wie manche Leute ihn machen. Ich meine einen richtigen, so wie wir ihn hier im *House of Ice Cream* servieren.« Die Art, in der sie dies sagte, mit nur einem Hauch absurder Übertreibung, machte mir klar, dass sie gegen die Übersetzung des Familiennamens gewesen war, wie er draußen vor dem Laden auf dem Schild zu lesen stand. Sie war Italienerin, und ich nehme an, sie sah keinen Grund, etwas anderes zu sein. Sie lächelte mir zu, doch war da auch ein Anflug von Stolz in ihrem Gesicht. »Pfirsich Melba, so wie *ich* ihn mache«, sagte sie. »Der beste Pfirsich Melba überhaupt.«

Ich nickte. Ich wollte wirklich keine Umstände machen, konnte aber dem Angebot nicht widerstehen. Außerdem hatte ich in diesem Moment den Eindruck, dass es ihr wichtig war, mir dieses exotische Dessert zu spendieren, wichtiger als mir, hierzubleiben und es zu essen. »Ich möchte Ihnen aber wirklich keine Mühe machen«, brachte ich matt hervor.

Schlagartig wurde Mrs. Della Casa wieder ernst. »Das ist keine Mühe«, sagte sie. »Setz dich. Da drüben, beim Fenster. Und gib mir eine Viertelstunde.«

Also setzte ich mich. Etwas in mir rechnete damit, dass Vincent und Angela doch noch auftauchen würden, nur bereitete mir der Gedanke kein Vergnügen. Mit einem Mal war es eine leise Freude, hier zu sein, in dieser leeren Eisdiele, während alle anderen sich wenige Straßen weiter aufhielten, draußen, in der funkelnden Sonne, ohne den Segen dieser sanften Schatten, des gedämpften goldenen Lichtes hinterm Tresen und dieser Stille, die über allem lag, während Mrs. Della Casa irgendwo in der Küche Pfirsich Melba auf traditionelle Art mit frischen Pfirsichen auf zerstoßenem Eis für mich zubereitete, dazu ihre eigene, spezielle Himbeersoße, die, als sie das Eis brachte, unfassbar rot aussah, *purpurrot*. Es dauerte nicht so lang, wie ich angenommen hatte, doch war es, wie prophezeit, eine Art Wunder, etwas Magisches, was da auf dem Tisch vor mir stand, scheinbar außerhalb der Zeit, jenseits des Stroms gewöhnlicher Ereignisse und Sorgen, jenseits von allem außer Liebe und Kunst.

»Lass es dir schmecken«, sagte Mrs. Della Casa, als sie mir ihr Meisterwerk hinstellte – und wandte sich zum Gehen, immer noch leise lächelnd, zufrieden mit sich, weil sie etwas für einen Jungen getan hatte, den sie für traurig hielt, für einsam oder verärgert. Ich wollte sie zurückhalten, wollte, dass sie bei mir blieb, damit sie sah, dass ich nichts von alldem war – dass ich mich im Gegenteil absurd glücklich fühlte. »Ich geh nur rasch in die Küche«, sagte sie, als sie am Tresen vorbeieilte. »Genieß dein Eis in aller Ruhe, und wenn du fertig bist, musst du mir sagen, wie es dir geschmeckt hat.« Mit diesen Worten trat sie aus der goldenen Lichtsäule, in der sie gestanden hatte, in die dahinterliegende Dunkelheit.

Manchmal frage ich mich, was mit dem Jungen geschah, an den ich mich heute erinnere. War er ich? Bin ich er? Ich kann mir denken, wie er vor langer Zeit verschwand und eine Leerstelle hinterließ, die irgendwas hätte füllen können – eine Topfpflanze, eine Katze, ein Fotoalbum –, ein Junge mit meinem Gesicht, meinen Händen, der eines Morgens aufwachte und früh aus dem Haus ging, der seine üblichen Sachen trug, die Schultasche auf dem Rücken, ein Junge, der sich in nichts von anderen unterschied und an einem Mittwochmorgen dem gewohnten Trott folgte. Er stand auf, spritzte sich kaltes Wasser ins Gesicht, steckte Bücher und Stifte in die Tasche und ging aus dem Haus, kam aber nie in der Schule an, nicht an diesem noch an einem der darauffolgenden Vormittage, ein Junge mit meinem Namen, meinen Blutkörperchen, meinem

*Haar, mit meinen Handschuhen und meiner wasserfesten Jacke,
der im Morgenregen losging, seine Abwesenheit beim Morgen-
appell grün wie der Geruch von Thujen, sein Lateinbuch noch
immer unter Wollmäusen und Apfelbutzen begraben in dem Pult,
das nun verwaist war, vierte Reihe von vorn, zwischen Laura
Costello und Tom Morgan, Kinder, die er sein Leben lang gekannt
hatte und die ihn erst bemerkten, als er fortblieb, und sich einige
Tage, höchstens eine Woche lang fragten, ob nicht mehr dahinter-
steckte als das, was man als Erklärung für sein plötzliches Verschwinden vorbrachte.*

Kurz darauf kehrte Mrs. Della Casa in den vorderen Teil des Ladens zurück. Sie lächelte noch, und ich wusste, dass ich ihr keine
Umstände machte, dass sie mich nicht zum Gehen drängte, sondern dass sie etwas auf dem Herzen hatte; und unwillkürlich
dachte ich, selbst damals schon, dass ihr Lächeln ein wenig zu
gewollt war. Nicht gerade gezwungen, nur ein wenig zu aufgesetzt,
zu freundlich. Einen Moment blieb sie an der Kasse stehen und
dachte nach, fragte sich vielleicht, was sie sagen sollte. »Alles in
Ordnung?«

Ich nickte. Ich überlegte, ob sie wusste, wie schön ich sie in
diesem Augenblick fand, ob sie wusste, dass mir das Herz in der
Kehle flatterte.

»Der Pfirsich Melba«, sagte sie, jetzt wieder mit ernstem Gesicht. »Ist er gut?«

Ich wollte sagen, er sei perfekt, ein Wunder in einer Glasschale,
ein unmögliches Ereignis in einer Welt, in der Pfirsiche aus Dosen
kamen und Eiscreme wie Wachs schmeckte – aber ich brachte kein
Wort heraus. Ich nickte wieder.

»Hör mal«, sagte sie. »Ich glaube nicht, dass Vincent bald
zurückkommt.«

Ich schüttelte den Kopf. Ich wusste längst, dass man mich versetzt hatte. Vincent war auf dem Rummel, ebenso wie Angela. Bestimmt machten sie sich in ebendiesem Moment darüber lustig, wie sie mich für dumm verkauft hatten. Oder, noch wahrscheinlicher, sie hatten mich längst vergessen, aber ehrlich gesagt, es war mir egal.

»Ich habe einen Termin«, fuhr Mrs. Della Casa fort und sah besorgt drein. »Ich muss für einige Minuten aus dem Haus, nicht länger.« Sie musterte mich unsicher, als versuchte sie, im Kopf eine komplizierte Rechenaufgabe zu lösen, und müsste, da ihre Bemühungen sie nicht überzeugten, das Resultat mit mir abgleichen.

»Ich könnte hierbleiben«, bot ich an. Ich war mir nicht sicher, ob es das war, was sie hören wollte, und ob das für mich überhaupt infrage kam, aber eigentlich hatte ich keine Wahl.

»Würdest du das machen?« Sie wirkte erleichtert. »Es dauert auch nicht lang.«

Ich nickte, war mir plötzlich sicher. »Kein Problem«, sagte ich. »Ich bleib und pass auf den Laden auf. Lassen Sie sich ruhig so viel Zeit, wie Sie wollen.«

Sie lächelte wieder, doch war da was Dunkles in ihrem Gesicht, und ich wusste, sie hätte, was zu erledigen war, lieber gemieden. »Du bist ein netter Junge«, sagte sie. »Ich verstehe nicht, warum Vincent nicht hier ist.«

Ich schüttelte den Kopf. Ich wusste, warum, aber das kümmerte mich nicht länger. »Ist schon okay«, sagte ich. »War bestimmt nur ein Missverständnis.«

Was uns beide nicht überzeugte. Mrs. Della Casa sah mich noch einen Augenblick länger neugierig und ein wenig verdutzt an. Was suchte ich in ihrer Eisdiele an diesem Samstagnachmittag, an dem sich doch die ganze Stadt woanders aufhielt? Warum war ich nicht auf dem Rummel? Im Nachhinein wird mir klar, dass damals – in ebenjenem Moment, in dem Mrs. Della Casa mich mit dieser

Frage in den Augen ansah – meine Vorliebe für einsame Wochenendnachmittage geboren wurde. Es war mir nie zuvor in den Sinn
gekommen, dass ich zu jenen Menschen gehöre, die es vorziehen,
woanders zu sein, wenn auf der Hauptstraße ein Umzug stattfindet,
so wie mir nie in den Sinn gekommen war, dass unerwiderte Liebe
so absichtsvoll, so entschieden sein kann, Ergebnis einer Wahl, die
ich in ebendiesem Augenblick getroffen hatte und mein Leben
lang immer wieder treffen würde, eine private Angelegenheit, die
nahezu nichts mit dem zu tun hatte, dem diese Liebe galt.

Längst sind sie zu einem verschmolzen: Einsamkeit, Stille und
das nie ausgesprochene Vergnügen, in einem Café am Fenster zu
sitzen und auf eine unbelebte Straße zu schauen, dieses köstliche
Gefühl von seelischem Gleichgewicht, das aufkommt, wenn man
ein Buch beiseitelegt und durchs leere Zimmer geht, um einen
Blick in den Garten zu werfen, der, wenn meine Nachbarn im Fuß-
ballstadion oder im Supermarkt sind, am helllichten Nachmittag
menschenleer und verschwiegen daliegt. Eine Katze sitzt auf der
Mauer, eine Amsel hält auf dem Rasen inne, um in den Himmel
zu sehen, ein dunklerer Schemen formt sich unter den Schatten der
Stechpalme, keine Präsenz und doch ein Ereignis, die Welt, wie sie
zu ihrer eigenen Zeit und im eigenen Raum stattfindet, außerhalb
des Geistes, unbevölkert, von niemandem bezeugt – von *niemandem*, ehrlich. Selbst wenn ich hier stehe, nach draußen blicke, lau-
sche, ist es die Vergangenheit, die ich sehe, die Vergangenheit, die
ich höre. Ich hole nie auf, bin nie völlig da, hinke stets eine Milli-
sekunde dem Augenblick hinterher – und ein Teil von mir ist noch
weiter zurück, sitzt in einem leeren Café, sieht eine Frau, die sich
abwendet, hört sie etwas sagen, auch wenn ich nicht genau weiß,
was, sehe sie durch die Flügeltür gehen in ihrem goldenen Baum-
wollsommerkleid und mit unfassbar weißer Schürze, sehe sie auf
die Straße treten, hinaus ins Sonnenlicht, hinaus in die …

Ewigkeit. Was so viel heißt wie in jenem Augenblick, in dem sie gleich hinterm Bürgersteig stehen bleibt, da ihr auffällt, dass sie noch ihre Schürze trägt, und nur einen Moment innehält, nicht länger, um sie abzunehmen. Es ist der allerkürzeste Moment des Innehaltens, bloß ein winziger Moment der Unaufmerksamkeit, kaum eine Sekunde an diesem Tag – an dem es, seit ich im *House of Ice Cream* bin, auf der Straße keinerlei Verkehr gegeben hat –, eine Sekunde, in der ein Lieferwagen heranrast, ein kleiner blauer Lieferwagen wie der, mit dem der Schlachter seine Ware ausfährt, und frontal gegen sie prallt, mit voller Wucht, sie in die Luft schleudert, fort aus meinem Blickfeld. Eine Sekunde lang kam es mir ganz unwirklich vor, als hätte sie oder sonst jemand mir einen Streich gespielt, vielleicht war es aber auch bloß ein Probelauf für etwas, worüber noch nicht entschieden worden war. Dann hörte ich das Kreischen der Bremsen; der Lieferwagen kam zum Stehen; irgendwer schrie. Ich sprang auf, rannte zur Tür – und plötzlich, als hätten sie nur darauf gewartet, dass etwas geschah, waren überall Menschen: Ein Mann beugte sich über die angefahrene Frau, ein anderer stand an der Tür des Lieferwagens, auf der Seite, wo der Fahrer saß, der starr vor Schock auf das sah, was er angerichtet hatte. Nicht der Schlachter, wie mir jetzt auffiel, sondern jemand, den ich nie zuvor gesehen hatte. Ich bin mir nicht sicher, was ich getan hätte oder was ich tun wollte. Vielleicht wäre ich dahin gerannt, wo Mrs. Della Casa lag, so still, so offensichtlich tot, doch es war jemand anders gekommen, auch wie aus dem Nichts; und er hielt mich, hielt mich an den Schultern, nicht sehr fest, doch so, dass ich nachgeben konnte und mich nicht zu bewegen brauchte, sodass ich stehen bleiben und hinsehen konnte, eine lange Minute, in der alles erstarrte und ein Loch sich in dem Universum auftat, das ich zu kennen meinte, ein Loch, winzig klein und weiß und sonnenhell, ein Loch, das jedes andere Auge für eine saubere, wenn auch leicht zerknitterte Schürze gehalten hätte, die auf dem Asphalt lag, dort, wo Veronica Della Casa sie fallen ließ.

Wie kann ein einziger Moment solche Macht erlangen? Nichts, was bedeutsam scheint, kein präzise erinnerter, bahnbrechender Sieg, keine Niederlage macht die Seele zu dem, was sie ist; vielmehr gibt ein flüchtiger Moment, ein halbgesehenes Etwas das Muster vor und wird zum Ausgangspunkt, von dem das Stück eine Weile abweichen mag, zu dem es aber immer wieder zurückkehren muss. Das meiste aus meinem Leben habe ich vergessen. Als ich jung war, erzählte man mir, im Alter erinnere man sich besser, und ich vertraue darauf, dass es stimmt, vertraue darauf, während sich die stille Zeit in meinem letzten Heim vertieft und in die Länge zieht, dass ich aufhören werde, mich an jedes Detail des Buches zu erinnern, in dem ich gerade lese, oder an die Worte, die ich gestern mit dem Schlachter gewechselt habe, und dass mein Geist – stiller jetzt, ruhiger – stattdessen beginnt, den Korpus meines Lebens zusammenzusetzen, Augenblick um Augenblick, Jahr um Jahr, wie ein Archäologe aus verstreuten, in einer Müllgrube gefundenen Knochen einen Menschen zusammensetzt. Sollte dies wahr sein, freue ich mich darauf, freue mich auf den Tag, an dem ich einer jungen Frau auf den Stufen zur Bibliothek begegne, und weil Patschuli wieder angesagt ist, weil sie das Haar auf bestimmte Weise zurückgekämmt hat, weil sie leichtfüßig und schlank ist und mir mit einer Offenheit begegnet wie wohl seit Jahren niemand mehr, werde ich mich daran erinnern, wie ich als junger Mann gewesen bin, und damit das Rätsel lösen, wer an meiner statt in all den verlorenen Jahren lebte, atmete, aß und liebte. Ich freue mich auf den Tag, an dem ich mich meiner Frau so erinnere, wie sie war, als wir uns kennenlernten, und nicht jenes goldenen, doch leicht entrückten Wesens, zu dem sie später wurde. Ich freue mich darauf, Erinnerungen zu haben, die ich sehen und riechen kann, kurze, aber intensive Madeleine-Momente, in denen mir in prachtvollen Einzelheiten alles wieder einfällt. Nur fürchte ich, dass ich mich an rein gar nichts deutlich erinnern werde, dass ich fortfahren werde, in diesem Fegefeuer unbestimmter Empfindungen und mentaler Schnappschüsse bis zu jenem verheißenen Augenblick zu leben, in dem zuletzt doch noch einmal alles an mir vorüberzieht, sich eine vollständige Geschichte entfaltet und für Millisekunden vor meinen inneren Augen zum Leben erwacht, ähnlich jenen japanischen Papierspielzeugen, die in dem Moment, da sie mit Wasser in Berührung kommen, zu außergewöhnlichen, kunstvollen Blumen erblühen: Pfingstrosen, Chrysanthemen, Iris oder Lilien. Vielleicht wird dann der Augenblick, in dem Mrs. Della Casa starb, zu einem unter vielen anderen, eine Blume in einer Schale voll leuchtend bunter Blumen, deren Knospen aufgehen und sich in meinem Gedächtnis entfalten, ein Blütenblatt nach dem andern.

Samstagnachmittags mache ich mir Pfirsich Melba. Ich mache ihn, wie Mrs. Della Casa ihn gemacht hat, zumindest rede ich mir das ein. Allerdings schmeckt es nie ganz so, wie es schmecken sollte, doch darf ich ein Wunder solchen Ausmaßes wohl kaum erwarten. Heutzutage kann man bessere Zutaten verwenden – frische Pfirsiche, flaumig, warm und statisch aufgeladen, Bio-Eis, Vanilleschoten aus dem Bioladen –, aber ich nutze nur die Zutaten, die sie verwenden musste, denn ich will keinen perfekten Pfirsich Melba, keine Kopie von Escoffiers Original; vielmehr bin ich auf der Suche nach der Wiederholung eines Augenblicks. Wenn ich fertig bin, setze ich mich an den Tisch vorm Fenster und stelle mir die Hauptstraße vor, Menschen anderswo, die Straßen überqueren, einkaufen, Freunde treffen und kurz in ihren Gesprächen innehalten, ehe sie weitergehen. Ich muss zugeben, dass ich eine stille, leicht distanzierte Zuneigung für sie empfinde, für die Männer, Frauen und Kinder, die Verkäufer, Köche und Krankenhauspförtner, die Polizeipräsidenten, Büroangestellten und Spione. Ich erinnere mich an das *House of Ice Cream* – das sich heute Bistro nennt, die Della Casas sind längst fort –, daran, wie es damals gewesen ist oder wie es hätte werden können, hätte es überdauert. Dies ist ein wissenschaftliches Experiment, ein Versuch, eine Seele an einem Ort zu fixieren wie einen Schmetterling auf einer Nadel, um sie einen Moment in regloser Vollständigkeit betrachten zu können. Ich erinnere mich an den Sonnenschein, der durch das Schaufenster fällt, an einen blauen Lieferwagen, der auf der Straße vorbeifährt, und dann versuche ich, alles zu verlangsamen, um zu sehen, was wirklich geschehen ist, um den Moment zu isolieren, in dem ich zu jemand anderem wurde als der, der ich bis dahin war, zu jemand anderem als jener Mensch, der zu werden mir bestimmt gewesen ist. Es ist der einzige Moment in meinem Leben, an den ich mich erinnere, und selbst ihn kann ich nicht in Gänze erkennen. Von hier aus, wo ich sitze, sehe ich den Garten, eine Woge Vergissmeinnicht, die sich unter dem Schatten eines Johannisbeerstrauchs hervor ergießt und im Kiesweg verebbt. Ich kann in die Höhe blicken und die Schwalben beobachten, die um die Ziegelmauern der James and John Street flitzen, kann sehen, wie sie die warme Luft über den Hecken erkunden, ein unausgesetztes Spiel von Licht und Schatten, doch noch während dies geschieht, weicht es in die Vergangenheit zurück – ein ständiges Schwinden, und wenn ich es zu fassen versuche, ist da kein Jetzt, kein gegenwärtiger Moment, kein fest umrissenes Ich, in das ich schlüpfen und *sein* könnte, ein für alle Mal. Ich würde gern behaupten können, dass Pfirsich Melba – der Geschmack von Eiscreme oder die Art und Weise, wie die Himbeersoße übers Eis rinnt und es purpurrot färbt – ich würde gern behaupten können, *irgendetwas* riefe mir all dies wieder ins Gedächtnis, aber das kann ich nicht. Ich schmecke nur Eiscreme und Pfirsich, sehe nur purpurrot, höre über mir das Zwitschern der Schwalben und vermag nach all den Jahren immer noch nicht zu sagen, wo mein Ich aufhört und die Welt beginnt, da alles – Ich und Welt, Seele und Materie – ins Nichts fällt, schön, elegant, so wie es sein muss, was mich fassungslos, wenngleich ärmer zurücklässt, allein in meinem Haus, verstört, vielleicht aber auch nur der anhaltenden und leicht übertriebenen Perfektion eines Pfirsich Melba verfallen.

Pfuhlschnepfen

Früher, in der alten Zeit, ehe der dicke Stan ins Gefängnis kam, sind wir fast jeden Nachmittag zur Sandbank, um Meeresvögel zu beobachten und Pfuhlschnepfen zu jagen. Da draußen gab es alle möglichen Sorten von Strandläufern, Brachvögeln, Steinwälzern oder Wasserläufern, die hin und her flitzten und leise fiepten, wenn man ihnen zu nahe kam; fand man aber eine gute Stelle und saß ganz still da, konnte man ewig beobachten, wie sie an der Flutlinie auf und ab tippelten und mit ihren langen, gebogenen Schnäbeln im Sand herumstocherten. Sie flogen erst auf, wenn es unvermeidbar war, aber das war egal, denn mir gefiel, wie sie herumstolzierten. Man sah ihnen an, dass sie unablässig auf Gefahren achteten, trotzdem taten sie, als gehörte ihnen die Welt, stelzten über den Strand, die Flügel auf dem Rücken gefaltet, von sich eingenommen wie altmodische Bankiers, die ihren Verdauungsspaziergang machen. Sie entwickelten sich unterschiedlich, erklärte Stan, manche blieben nur über den Winter, um dann woanders hinzufliegen, wo sie brüten konnten und so weiter. Die meisten Arten, die wir erspähten, waren eher gewöhnlich, manchmal aber erhaschten wir einen Blick auf diesen einen Vogel, von dem Stan behauptete, es sei eine Pfuhlschnepfe, und die waren selten. Er sagte auch, früher habe man diese Sorte gern gegessen – sie schmeckten besser als alle anderen, besser sogar als Schwäne, so stand es in einem Buch, das er gelesen hatte –, und er war fest entschlossen, eine zu fangen und zu probieren.

Ich hatte Stan nicht zugetraut, dass er sich so gut mit der Tierwelt auskannte, weshalb ich mich fragte, ob er mich auf den Arm nahm und folglich eines Tages in die Bücherei ging, um in der Präsenzabteilung in diesem großen Wälzer nachzuschlagen, dem *Field Guide to British Birds*. Ich rechnete halb damit, dass sich die Pfuhlschnepfe als eine ganz andere Vogelart erwiese, und anfangs habe ich wirklich geglaubt, Stan hätte Blödsinn erzählt, da der Vogel auf dem Bild eher orangebraun aussah und viel bunter als der auf der Sandbank. Trotzdem hatte Stan recht, das gebe ich unumwunden zu, denn das große Bild zeigte die Pfuhlschnepfe im Sommergefieder, aber da war noch ein Foto, weiter unten auf der Seite, vom selben Vogel im Winter. Natürlich sah die Pfuhlschnepfe auf dem Bild sauberer aus, eleganter als die, die wir auf der Sandbank gesehen hatten, aber in Büchern sieht ja alles besser aus, immer in so prächtigen Farben, wie es in einer perfekten Welt aussähe, doch wenn man gewisse Zugeständnisse an die Realität machte, konnte man die Übereinstimmung unschwer erkennen. Dass Stan so was wusste, hat mir neuen Respekt eingeflößt, das muss ich schon sagen. Dabei habe ich ihn *immer* respektiert, nur merkte man ihm manchmal an, wie unglücklich er war, und wenn man einem Menschen das Unglück anmerkt, hält man weniger von ihm, weil man sich unwillkürlich fragt, ob er es nicht selbst zu verschulden hat.

Der dicke Stan war gar nicht so dick, als er seinen Spitznamen bekam. Ein bisschen pummelig vielleicht, aber bestimmt nicht so fett wie später. Der Grund dafür war, dass es zwei Stanleys in unserer Klasse gab, und der andere war einszweiundachtzig und dürr. Also wirklich spindeldürr. Mein Vetter Alan sagte, der bestehe echt nur aus Haut und Knochen, und wenn man neben dem huste, zerfiele er in Stücke. Dieser Stanley hatte in der Schule langes, blondes Haar, wurde aber mit sechzehn fast über Nacht völlig kahl. Danach wurde er natürlich nur noch Glatzkopf genannt, in der Schule aber war er der dünne Stan, weshalb der Stan, mit dem ich rumzog, mein bester Freund seit meinem siebten Lebensjahr, zum dicken Stan wurde. Mein Name war Jamie und ist es immer noch. Manchmal der kleine Jamie, manchmal auch der verrückte Jamie, weil ich ein paar Probleme im Oberstübchen habe, aber einen richtigen Spitznamen hatte ich nie.

Was ein Glück sein könnte, denn Stans Spitzname blieb für ihn nicht ohne Folgen, da er über die Jahre immer mehr an Gewicht zulegte, bis er schließlich zu dem fetten Kerl wurde, der er heute ist. So wird er jedenfalls genannt, *fett*, was mich immer an diese massigen, schmerbäuchigen Frauen denken lässt, die vor der Glotze abhängen, in der einen Hand eine Tüte Doritos, in der anderen einen XL-Becher Eiscreme; wer Stan aber kennt, wer ihn aufmerksam beobachtet, der könnte sehen, wie flink er für einen Menschen von seinem Umfang ist. Ich weiß noch, dass ich ihn einmal auf einer Party beobachtet habe, er auf der Tanzfläche mit diesem hübschen, rothaarigen Mädchen, auf das ich auch scharf war, und er bewegte sich leichtfüßig, voller Anmut und Energie, wie ein echter Tänzer, im Gesicht das glückselige Lächeln eines Menschen, der etwas Unerwartetes tut. Caroline Mason – so hieß die Kleine. Sie war die jüngere Schwester von Haggis Mason, auch wenn das noch so unwahrscheinlich klingen mag. Haggis handelte früher mit Diebesgut aus dem *Crow's Nest*, und man sah ihn in der Stadt oft mit seinem Köter, einer Schäferhündin mit Namen Kim. Laut Stan gab Haggis ihr gelegentlich eine halbe LSD-Tablette und ging anschließend mit ihr in den Park, wo sie frei rumlaufen konnte. Haggis selbst warf dann auch ein paar Pillen ein, versuchte, die Welt mit den Augen seines Hundes zu sehen – und einmal, erzählte Stan, sei Kim völlig ausgerastet und hätte Haggis einen Baum hochgejagt, wo er dann stundenlang hockte, während die Hündin in irren Kreisen um den Baum lief und ihn mit tellergroßen Augen anstarrte, als hätte sie keine Ahnung, wer er ist. Ich weiß nicht, woher Stan das weiß, aber es würde mich nicht überraschen, wenn Haggis es ihm selbst erzählt hätte – denn Stan wirkt auf Anhieb wie jemand, dem man vertrauen kann. Ich meine, ich bin jedenfalls immer davon ausgegangen, dass ich mit ihm über alles reden kann, sogar über meine mentalen Probleme, und dass er zuhören, aber nichts weitererzählen wird, was mir wirklich wichtig war, weil ich nicht wollte, dass irgendwer sonst wusste, was in meinem Kopf ablief, wenn ich entsprechend drauf war.

All das änderte sich, als wir Zoë-Anne kennenlernten. Also ich habe ihm selbst von ihr erzählt, von meinen Gefühlen für sie, nur waren mir kaum die Worte über die Lippen gekommen, da wusste ich, dass das ein Fehler gewesen war. Natürlich habe ich nicht geahnt, dass er sie auch mochte; er ist nämlich ein echt stolzer Typ und hat ständig so getan, als wäre er gar nicht interessiert. »Die ist doch minderjährig«, sagte er immer, wenn sie vorbeikam. »Die Kleine bringt dich schneller in den Knast, als du gucken kannst«, ergänzte er noch und wandte sich dann ab, als gäbe es nichts weiter zu sagen. Mir war das egal. Niemand hatte mich je zuvor gern gehabt, Zoë-Anne war die Erste, und eine Zeit lang nahm ich an, das mit uns könnte was werden. Ich hätte es besser wissen müssen, denn in einer Hinsicht bin ich genau wie Stan: Mir steht das Unglück ins Gesicht geschrieben. Und nach dem, was mit Eddie Mac passierte, ist Zoë-Anne einfach verschwunden. Im Augenblick habe ich keinen Schimmer, wo sie sein könnte, was kein Wunder ist, weil ich nie auch nur geahnt habe, wo sie herkommt. Ich habe sie ein paarmal gefragt, aber sie hat immer bloß mit den Achseln gezuckt. »Was macht das für einen Unterschied?«, erwiderte sie dann, was mich ziemlich beunruhigte, weil Stan doch gesagt hatte, sie sei noch zu jung.

Zoë-Anne traf Stan und mich an einem Nachmittag im Februar, als wir gerade aus dem Nebel kamen. Ich weiß nicht, warum sie da war – falls Stan mit ihrem Alter recht hatte, hätte sie eigentlich in der Schule sein müssen –, vielleicht aber hat sie uns nur von der Sandbank kommen sehen und war neugierig auf das, was wir dort getrieben hatten. Natürlich waren wir Pfuhlschnepfen jagen, aber das haben wir ihr nicht gesagt. Sie war ein hübsches Mädchen mit kurzem, dunklem Haar und richtig blauen Augen, und sie hatte diesen gewitzten, sarkastischen Blick, der mich an eine Schauspielerin in einer der Screwball-Komödien denken ließ, die sich meine Mam samstagnachmittags im Fernsehen ansah. Dieser Blick, der einem sagte, sie wisse genau, was man sagen wolle, ehe man auch nur den Mund aufgemacht hatte, und dass was immer man auch sagen könnte sie nicht im Mindesten interessierte, weil es ihr längst bekannt war. Mir gefiel dieser Blick, keine Ahnung, warum, obwohl er mich an Hollywoodschauspielerinnen von früher erinnerte; außerdem wirkte er auch irgendwie französisch, was ich ziemlich sexy fand, denn wenn man genauer hinsah, fiel einem bald auf, dass sie im Grunde noch ein Kind und alles Äußere nur Schau war, ehrlich. Sie gefiel mir also von Anfang an gut, trotzdem hätte ich nie gewagt, sie zu fragen, ob sie mit mir ausgehen wolle, wenn sie nicht damit angefangen hätte.

Sie sagte nichts, bis wir den Streifen Dünengras überquerten, der die Stadt von der Sandbank trennt. Und als sie schließlich etwas sagte, fiel mir auf, dass sie mich direkt ansah, fast als gäbe es nur uns zwei. Sie lächelte nicht oder so, sie war nur neugierig, auf ihre gelangweilte Art, aber sie redete mit mir, und ich schätze, sie gab nur vor, gelangweilt zu sein. Außerdem fiel mir auf, dass ihre Augen wirklich blau waren, kornblumenblau, was zusammen mit ihrem pechschwarzen Haar irgendwie unheimlich wirkte. »Was treibt ihr da draußen?«, fragte sie.

Ich wollte antworten, aber es ging nicht. Meine Zunge war wie gelähmt, weil ihre Augen so blau waren und weil sie nicht mit Stan, sondern nur mit mir geredet hatte. Stan sah sie von der Seite an, wandte sich ab und schüttelte den Kopf. »Ich wusste gar nicht, dass schon Ferien sind«, sagte er.

Zoë-Anne aber beachtete ihn nicht weiter. Sie hielt ihren Blick auf mich gerichtet. »Wie heißt du, Kumpel?«, sagte sie. »Kommst mir irgendwie bekannt vor.«

Stan schnaubte kurz und ging weiter, ich aber blieb neben ihr stehen, nur wenige Schritte entfernt. »Ich bin Jamie«, sagte ich, doch meine Stimme klang irgendwie komisch, und ich brachte kein weiteres Wort heraus.

Da lächelte Zoë-Anne. »Was treibst du da draußen, Jamie?«, fragte sie. »Weißt du nicht, wie gefährlich die Sandbank ist?«

Ich schüttelte den Kopf. »Ach was«, sagte ich. »Die ist nicht gefährlich. Nicht, wenn man weiß, wo man hingehen darf.« Und das stimmte auch, mehr oder weniger zumindest. Also wer weiß denn nicht, dass man da draußen zu Schaden kommen kann, aber Stan und ich, wir haben die Sandbank schon immer geliebt, von klein auf. Für uns war sie eine Zuflucht, ein Ort, an dem man sich dem Rest der Welt entziehen konnte. Wir gingen bei jedem Wetter raus, stromerten bei Nebel oder im fahlen, wässrigen Sonnenlicht über die Sandbank oder saßen einfach auf den Felsen hinter der Landzunge, rauchten Dope, wenn wir was hatten, und starrten hinaus aufs dämmrig werdende Meer. Einmal hatten wir Acid genommen und sind durch den Nebel gelaufen, der an dem Tag ziemlich dünn war, nicht wie diese schweren Nebel, die ständig aufziehen, trotzdem war es schwierig, was zu sehen, und nach kaum zwanzig Metern hatten wir die Orientierung verloren, sodass wir unserem Instinkt folgen mussten, um zur anderen Seite der Bucht zu gelangen, wobei wir uns Schritt für Schritt über den trügerischen nassen Sand tasteten und jene Stellen zu meiden versuchten, wo man sekundenschnell bis zu den Oberschenkeln einsank oder hüfttief durchs Wasser waten musste, weil es keine andere Möglichkeit gab, einen dieser tiefen Gräben zu überqueren, die kreuz und quer die Bucht durchzogen. Trotzdem hatte ich keine Angst. Jeder weiß, dass die Sandbank gefährlich ist, ein paar Leute sind hier draußen auch schon umgekommen, an jenem Tag aber waren wir unverwundbar. Wir reagierten hyperempfindlich auf alles und wussten genau, wo wir unseren Fuß hinsetzen konnten, und auch, welche Stellen wir meiden mussten. Wir liefen quer über die Bucht, vorbei an riesigen Schwärmen von Vögeln, die uns überhaupt nicht beachteten. Sie bekamen keine Angst, flogen auch nicht weg, sahen uns einfach nur nach, leichtfüßig und so fragil wie im Nebel wandelnde Gespenster aus einer vergangenen Zeit. Als wir die andere Seite erreichten, waren wir nass bis auf die Knochen und mit Schlick und Schlamm bedeckt, aber das kümmerte uns nicht.

Seit Zoë-Anne aufgetaucht ist, haben wir so was nicht mehr getan. Eine Weile hat sie mich glücklich gemacht, aber ich merkte Stan an, dass er sie nicht mochte, zumindest habe ich das geglaubt. Bei jenem ersten Mal hat er sie einfach ignoriert, und ich wusste nicht, was ich noch sagen sollte, also standen wir nur eine Weile da, blickten hinaus in den Nebel und taten, als wäre uns das nicht unangenehm. Was es aber war – zumindest mir, und nach einer Weile habe ich mich verabschiedet und bin zu Stan. Langsam, die ersten Schritte sogar rückwärts, für den Fall, dass sie noch was sagen wollte. Tat sie aber nicht. Sie stand einfach bloß da und sah mir nach, bis ich mich schließlich umdrehen musste, um zu sehen, wohin ich trat, und danach war es mir zu peinlich, noch mal zu ihr zurückzublicken, weshalb ich nicht gesehen habe, wohin sie ging. Ehrlich gesagt, habe ich mich seltsam gefühlt, weil ich dachte, sie würde verschwinden und mich vergessen, und ich glaubte, ich ertrüge es nicht, wenn ich sie nicht wiedersähe. Trotzdem lief ich weiter, und als ich mich am anderen Ende des Parkplatzes schließlich doch umdrehte, war sie weg und nichts weiter zu sehen als Sand und Nebel.

Stan und ich waren ein paar Tage nicht mehr auf der Sandbank gewesen, und als wir dann doch hinwollten, wartete Zoë-Anne an derselben Stelle, an der wir sie zuletzt gesehen hatten, am Rand des Parkplatzes, den Blick aufs Meer gerichtet. Es war ein schöner Tag für diese Jahreszeit, die Luft kühl, obwohl sich zwischen den Wolkenschatten Sonnenlicht in breiten Streifen über die Sandbank ergoss. Aberhundert Vögel liefen in großen Scharen umher, jeder Schwarm auf seinem eigenen Terrain, Knutt- und Alpenstrandläufer auf dem festen, offenen Grund, Austernfischer, Steinwälzer, und draußen, wo die Wellen anliefen, ganz hinten auf der anderen Seite dieser weiten Sonnen- und Schattenfläche, glaubte ich ein paar Pfuhlschnepfen auszumachen, von denen Stan behauptete, sie seien so lecker. Stan hatte ein Netz dabei, das ihm jemand geschenkt hatte; er wollte sehen, ob er es auslegen und was fangen konnte, noch aber steckte es gut verstaut in einer weißen Plastiktüte, Zoë-Annes Blicken entzogen. Darüber war ich plötzlich froh. Pfuhlschnepfen jagen war mir vorher nicht grausam erschienen. Stan hatte gesagt, es sei dasselbe wie Hühnchen essen, und wir essen doch Hühner, nicht? Jetzt aber, wie sie so vor mir stand, ein komisches kleines Lächeln im Gesicht, fast als freute sie sich, uns zu sehen, kam mir der Gedanke, dass es vielleicht doch nicht ganz in Ordnung war.

Zoë-Anne trug eine weiße Bluse und einen dunkelgrünen Rock, dasselbe, wie mir jetzt auffiel, was sie auch bei unserer letzten Begegnung getragen hatte – also hatte Stan recht, sie war nur ein Mädchen, das die Schule schwänzte. Das Grün war genau dieselbe Farbe wie das der Uniform von St. Barnabas, nur die Oberstufler mussten sie nicht mehr tragen, was hieß, dass sie sechzehn war oder noch jünger. Stan hatte letztes Mal behauptet, sie sei vierzehn, höchstens fünfzehn, weshalb ich lieber nichts mit ihr anfangen solle. Ich hatte ihm nicht widersprochen, weil es dafür keinen Grund gab. Also, es war ja nicht so, dass wir miteinander gingen oder so. Und es war auch nicht so, dass wir Sex gehabt hätten. Sie war einfach bloß ein hübsches Mädchen, das sich gern auf der Sandbank herumtrieb und beobachtete, was andere da machten. Mehr nicht. Sie war nur freundlich, und dagegen war schließlich nichts einzuwenden. Jetzt kam sie auf mich zu und schenkte mir ihr kleines Lächeln, um zu zeigen, wie sehr es sie freute, dass wir gekommen waren. »Hi«, sagte sie und wandte sich wieder ausschließlich an mich, nicht an Stan, genau wie letztes Mal.

»Hast du kein Zuhause?«, fragte Stan. Das war nicht fies gemeint, er wollte nur mein Bestes und hatte Angst, ich könnte Ärger bekommen, und mir war wohl klar, dass er das nicht sagte, weil ich etwas Konkretes vorgehabt hätte, sondern wegen dem, was die Leute reden könnten.

Zoë-Anne lächelte ihn zuckersüß an. »Mit dir habe ich nicht geredet«, sagte sie, »sondern mit *Jamie*.« So, wie sie meinen Namen aussprach, klang es, als würden wir uns schon jahrelang kennen; und wie beim letzten Mal überkam mich wieder dieses verrückte Gefühl von Glück.

Stan musterte sie mit einem sarkastischen Grinsen. »Ach ja?«

Zoë-Anne grinste zurück. »Allerdings!«, sagte sie.

Stan blieb noch einen Moment, und ich merkte ihm an, dass er nach einer cleveren Erwiderung suchte, dann gab er auf und zog los. Ich wusste, dass er vorhatte, sein Netz auszulegen, und er wollte, dass ich ihm dabei half, aber ich blieb, wo ich war, nämlich neben Zoë-Anne am Rand des Asphalts. Ich nahm nicht an, dass Stan große Chancen hatte, was zu fangen, aber man konnte ja nie wissen. Erst nach ein paar Schritten fiel ihm auf, dass ich nicht hinterherkam, und er drehte sich nach mir um. »Was ist?«, sagte er. »Kommst du oder kommst du nicht?«

»Was hast du denn vor?«, fragte Zoë-Anne, die blauen Augen auf seine Tüte gerichtet.

»Nichts, was dich irgendwas anginge«, erwiderte Stan schmallippig und sah mich an. »Komm schon, Jamie«, sagte er, und seine Stimme klang so streng wie die von jemandem, der einem Kind zuredet, das was Unartiges machen will.

Es war nicht so, dass ich ihn irgendwie bloßstellen wollte, nur habe ich im selben Moment gemerkt, dass ich gar nicht auf die Sandbank wollte. Ich wollte bleiben, neben Zoë-Anne, und dieses verrückte Gefühl von Glück genießen. »Geh ruhig«, sagte ich. »Ich bleib noch ein bisschen.«

Ich sah ihm an, dass ihn das nicht freute. Er blieb noch einen Moment und blickte mich an, als hätte ich einen meiner verrückten Anfälle, weshalb ich kurz dachte, er käme zu mir rüber und zwänge mich, mit ihm zu gehen. Aber er sagte kein Wort mehr, sah mich nur merkwürdig lächelnd an, fast als hätte er damit gerechnet, dass dies passierte, und dass er es bedauerte. Dann wandte er sich ab und lief hinaus auf die Sandbank, verschwand langsam im feuchten Februarlicht.

Ich weiß, es klingt blöd, aber die folgende Woche war die glücklichste Zeit meines Lebens. Eigentlich passierte nichts, bloß sah ich Zoë-Anne jeden Tag, selbst am Wochenende, und wir fingen an, zusammen spazieren zu gehen, nur sie und ich. Wir trafen uns an der Bushaltestelle in der Milburn Street – sie hat mir nie verraten, wo sie wohnt, und ich durfte sie auch nie nach Hause begleiten –, um dann übers Klostergelände zu laufen, auf den Grabsteinen die Namen von Meisterköchen oder von Frauen zu lesen, die vor hundert Jahren im Kindsbett gestorben waren. Oder wir liefen durch die Schlossanlage, berührten uns nicht, redeten nicht mal besonders viel, fast wie Leute, die sich schon jahrelang kennen und so vertraut miteinander sind, dass sie kaum ein Wort zu sagen brauchen. Wir gingen nicht auf die Sandbank, weshalb ich Stan über eine Woche lang nicht sah, was merkwürdig war, weil unsere Freundschaft doch schon ewig dauerte. Es gab nur Zoë-Anne und mich. Womit ich nicht sagen will, dass wir miteinander gingen, als Liebespaar, aber es machte mich glücklich, einfach nur neben ihr zu stehen und die Nähe ihres Körpers zu fühlen, ihren Blick auf mir zu spüren, dem Klang ihrer Stimme zu lauschen. Ich war glücklich, und ich fühlte mich fast wie ein Glückspilz, was mir vorher unmöglich erschienen war. Ich wollte dieses Gefühl nicht wieder verlieren.

Letztlich bin ich Stan dann zufällig in der Stadt begegnet, und ich sah ihm gleich an, in welch schlechter Verfassung er war. Das passierte manchmal, wenn man ihn zu lange sich selbst überließ, dann zog er los, wurde übers Ohr gehauen, fing mit irgendwem Streit an oder versuchte, einem Typen die Freundin auszuspannen, woraufhin meist die Hölle losbrach. Wenn er nüchtern war, machte er das nie; er geriet nur außer Kontrolle, wenn er getrunken hatte oder auf den Geschmack gekommen war. Natürlich wusste ich da noch nicht, auch wenn ich es mir hätte denken können, dass er diesmal tiefer in Schwierigkeiten steckte als sonst – und dass er deshalb so erbärmlich aussah, wie er da in einem dreckigen, mit Fett- und Pizzaflecken übersäten T-Shirt in der Stadt herumlief. Ich war auf dem Weg zu Zoë-Anne, weshalb ich mich nicht auf seine Probleme einlassen wollte, aber als ich ihn so sah, blieb mir keine andere Wahl, als stehen zu bleiben und mit ihm zu reden, und unversehens hatten wir uns für später auf der Sandbank verabredet. Ich sagte ihm sogar, ich würde mit Zoë-Anne kommen, aber er zuckte mit keiner Wimper. Er sagte nur, dann bis später an der gewohnten Stelle.

Allerdings hatte er mir nichts von Eddie Mac erzählt, mir nicht gesagt, dass er den Typen um Drogen erleichtert hatte und dass Eddie nach ihm suchte. Er ließ mich in dem Glauben, er hätte nur eine Sauftour hinter sich, mehr nicht. Also bin ich zur Bushaltestelle in der Milburn Street, um Zoë-Anne abzuholen, und dann sind wir beide zur Sandbank, um nachzusehen, ob mit Stan alles in Ordnung war. Sie wollte eigentlich nicht mit, aber ich kannte Stan zu lange, um ihn jetzt im Stich zu lassen. Also machten wir uns langsam auf den Weg zur gewohnten Stelle, und als wir ankamen, sahen wir den dicken Stan, wie er am Strand auf und ab lief, den Kopf gesenkt, als hätte er uns nicht bemerkt.

»Was tut der da?«, fragte Zoë-Anne.

»Er schämt sich.«

»Wieso?«

»Weil er Mist gebaut hat«, sagte ich.

Darauf antwortete sie nicht, setzte sich nur auf einen der Felsen, und ich setzte mich zu ihr und wartete darauf, dass Stan zu Verstand kam. Und ebenda saßen wir noch, als Eddie Mac eintraf: zwei Leute, die auf einem Felsen hockten und dem über den Strand stapfenden Stan zusahen, fast wie ein altes Ehepaar mit einem behinderten, leicht verrückten Kind. Als Eddie kam, rollte zugleich dichter Nebel heran, dichter als mancher, den ich in den letzten Monaten gesehen hatte, und das war schön; trotzdem blieb es insgesamt eine ziemlich traurige Angelegenheit. Und auch wenn Zoë-Anne sich nichts anmerken ließ, wusste ich, dass es ihr nicht gefiel, das Kindermädchen zu spielen.

Stan blieb unterdessen für sich, blickte nicht mal in unsere Richtung, sondern lief in den Nebel rein und wieder raus, als hoffte er, wenn er das einmal zu oft täte, werde er einfach verschwinden – und ehrlich gesagt, wir waren es ziemlich leid, dazusitzen und ignoriert zu werden, als Eddie Mac auftauchte und am Rand der

Sandbank stehen blieb, den Blick auf Stan gerichtet, der knapp fünfzig Meter weiter immer noch über den Strand lief, mit dem Rücken zu uns. Einen Augenblick später, und wir wären vermutlich weg gewesen. Es war einfach unser Pech, dass wir nicht schon früher die Nase voll gehabt hatten.

Eddie blieb etwa fünf Schritt vor uns stehen, richtete sich an Zoë-Anne, sah sie von oben bis unten an und schüttelte den Kopf. »Bitte, Jamie, sag mir nicht, dass das deine Freundin ist.«

Ich erwiderte nichts und versuchte, so auszusehen, als ob mir nichts an Zoë-Anne läge, denn dann würde Eddie sie vielleicht in Ruhe lassen, dabei wusste ich genau, dass er gar nicht mit mir redete. Er redete mit Zoë-Anne. Ich warf ihr einen warnenden Blick zu, aber es war zu spät.

»Verpiss dich«, war alles, was sie sagte, nur klang es bei ihr, als hätte es Claudette Colbert in einer der alten Screwball-Komödien gesagt, falls man Claudette Colbert denn gestattet hätte, sich so vulgär auszudrücken. Woraufhin zu jeder anderen Zeit Eddie über mich hergefallen wäre – denn kam einem ein Mädchen quer, ließ man es nicht an der Kleinen aus, sondern verpasste dem Freund eine Abreibung. Diesmal aber war Eddie abgelenkt – abgelenkt und mit einem Mal auch alarmiert, denn Stan, der uns die ganze Zeit aus den Augenwinkeln beobachtet haben musste, tat genau das, womit niemand gerechnet hatte – er rannte direkt in den Nebel, weiter und immer weiter. Da fing auch Eddie Mac an zu rennen, aber kaum hatte er die Stelle erreicht, an der Stan sich eben noch aufgehalten hatte, war kein Mensch mehr zu sehen; und als Eddie mit einem Mal klar wurde, auf welch gefährlichem Grund er sich bewegte, blieb er abrupt stehen und starrte in den Nebel. Wie gesagt, jeder hier in der Gegend wusste, wie riskant es war, auf die Sandbank zu gehen, vor allem bei schlechtem Wetter, und ich *wusste*, wie sehr es ihn überraschte, dass Stan da rausgelaufen war, der sicheren Gefahr entgegen. Schon manch einer hat sich unter ähnlichen Umständen hoffnungslos verirrt und ist nie wieder zurückgekehrt. Einmal ist jemand stundenlang hier draußen gewesen, und das Rettungsteam hat die ganze Zeit gewusst, dass er kaum zehn Schritt entfernt war, aber in dem Nebel hat man ihn trotzdem nicht gefunden. Man hörte ihn um Hilfe rufen und versuchte, sich zu seiner Stimme vorzuarbeiten, fand ihn aber erst, als es bereits zu spät war. So was konnte einem hier draußen passieren. Ein falscher Schritt, und die Sandbank ließ dich nie mehr los, saugte dich hinab ins Dunkel und löschte in wenigen Minuten dein Lebenslicht aus.

Eddie war nicht dumm, das musste man ihm lassen. Und vielleicht hatte er an diesem Tag gehofft, dass Stan auch nicht dumm war, denn er hat lange darauf gewartet, ihn zurückkommen zu sehen, starrte in den Nebel und hoffte, die Sandbank werde ihm nicht seine Beute streitig machen. Heute, nach alldem, was passiert ist, gebe ich zu, dass ich mir wünsche, der dicke Stan wäre an diesem Nachmittag nicht wieder aus dem Nebel aufgetaucht. Ich wünsche mir, ich könnte sagen, er sei einige Schritte tiefer in den Nebel gelaufen als je zuvor und einfach mit dem Weiß verschmolzen, denn das wäre das glücklichste Ende gewesen, das irgendwer von uns hätte zuwege bringen können. Man sollte nicht wegen nichts sterben oder ins Gefängnis müssen; es sollte einem erlaubt sein, dann, wenn der richtige Moment gekommen ist, hinauszugehen und zu verschwinden. Ich kann nicht sagen, wie lang Stan fortblieb, auf der anderen Seite des Nebels mit den Vögeln umherirrte, doch blieb er so lang, dass Eddie aufgab und ans Ufer zurückging, verärgert, weil er umsonst Sand in die Schuhe bekommen hatte.

Eddie blickte nicht mal zu uns herüber, als er an uns vorbeiging. Wäre ich allein gewesen, wäre er mir sicher noch ein bisschen blöd gekommen, aber Zoë-Annes Anwesenheit schien ihn jetzt verlegen zu machen. »Sag dem fetten Arsch, ich schlag ihn zu Brei, wenn er nicht zahlt, was er mir schuldet«, sagte er, während er über den Strand zu dem Streifen Dünengras zwischen Sandbank und Parkplatz ging, wobei er jedoch stur geradeaus schaute und nicht einmal innehielt, als er an uns vorbeikam. Ich sagte kein Wort und rührte mich nicht, ebenso wenig wie Zoë-Anne, die sich, sobald sie sicher sein konnte, dass Eddie fort war, zu mir umdrehte und sich wirklich große Mühe gab, nicht allzu wütend zu wirken, vor allem wohl mir zuliebe, aber ich wusste, dass sie wütend war – und im selben Moment begriff ich, dass Stan recht hatte. Sie war noch ein Mädchen, auch wenn sie ein wenig an Claudette Colbert erinnerte. »Du hast ja schöne Freunde«, sagte sie.

Ich schüttelte den Kopf. »Eddie Mac gehört nicht gerade zu meinen Freunden«, erwiderte ich und merkte erst, wie blöd das klang, als ich es schon gesagt hatte.

»Den meine ich ja auch nicht«, sagte sie und erhob sich erschöpft von dem Felsen, auf dem sie gesessen hatte. »Aber egal«, fuhr sie fort, »ich mache mich besser auf den Weg.« Sie sah mich an. »Kommst du mit, oder bleibst du noch hier?«

Ich blickte hinüber zum Nebel. »Ich warte lieber noch«, sagte ich. »Mal sehen, ob es Stan gut geht.«

Zoë-Anne nickte. »Hab mir gedacht, dass du das sagst«, erwiderte sie und überquerte den Asphalt in Richtung Stadt.

Ich hätte sie begleiten sollen. Das wusste ich. Eddie hätte sich noch in der Gegend herumtreiben können, und auch wenn ich ihr keine große Hilfe gewesen wäre, hätte ich ihr es doch zumindest anbieten müssen. Habe ich aber nicht. Ich habe auf Stan gewartet. Es dauerte fast eine Stunde, bis er aus dem Nebel auftauchte, und als er kam, hat er nicht viel gesagt. Es war ihm peinlich, dachte ich, dass er fortgerannt war. Es war ihm peinlich, und außerdem war er wütend, schätze ich, auch wenn ich nicht verstand, warum er wütend auf mich war. War er aber. Er fragte nicht nach Zoë-Anne, fragte nicht, wie es ihr ging, und er wollte nicht wissen, was passiert war, nachdem er fortgerannt war. Er ging einfach nur über den Strand bis dahin, wo ich stand, und warf mir einen bösen Blick zu.

»Alles in Ordnung?«, fragte ich.

Er schüttelte den Kopf, als wäre es mein Fehler. »Nein«, sagte er, »absolut nicht.«

Ich wusste darauf natürlich nichts zu sagen, denn mir war klar, dass er Angst hatte. Er fühlte sich in die Ecke gedrängt, und soweit ich sehen konnte, gab es für ihn auch keinen Ausweg. Leute wie Stan und ich, wir gaben uns nicht mit Leuten wie Eddie Mac ab. Wenn immer möglich, hielten wir uns von denen fern, und wenn nicht, kam es unserer Beerdigung gleich. Stan wusste das, alle wussten das – und ebendas kapierte ich nicht. Ich verstand einfach nicht, wie er sich mit solchen Leuten einlassen konnte; und obwohl ich wusste, dass jetzt jedes Wort falsch war, wollte ich doch wissen, warum er das getan hatte.

Ehe ich ihn aber fragen konnte, redete er weiter, seine Stimme dünn und kalt, ganz anders, als ich sie je gehört hatte. »Ich muss was dagegen tun«, sagte er. »Ich lass mich von einem Arsch wie Eddie doch nicht fertigmachen. Nie im Leben.« Er sah mir in die Augen, und ich merkte, dass er eine Reaktion von mir erwartete, also nickte ich. Allerdings hätte ich nie gedacht, dass er wirklich was unternehmen würde. Und ich hätte auch nicht gedacht, dass er es fertigbringen würde, selber gegen Eddie Mac vorzugehen. Er war keiner von den harten Jungs, ganz und gar nicht. Er war einfach nur Stan. Und deshalb habe ich erst später kapiert, wie sehr ich an jenem Nachmittag seinen Stolz unterschätzte. Ich sah ihm an, dass er Angst hatte, und ich wusste, verängstigte Menschen machen manchmal dumme Sachen, heute aber weiß ich, dass es sein Stolz war, der ihn mit einer Klinge auf

Eddie losgehen ließ. Stolz oder Selbstachtung, wenn man es denn so nennen will. Der Richter behauptete später, Stan sei nur ein Straßenkrimineller mit einem Messer, der einen jungen Mann eiskalt um sein Leben und seine Zukunft gebracht hatte, aber so ist es nicht gewesen. Stolz, Angst und Scham waren der Grund, also das, was jeder empfunden hätte, der an jenem Tag an Stans Stelle gewesen wäre.

Ich habe ihn danach nicht wiedergesehen. Erst beim Prozess. Am folgenden Tag habe ich mich auf die Suche nach Zoë-Anne gemacht, in der Hoffnung, sie käme wieder zur Sandbank, aber als sie dort nicht war, bin ich weiter zur Bushaltestelle, wo wir uns das erste Mal getroffen hatten. Es regnete ziemlich heftig, ein kalter, schmieriger Regen, mein Gesicht und Haar klatschnass, trotzdem wartete ich zwei Stunden lang in der Milburn Street darauf, dass sie sich blicken ließe. Als sie nicht erschien, bin ich zurück zum Haus meiner Mam und hab ein heißes Bad genommen. Der nächste Tag war ein Freitag, da ging es abends immer hoch her im *Raven*, wo Eddie Mac abhing, auf dem Parkplatz dealte oder am Tresen stand und den Mädchen auf der Tanzfläche zusah. Ich war schon einige Male dort gewesen, und mir war aufgefallen, wie gelangweilt und unglücklich diese harten Jungs aussahen, die versuchten, einen auf fies zu machen und smarte Kommentare über jede scharfe Braut abgaben, die ihnen über den Weg lief. Ich fragte mich, ob sie nicht einsam und selbst ein wenig verängstigt waren, wie sie sich so angestrengt darum bemühten, sich nur ja keine Blöße zu geben und dabei möglichst taff auszusehen. In meinen Augen war Eddie Mac genau wie die anderen, bloß ein verängstigter Typ, der auszusehen versuchte, als gehörte ihm die Welt. Den Tod hatte er trotzdem nicht verdient. Niemand verdient einen solchen Tod, und Stan hätte nicht tun dürfen, was er getan hat.

Das einzig Gute war vermutlich, dass Eddie es nicht kommen sah. Niemand hat das, und niemand begriff, was ablief, ehe es zu spät war. Im *Raven* war an diesem Abend viel los, weshalb es wohl wirkte, als wäre Stan aus dem Nichts aufgetaucht, um an den Tresen zu gehen, an dem Eddie wartete, und zweimal zuzustechen, ins Gesicht und in den Hals. Alle behaupteten, es sei so schnell gegangen, sie hätten nicht mal mitgekriegt, dass es Stan war, der zustach. In der Verwirrung, die anschließend herrschte, haben einige sogar geglaubt, es sei anders herum gewesen und Stan habe die Stiche abbekommen, da alle wussten, dass zwischen Eddie Mac und Stan Zoff herrschte und man folglich davon ausging, dass Stans Schicksal besiegelt war. Was sie glaubten, haben sie auch gesehen, aber niemand hat den dicken Stan aufgehalten, der sich umdrehte und mit dem blutigen Messer in der Hand zur Tür zurücklief, die Miene so ausdruckslos, als wäre nichts passiert. Kaum ging Eddie Mac zu Boden, gab es das übliche Theater, wie immer nach einem Kampf – irgendein Mädchen, das in der Nähe stand, hatte Blutspritzer auf dem Kleid und schrie, Eddies Kumpel drängten sich um ihn und versuchten zu kapieren, was genau eigentlich los war, und Gerry hinterm Tresen schrie, irgendwer solle das Licht anmachen, während drei der Jungs Eddie hochhoben und nach draußen trugen. Weiß der Himmel, warum. Vielleicht dachten sie, er brauche frische Luft, vielleicht sollte er auch nicht blutend zwischen lauter Kippen und Bierlachen auf dem Boden des *Raven* liegen. Es hieß, es hätte eine Weile gedauert, bis Eddie starb, und er hätte die ganze Zeit die Lippen bewegt, als ob er was zu sagen versuchte, nur konnte ihn niemand verstehen. Einer der Typen hat mir hinterher erzählt, er hätte nach seiner Mutter gefragt, aber sicher wusste das niemand, und ich meine mich zu erinnern, dass Eddie mit seiner Mam nicht besonders gut konnte.

Alle aber waren sich einig, er habe, bis der Krankenwagen kam, mehrere Minuten lang dagelegen, auf den Stufen, die zum Tanzsaal führten, während die Mädchen herausströmten, weil sie ihn sehen wollten, die Luft schwer vom Duft ihres Freitagabendparfüms, all die Mädchen aus der Fabrik, in der auch Stans Mam arbeitete, Mädchen, die jetzt den Hals reckten, um ihn zu sehen, Mädchen, die er aus der Schule kannte, die in derselben Straße wohnten und die einige Male mit ihm ausgegangen waren, ehe sie merkten, dass er nicht der Richtige war, sie alle kamen, sodass er in ihre Gesichter aufblicken konnte, während Gerry mit einigen Geschirrtüchern das Blut zu stillen versuchte. Als die Sanitäter eintrafen, war Eddie Mac schon tot oder doch so gut wie, und es gab nichts mehr, was irgendwer noch hätte tun können – und die ganze Zeit über, in der er verblutete, stand der dicke Stan auf der Promenade, kaum zwanzig Schritt entfernt, und starrte in Richtung Sandbank, als überlegte er, ob er nach Hause gehen oder es ein letztes Mal mit der Nachtjagd auf Pfuhlschnepfen und Sanderlinge versuchen sollte.

Die Zeitungen machten einen ziemlichen Aufriss wegen der Messerstecherei, als ob das was Neues wäre, und die Anklage behauptete, Stan sei nur ein gewöhnlicher Krimineller, der Eddie Mac bei einem Streit um Drogen eiskalt ermordet habe – was irgendwie stimmte, ohne jedoch die Tatsache zu berücksichtigen, dass Stan es getan hatte, weil ihm keine andere Wahl geblieben war. Er wusste, Eddie hatte es auf ihn abgesehen, und er fürchtete, eine Abreibung von ihm zu kassieren, in irgendeiner abgelegenen Gasse oder draußen auf dem Parkplatz bei der Sandbank erledigt zu werden – ich habe keinen Schimmer, warum er das beim Prozess nicht zu erklären versucht hat, und sei es auch nur fürs Protokoll. Hat er aber nicht. Kein Wort hat er gesagt, abgesehen davon, dass er versuchte, mit Totschlag davonzukommen, was sicher die

Idee seines Anwalts war, ansonsten hat er nichts getan oder gesagt, was ihm geholfen hätte. Ich bin jeden Tag zum Prozess gegangen, aber Stan tat nichts weiter, als auf der Anklagebank zu hocken und den Richter zu beobachten, jede seiner Bewegungen, sein Verhalten, fast als wäre er einer dieser seltenen Vögel draußen auf der Sandbank. Als man ihn dann des Mordes für schuldig befand, stand er einfach auf und ging; das war's. Er hat mich nicht angesehen, obwohl er wusste, dass ich da war. Er hat überhaupt niemanden angesehen. Ich glaube, im Kopf war er längst woanders. Er gehörte nicht mehr in diese Welt, war schon fort, und noch ehe das Urteil verkündet wurde, wusste er, dass er nicht mehr in jener Welt war, in der andere Leute lebten, und das war verrückt, denn wie er rausging, die Augen starr geradeaus, ohne ein Wort, sah es für mich aus, als hätte er unverhofft ein Geschenk erhalten, ein unverhofftes, schreckliches Privileg, mit dem niemand hätte rechnen können – doch jetzt sah es für mich aus, als wäre alles unausweichlich darauf hinausgelaufen. Irgendetwas hatte ihn berührt, und nun war er von einer neuen Gewichtigkeit durchdrungen, die niemand nachempfinden konnte. So als wäre er unschuldig, obwohl doch jeder um seine Schuld wusste, und diese Unschuld, die er nicht zu erklären versuchte, war sein spezielles Geheimnis, ein Geheimnis, das außer ihm kein anderer kennen konnte.

Ich habe ihn danach nicht wiedergesehen. Ich bin aus dem Gericht direkt ins *Raven* und habe mein ganzes Geld für Snakebites ausgegeben, um dann nach Hause zu laufen, in den Schuppen von meinem Dad, und durch die offene Tür den Mond anzustarren, bis ich eingenickt bin. Beim Aufwachen fühlte ich mich schmutzig, und mir war kalt, aber ich hatte keine Lust, ins Haus zu gehen, also bin ich allein zur Sandbank gelaufen. Als ich ankam, herrschte dichter, kalter Nebel, der vom Parkplatz bis zum Wasser reichte, und ich stand eine Weile nur da und starrte in diese Leere, ehe ich anfing, langsam und vorsichtig, auf den fernen silbrigen Streif zuzugehen, dahin, wo sich vielleicht die Vögel aufhielten. Wissen konnte man das nie genau, und irgendwann muss ich die Richtung verloren haben, denn ich bin nie bis ans Wasser gekommen und habe auch keine Vögel gesehen. Ich sah nichts, nur dieses Weiß. Es war kalt, auch wurde der Nebel dichter, je weiter ich lief, und ich dachte immer nur, etwas würde passieren – was, das wusste ich nicht, ich wusste nur, dass ich auf etwas wartete, während ich über die Sandbank ging, dahin, wo die Pfuhlschnepfen lebten. Eine gespenstische Gestalt am Meeresrand, ein Flecken Nichts, wo sich ein Mensch in Sekundenschnelle verlaufen könnte, vielleicht auch nur die bloße Andeutung von jemandem, der sich durch den Nebel auf mich zubewegte wie ein Jäger – was ich erwartete, wusste ich nicht, aber was es auch war, es kam nicht, weshalb ich schließlich kehrtmachte und meiner eigenen Spur zurück in Richtung trocknes Land folgte, bis die Spuren verschwanden und ich blindlings über unberührten Sand hastete, mein Ziel nur erriet und meinem Instinkt folgte, bis zu jenem Ort, von dem aus ich losgegangen war, ohne dass es mich jedoch sonderlich interessiert hätte, ob ich in die richtige Richtung lief oder in eine falsche, wobei ich allein mein Gewicht spürte und den trügerischen Boden unter meinen Füßen, bis ich plötzlich mit einer Woge der Erleichterung und Enttäuschung den schmalen Streif Dünengras und trocknes Land sah.

Glockenläuten

Knapp einen Kilometer hinter dem Schild nach Lathockar Mill bog Eva Lowe von der Hauptküstenstraße ab und fuhr auf Nebenwegen durch den Wald von Kinaldy, nicht gerade der kürzeste Weg ins Dorf, aber ihr Vater hatte diese Strecke geliebt, vielleicht weil sie ihn an die Slowakei erinnerte; und als Mutter noch am Leben gewesen war, hatten sie auf ihren Spaziergängen am Sonntag oft diesen Weg eingeschlagen. Es war dunkel da draußen auf der schmalen Straße, die an der Sägemühle vorbeiführte; dunkel und sehr grün, die Grenzmauer eine schummrige Moos- und Farnkolonie, die Schatten unter den Bäumen auf ewig klamm und still. Für die meisten Menschen wirkte das einfach nur düster, Eva aber konnte sich keine heimatlichere Landschaft vorstellen – vor allem jetzt, da Neuschnee auf die Kiefern und auf die Kämme der Bruchsteinmauer fiel, wodurch sie dem Mittelgrund einer Kinderbuchillustration ähnelten, der Schnee stetig und beharrlich in einer Welt, die sich rücksichtslos weiterdrehte, auch wenn das gesamte Königreich unter den Zauber der bösen Fee geriet und hundert Jahre in einem viridiangrünen Netz aus Dornen und Spinngeweben verschlief. Ihr Vater hatte diese Geschichte stets geliebt, und irgendwo hatte sie auch noch das Buch, ihr einzig wahres Andenken an ihn, diese Aquarellzeichnungen aus einer Welt, die, schon ehe sie das Buch zum ersten Mal aufschlug, für immer verschwunden war, laubgrün, himmelblau, zwetschgendunkel, ausgelöscht durch eine Flut von Viehwaggons und ungekennzeichneten Gräbern.

Ihr Vater hatte lange im Sterben gelegen, und Matt hatte die Geduld verloren. Er sagte nie, was er dachte, aber es war offensichtlich, dass er ihr die im Krankenhaus verbrachte Zeit übel nahm, weshalb Eva sich auf die Tage oder Wochen zu freuen begann, in denen ihr Mann nicht da sein würde, weil er eine Bohrinsel in der Nordsee inspizieren oder eine geheimnisvolle Anlage in Ägypten oder Nigeria entwerfen musste. Im letzten Monat war er häufiger unterwegs als zu Hause gewesen, wogegen Eva nichts einzuwenden hatte. Das gab ihr den Freiraum, mit so manchem klarzukommen, die nötige Stille, in der sie sich an die Stimme ihres Vaters erinnern konnte, daran, wie er ihr in der Sprache seiner Kindheit vorgesungen oder die alten Sagen erzählt hatte, die er so liebte. Später aber, als alles vorbei war, merkte sie, dass sie nicht wusste, wohin, nicht wusste, was tun, und dass sie mit niemandem reden konnte, außer mit Matts Schwester Martha, die plötzlich anfing, samstags morgens mit Kuchen und einem Korb voller Äpfel bei ihr aufzukreuzen. Sie kam nie, wenn Matt da war, aber sobald er fort war, lud sie sich auf einen Kaffee und einen Schwatz bei ihr ein. Das wurde zu einer festen Einrichtung, gar einer Tradition; samstags gegen zehn Uhr dreißig kam Martha, und sie saßen am Herd und führten ein langes Gespräch. Manchmal *zu* lang. Tatsächlich lag es an Martha, dass sie jetzt spät dran war, was Eva aber nicht besonders störte: Seit jener ersten Zeit, als sie ihre Trauer noch nicht richtig verarbeitet hatte, schätzte sie ihre Schwägerin als eine gute Freundin. So redete Martha darüber, ihre Wortwahl direkt irgendwelchen Selbsthilfebüchern und Frauenzeitschriften entnommen, aber es hatte trotzdem funktioniert, zumindest am Anfang, und Eva hatte sich auf diese Samstagvormittage gefreut, an denen sie beide stundenlang vor einem Teller Kekse saßen und einander jene Geschichten erzählten, die Leute sich erzählen, wenn sie sich zu erinnern versuchen, was genau sie eigentlich gemacht hatten, ehe der Lauf ihres Lebens so abrupt unterbrochen worden war.

Im Nachhinein erkannte Eva allerdings, dass der eigentliche Bruch gar nicht der Tod ihres Vaters gewesen war. Sie hatte immer gewusst, dass er sterben würde, und folglich versucht, sich auf diesen Verlust vorzubereiten. Martha hätte natürlich gesagt, auf den Tod eines geliebten Menschen könne man nie wirklich vorbereitet sein, erst recht nicht, wenn das Sterben so langsam und quälend vonstattenging, dennoch stimmte es nun mal, dass Eva in der Zeit nach der Beerdigung, als die ganze Welt verstummt zu sein schien, vor allem unter ihrer Ehe litt, nicht unter der Abwesenheit des Vaters. Matt war für ein paar Tage zurückgekommen, um bei den Vorbereitungen zu helfen, und sie merkte ihm die Erleichterung darüber an, dass diese Phase in ihrem Leben zu Ende ging, aber auch, wie er sich freute, zu seiner Arbeit zurückkehren zu können, sobald die Sache mit der Beisetzung vorüber war. Bis dahin hatte sie geglaubt, sie sehne sich nach ihrem Mann, wenn sie sich nachts aufsetzte und auf die Obstwiese und die Felder hinausstarrte, die Matts Familie einmal bewirtschaftet hatte, Ländereien, die jetzt an Nachbarn verpachtet waren. Manchmal fiel ihr dann ein, wie er gewesen war, als sie sich kennengelernt hatten: sein Charme, sein feinsinniger Humor, die kleinen Spielchen, die er mit ihr spielte, um sie aufzuheitern oder um ihr zu vermitteln, was er nicht in Worte fassen konnte, denn mit dem Reden – das sagte er oft – hatte er es nicht so. Sie erinnerte sich, wie er ihr Blumen brachte oder Obst von der Wiese, und sie erinnerte sich an die Zeit, als klar wurde, dass es mit ihnen beiden was Ernstes war, und wie er immer wieder diesen Scherz machte, dass sie identische Tattoos hätten: Herzchen, Rosen, keltische Knoten, winzige Blaukehlhüttensänger, die nur sie sehen konnten, weil sie an geheimen Stellen ihres Körpers versteckt waren. Diese romantische Phase hatte das erste

Jahr der Ehe nicht überdauert, aber Eva erinnerte sich noch daran, wenn auch nicht in allen Details, so doch zumindest als eine Geschichte, die sie sich erzählen konnte. Sie war sie pflichtschuldig im Geiste immer wieder durchgegangen, als er anfing, auf Reisen zu gehen, denn damals hatten sie sich doch gewiss geliebt, und wenn sie sich einmal geliebt hatten, dann konnte ihre Liebe auch wieder aufleben. Die ganze Zeit über aber war ihr klar gewesen, wie bemüht diese Erinnerungen waren, und wenn sie allein war, hatte sie auch gewusst, dass sie Matt eigentlich nicht vermisste. Sie wollte nur nicht allein sein.

Nein: In Wahrheit machte es ihr nichts aus, allein zu sein, nur war sie *in diesem Haus* nicht gern allein. Hätten sie woanders gewohnt, hätte Matt verkauft und sich ein Grundstück im Dorf besorgt – eine Idee, die er selbst aufgebracht und lange verfolgt hatte, ehe er sie wieder vergaß –, wäre für sie alles in Ordnung gewesen. Sie wäre zurechtgekommen, selbst wenn er monatelang fortblieb und tagelang nicht daran dachte, sie anzurufen, und wenn, dann nur, um ihr deutlich zu machen, dass ihn andere Dinge beschäftigten und er hiermit nur einer Pflicht nachkomme, die er meinte erfüllen zu müssen, damit Eva wusste, dass mit ihnen alles in Ordnung war. Hatten sie ihre Gespräche über nichts beendet, legte sie auf und stellte ihn sich in einem hell erleuchteten Raum vor – einem Konferenzzentrum vielleicht oder einem Restaurant –, wie er mit Kollegen über gewichtige Geschäfte redete, über Technisches oder Politik, gerade so laut, dass die Kellnerin ihn hörte. Vielleicht flirtete er ein wenig mit ihr, vielleicht lief da auch noch mehr. Sie stellte ihn sich vor, wie er ihr seine Witzchen erzählte, wie charmant sie ihn fand, diese junge Frau, aufgeweckt und stets willig. In solchen Momenten drang das Haus auf sie ein, dunkel, klamm, absolut still und doch voller Echos und Erinnerungen jener, die zuvor hier gelebt hatten, Generation um Generation von Lowes, allesamt dunkeläugig, untersetzt und wortkarg, die Eva aus den Schatten heraus beobachteten und zuhörten, wenn sie am Telefon redete oder bei den seltenen Gelegenheiten, da sie mit sich selbst sprach, nur um die Stille zu durchbrechen: zuhörten, beobachteten, urteilten. Manchmal meinte sie sogar, sie zu sehen, wenn auch nie so richtig, nie so eindeutig wie eine Spukgestalt, nur eben Phantome aus den Geschichten, die Matt ihr in den ersten Tagen ihrer Verliebtheit erzählt hatte: Der alte John Lowe, der mit der Sturmlampe von der Obstwiese hereinkam; die Zwillinge Maybeth und Cathy, die auf den kalten Steinplatten in der Spülküche inmitten eines Wurfs junger Katzen hockten; die geplagte, trotzig fröhliche Eleanor, die vor vierzig Jahren dort gelegen hatte, wo heute das Gästezimmer war, ein Teenager, der langsam dahinstarb. Sobald Eva allein im Haus war, machten sie sich bemerkbar, waren nicht direkt anwesend, das nicht, aber trotzdem da, und ihr kam es immer so vor, als warteten sie auf etwas. Nach einer Weile fiel Eva auf, dass sie laut redete, weniger mit sich selbst als mit ihnen, dass sie vorgab, jemand anders zu sein, dass sie versuchte, sie für sich einzunehmen; und da wusste sie, sie musste hier raus. Dieses Haus trieb sie in den Wahnsinn, und es gab niemanden, mit dem sie darüber reden konnte, denn hätte sie was gesagt, hätten die Leute geahnt, dass sie wirklich verrückt war.

Erst hatte sie nicht gewusst, was sie machen sollte, doch dann, eines Nachmittags, als sie ihre Einkäufe erledigt hatte, blieb sie im Dorf, spazierte wie eine Touristin umher und nahm alles ganz bewusst war: die Kirche, die beiden Pubs, die Schule. Der große, gepflegte Rasen mit der Reihe Kastanienbäume an der Südseite. Hier war sie zu Hause, aber daran musste sie sich bewusst erinnern, denn während sie die Hauptstraße entlangschlenderte, hatte sie nicht den Eindruck, man würde sie *kennen*, und sie kam sich auch nicht wie eine Ortsansässige vor. Ihr Vater war als junger Mann hergezogen; sie war auf diese Schule da gegangen, und ihre Mutter hatte mit all den anderen Frauen beim Schlachter angestanden, hatte sich am Tresen das Fleisch ausgesucht und war dann zum Bezahlen nach hinten ans Kassenhäuschen gegangen. In jenen Tagen nahm niemand, der Fleisch anfasste, auch Geld in die Hand, und ihr gefiel es, dass man das separat hielt. Der Schlachter war ein rechtschaffener Mann gewesen, freundlich zu ihrer Mutter, stets ein nettes Wort parat, hatte ihr die besten Stücke rausgesucht; seine Frau aber war geizig gewesen, hatte immer stumm kassiert und das Geld manchmal ein bisschen länger als nötig in der Hand gehalten und angestarrt, als glaubte sie, es sei nicht die richtige Währung. Diese Leute waren nicht mehr da, und der Mann, der jetzt gut gelaunt Koteletts und Würstchen ausgab, nahm ihre Karte anstandslos entgegen. Eva vermutete, dass das heutzutage keine Rolle mehr spielte, aber sie vermisste die alte Zeit.

Um vier Uhr läuteten die Kirchenglocken, und sie wollte schon zurück zum Auto, als ihr das Gemeindehaus einfiel. Da gab es ein Café, und sie erinnerte sich, dass man dort auch Kurse anbot, Blumenstecken etwa oder Italienischunterricht; außerdem fanden Treffen von Toc-H und dem Frauenverein statt. Sie hielt sich nicht für den Typ, der in einen Frauenverein ging, und was Toc-H war, wusste sie nicht genau, aber sie lief trotzdem hin und studierte im Foyer das Schwarze Brett mit den Plänen für die Treffen und Unterrichtsstunden, fein säuberlich in Reihen aufgehängt, dazwischen Brownies-Angebote und Fotos von Kindern in weißen Karateanzügen. Es gab Tageskurse und Abendkurse, meist im Saal oder in der Sporthalle. Eva hatte kurz an Yoga gedacht, weil sie glaubte, Yoga würde sie entspannen, war bei der Vorstellung von sich selbst in einem Trikot aber gleich wieder davon abgekommen. Mittwochabends gab es einen Anfängerkurs für Französisch; das hatte sie in der Schule gehabt, inzwischen aber völlig vergessen, und sie war schon fast entschlossen, sich dafür einzuschreiben, als ihr eine schmale weiße Karte auffiel, ein wenig abgesetzt von den übrigen Anzeigen, auf der stand, dass der Klub der Glöckner neue Mitglieder suche. *Jeder ist willkommen,* hieß es, *keine Vorkenntnisse erforderlich.*

Wäre Eva Lowe von irgendwem gebeten worden, sich den typischen Glöckner vorzustellen, hätte sie vermutlich eine unverheiratete ältere Kirchgängerin mit festem Schuhwerk und selbst gestrickter Jacke vor Augen gehabt, oder auch einen Mann mit Tweedhut und einem dieser Armeepullover, wie all diese begeisterten Wanderer sie bei der Besteigung des Ben Nevis trugen; dennoch sah sie sich beim Leser der Karte plötzlich in einem Kirchturm in einem Kreis Gleichgesinnter stehen, lauter freundliche Gesichter im warmen, kupferfarbenen Lampenlicht, während das Geläut über den stillen Kirchfriedhof hallte und die Leute im Dorf sich zum Abendessen an den Tisch setzten oder aus den Betten stiegen, um sich für die Sonntagsmesse anzuziehen. Sie war an sich kein religiöser Mensch, hatte die Kirche aber um ihrer selbst willen immer gemocht, vor allem wenn Kerzen sie an Heiligabend erhellten oder wenn sie zur Erntezeit von Korngarben und reifem Obst überquoll. Als Kind war sie in der Mittagspause, während die anderen spielten, manchmal über den kleinen Friedhof gegangen und hatte aus Prinzip alle Namen auf den Grabsteinen laut gelesen. Von ihrem Vater wurde sie deswegen zur Rede gestellt: Gott sei eine Lüge, sagte er, der Himmel ein Märchen. Doch nach Evas Ansicht hatte dieser Ort weniger mit Gott und seinen Engeln zu tun als mit dem gewöhnlichen und verständlichen Verlangen, dass es immer so weiterlief wie bislang. Ostern, Erntezeit, Weihnachten, dies alles kam und ging, wieder und wieder, und nichts konnte daran etwas ändern. Sie fand diesen Wunsch ebenso heidnisch wie den Ort selbst: ein düsterer Garten mit Eiben, halb verwilderten Rosen und in der Mitte eine steinerne Kirche mit Altar und Taufbecken, vor allem aber mit Glocken, die oben in der kalten Luft des Turms hingen, schwer und still, doch in der Erwartung, zum Leben erweckt zu werden. Es überraschte sie, dass ihr *das alles* durch den Kopf ging, während sie am Schwarzen Brett stand und die Karte las; sie hatte zuvor nie darüber nachgedacht, zumindest nicht bewusst, aber egal, die Entscheidung war gefallen. Sie griff nach ihrem Einkaufszettel und notierte sich die Kontaktdaten.

Wie sich herausstellte, kannte sie die Vereinsleiterin aus der Schule; sie erinnerte sich zwar nicht an Evas Namen, war aber überaus liebenswürdig, und auch der übrige Glöcknerkreis war freundlich, rücksichtsvoll, stets hilfsbereit und verlor nie ein Wort darüber, wenn sie etwas falsch machte. Natürlich hatte Matt gelacht, als sie ihm davon erzählte. Drei Wochen nachdem sie als Glöcknerin angefangen hatte, kam er nach Hause, und kaum hatte er ihr einige Minuten zugehört, schüttelte er den Kopf auf seine typische Weiß-der-Himmel-womit-sie-als-Nächstes-kommt-Art.

»Na ja, freut mich, dass du was gefunden hast, was dir gefällt«, sagte er. »Ich find's ziemlich plemplem, ehrlich gesagt, aber wenn es dich glücklich macht …« Als er merkte, wie verärgert sie war, hörte er auf zu reden, gab sich jedoch keine Mühe, den Schaden wiedergutzumachen. Er zeigte kein Interesse, schon lange nicht mehr. War er daheim, hing er stundenlang am Telefon, oder er ging mit der alten Clique in den Pub, und irgendwann reiste er schließlich wieder ab. Dass er sie verstand, hatte Eva nicht erwartet, aber dass er so geringschätzig reagierte, verletzte sie doch. Es verletzte sie, und als sie Martha davon erzählte, machte es sie auch wütend, weil Martha wütend wurde, wodurch Evas Wut noch gerechtfertigter schien. Es erübrigt sich wohl zu sagen, dass Martha sie, was das Glockenläuten anging, vollauf unterstützte, da sie nicht nur einsah, dass Eva ein Hobby brauchte, sondern es auf allgemeine Art irgendwie auch verstand, es wirklich *begriff,* ohne dass sie ihr all das mit der kerzenhellen Kirche, dem Turm und dem magischen Hall der Glocken über Felder und Dorfanger zu erzählen brauchte. So war Martha von Anfang an gewesen: Sie hatte immer begriffen, worum es ging, hatte sie immer verstanden. Sie wusste, dass Eva unter dem Haus litt, und obwohl sie genauso stolz auf die Geschichte ihrer Familie war wie Matt, konnte sie nachvollziehen, wie unbehaglich einem Außenstehenden bei all dieser Lowe-Mythologie werden konnte. Eva hatte das beeindruckt, und später, als sie einander besser kennenlernten, hatte sie der Gedanke gefreut, dass jemand, den sie kannte, eine Freundin, eine Schwester fast, mit ihrem Los zufrieden war. Es machte ihr Hoffnung, und es gab Zeiten, da wollte sie wie Martha werden, so unabhängig, so verständnisvoll, so fest entschlossen, sie selbst zu sein und stets das Richtige zu tun.

Es kam daher wie ein Schock, als Martha ihr eines Vormittags gestand, sie habe, mehr oder weniger jedenfalls, eine Affäre mit einem Mann, den sie im Dorf aufgegabelt hatte. Natürlich wollte sie Eva nicht schockieren, hatte sogar versucht, es leichthin abzutun, wie sie da bei einem Glas Wein in der Küche zusammensaßen. Normalerweise trank Eva um diese Uhrzeit keinen Alkohol, aber an diesem Tag, vielleicht weil es kurz vor Weihnachten war, hatte sie eine Flasche Weißwein aus dem Kühlschrank geholt, statt wie sonst Kaffee und Kekse aufzutischen; und nach dem zweiten Glas war Martha redseliger geworden und begann zu erzählen, wie unglücklich sie mit James und wie leid sie es sei, immer für selbstverständlich gehalten zu werden.

»Anderen kann ich was vorspielen«, hatte sie gesagt, »mir selbst aber nicht.« Sie war nicht sonderlich verärgert, nicht mal besonders aufgebracht. Wenn Leute über ihre Probleme reden, versuchen sie sich beim Reden meist über etwas klarzuwerden und hoffen auf Reaktionen, die sie in der Entscheidung bestätigen, zu der sie sich durchringen wollen, aber so war Martha nicht. Sie hatte längst alles durchdacht und bekräftigte jetzt nur, was sie beschlossen hatte. »Man kann sterben aus Mangel an …« Sie überlegte einen Moment.

Eva war beunruhigt und fürchtete, etwas Peinliches zu hören zu bekommen, sagte aber nichts, wollte nicht unterbrechen.

»*Kontakt*«, sagte Martha schließlich mit grimmiger Genugtuung und musterte Eva mit seltsamem Blick, als wollte sie etwas fragen, ließ es dann aber. »Und ich rede hier nicht von Sex«, sagte sie. »Oder nicht *nur* von Sex. Eine Umarmung, eine Berührung, mehr nicht.« Sie dachte kurz nach, dann senkte sie den Kopf und lachte leise. »Na schön«, sagte sie und blickte auf. »Ich rede *doch* von Sex.«

Eva fiel in ihr Lachen ein, wenn auch nicht aus vollem Herzen. »Und was ist mit James?«, fragte sie.

Martha winkte ab. »Zum Teufel mit James«, sagte sie. Wenn sie aufgebracht war, sah sie älter aus und weniger attraktiv – was sie offenbar wusste, denn sie senkte wieder den Kopf und blieb ein Weilchen so sitzen, dachte über das nach, was sie gesagt hatte. Dann, nach einem Moment der Stille, sprach sie weiter, den Kopf noch gesenkt, weshalb Eva ihr Gesicht nicht sehen konnte. »Ist ja nicht, als wenn da noch was zwischen uns wäre«, sagte sie. »Und so was kommt schon mal vor. Ist einfach irgendwie passiert.«

Eva wusste nicht, was sie sagen sollte. Ihr fiel ein, dass Martha erzählt hatte, James sei immer so fies zu ihr, und sie überlegte, was er jetzt wohl tat und ob er einen Verdacht hegte. Er war ein massiger Kerl mit großen Händen und einem grausamen Mund: ein Mann, der es gewohnt war, sich um jeden Preis durchzusetzen. Ehrlich gesagt, ein Mann wie Matt. Locker und charmant, aber rücksichtslos gegenüber anderen, geprägt von stillen Vorurteilen und langfristig kalkulierendem Verhalten, weshalb das Leben für ihn nach Plan verlief und er dem festen Kurs, was auch passierte, bis zu ebenjenem Ende folgen würde, das er verdient zu haben meinte. Der einzige Vorteil bei diesen Männern, das Einzige, worauf man sich verlassen konnte, war, dass sie sich in allem, was sie taten, von der Vernunft lenken ließen. Sollte James herausfinden, dass Martha eine Affäre hatte, würde er sich nicht mit einem Küchenmesser in der Hand auf die Suche nach ihr und ihrem Liebhaber machen, er würde subtilere Wege finden – legale Wege –, ihr das Leben zur Hölle zu machen.

Martha lächelte, aber sie war weit fort, in Gedanken verloren. »Ist ja auch nicht so, als ob das was ändern würde«, sagte sie mehr zu sich selbst als zu irgendwem sonst. Fast eine Minute verging, ehe sie wieder zu Eva aufblickte. »Man lebt schließlich nur einmal, oder?«, sagte sie.

Eva schüttelte den Kopf und stand auf. Mit einem Mal musste sie etwas *tun*, musste Ordnung schaffen, die Gläser forträumen, klar Schiff machen. Sie wusste, Martha würde ihr das übel nehmen, aber sie musste raus aus dem Haus, fort von den Vorfahren im Gemäuer, die sich Marthas Geständnis anhörten, fort von jedem Gedanken an Matt und daran, was er denken würde, wenn er erführe, was seine Schwester so trieb. Schlimmer noch, was er tun würde, wenn diese Affäre andauerte und er herausfände, dass Eva von Anfang an Bescheid gewusst hatte. Sie griff nach der Weinflasche und trug sie zum Spülbecken. »Mein Gott, ist es schon so spät?«, sagte sie und wusste, wie unbeholfen dieser Ablenkungsversuch wirkte, wie rücksichtslos sie sich benahm. Eva wandte sich um und musterte Martha mit schnellem Blick. Sie hatte ein schlechtes Gewissen, aber sie war auch verärgert, verärgert und empört, denn sie wollte dieses Geheimnis nicht – vielleicht aber wollte sie auch bloß nicht an all das denken müssen, an Kontakt, an Affären und an Dinge, die einfach so passierten.

Martha wirkte eher überrascht als verstimmt. Überrascht – und ein wenig verwirrt, vielleicht vom Wein. »Musst du wohin?«, fragte sie.

Eva hörte auf, sich sinnlos zu beschäftigen, und sah ihr ins Gesicht. »Entschuldige«, sagte sie. »Ich will nur …« Sie überlegte einen Moment, dann wandte sie rasch den Blick ab und blinzelte ein paar Tränen fort, mit denen sie nicht gerechnet hatte – und die Tatsache, dass sie kurz vorm Heulen war, schien ihr irgendwie das Schlimmste zu sein, etwas Groteskes, etwas Dummes, eine selbst zugefügte Demütigung.

Marthas Gesichtsausdruck veränderte sich nicht; sie wirkte weiterhin eher überrascht als verletzt oder verstimmt und sorgte sich offenbar mehr um Eva als um ihre eigenen Probleme. »Tut mir leid«, sagte sie. »Ich hätte dir das nicht erzählen sollen.« Sie sah ins Glas und merkte, dass es fast leer war, lehnte sich zurück und lächelte bedauernd. »Manche Geheimnisse bleiben wohl besser geheim«, sagte sie.

Eva schüttelte den Kopf. »Darum geht es nicht«, erwiderte sie. »Ich hoffe nur, du wirst … glücklich.« Sie setzte sich und versuchte ihre Gedanken zu ordnen. Sie wollte fort von hier, wollte in der Kirche sein, wollte die Glocken in ihrem Kopf dröhnen hören.

Martha lachte. »Also das wage ich zu bezweifeln«, sagte sie mit einer Spur Härte in der Stimme, bedachte Eva mit einem langen Blick, schüttelte dann den Kopf und lachte erneut. »Ich wage zu bezweifeln, dass das Ganze irgendwen *glücklich* macht«, sagte sie.

Jetzt war Eva wütend. Sie verstand es nicht, und wenn doch, dann wollte sie es nicht verstehen, da sie keinen Sinn darin sah, etwas sinnlos zu zerstören. Ehe sie sich eines Besseren besinnen konnte, hatte sie den Mund aufgemacht, und obwohl sie nicht so abschätzig klingen wollte, bedauerte sie es auch nicht. »Na, das sagt dann wohl alles.«

Martha erstarrte für einen Moment und sah sie an, lachte noch einmal und hob das Glas. »Tja, das sagt dann wohl alles«, wiederholte sie ohne jede Spur von Spott oder Vorwurf. »Ehrlich, das sagt wirklich alles.« Sie nahm den letzten Schluck Wein. »Möge Gott mit uns sein«, sagte sie, stand auf, nahm den Mantel vom Garderobenhaken und zog ihn an.

Als Eva die Kirche betrat, waren die anderen schon da, aber sie kam nicht zu spät. Sie redeten kaum, doch das taten sie nie: Inzwischen kannte Eva diese Leute, wusste allerdings nicht, wie sie lebten, was sie dachten, sah sie immer nur hier, wo sie ihrer Lieblingsbeschäftigung nachgingen, eine Gruppe Gleichgesinnter, gleichermaßen verschwiegen, geeint durch einen gemeinsamen Takt. Niemand hier wollte herumschnüffeln oder die unausgesprochene Regel brechen, die besagte, und zwar ohne dass sie je in Worte hätte gefasst werden müssen, dass sie alle aus einem einzigen Grund anwesend waren, und nur aus diesem einen Grund. Die Welt da draußen und was sie dort trieben, war etwas gänzlich anderes. Niemanden kümmerte es, wer oder was man in dieser Außenwelt war, niemand fragte nach Familie oder Arbeit, alle lebten bloß ihr Leben. Eva kannte sie natürlich mit Namen und den einen oder anderen vom Sehen, doch wenn sie hierherkamen und sich unter den Glocken im Kreis versammelten, war eigentlich unwichtig, wer sie waren. Richard, Catherine, Grace, Simon, John, für anderthalb Stunden am Samstagnachmittag kannte Eva sie alle, kaum aber zogen sie ihre Mäntel an, banden sich ihre Schals um – ja, wie der Zufall es wollte, entsprachen einige durchaus dem Bild, das sie anfangs von ihnen gehabt hatte –, setzten sich den Tweedhut auf und befestigten die Fahrradspangen, schienen sie zu verblassen, das Licht schwand aus ihren Gesichtern, und für die Rückkehr in die Welt dort draußen legten sie erneut ihre geheime Persönlichkeit ab. Die ersten Wochen waren für Eva eine Überraschung gewesen: Ursprünglich war sie der Gruppe beigetreten, um neue Freunde zu finden, jetzt aber war sie dankbar dafür, dass niemand etwas anderes wollte, als sich zur festgesetzten Zeit zu treffen, die Glocken zu läuten und wieder nach Hause zu gehen.

Harley war die einzige Ausnahme, das neuste Mitglied der Gruppe und kein bisschen wie die anderen. Tatsächlich war er sogar eine ziemliche Überraschung: jung, lässig gekleidet und sehr gut aussehend, ein amerikanischer Student aus Illinois oder Iowa oder irgendwo da. Das erste Mal kam er zweifellos aus Neugier, da er Glockenläuten so pittoresk und typisch für die Alte Welt fand wie warmes Bier oder schottischen Clootie-Pudding; und er hätte es, da er nun mal hier war, zu schade gefunden, wenn ihm solch ein Erlebnis entgangen wäre. Dann aber hatte es ihm gefallen, und die Gruppe nahm ihn ohne Weiteres auf, trotz seiner Jugend, seines Akzents und seiner Vorliebe für T-Shirts mit seltsam verstörenden Slogans. Catherine zeigte sich ihm gegenüber besonders aufmerksam, brachte ihm braune Papiertüten voller Äpfel aus dem Garten mit und Tupperware-Dosen mit Mince Pie für ihn und seine Mitbewohner. Dem Alter nach hätte sie seine Mutter sein können, nur war Eva sich ziemlich sicher, dass sie mit ihren Aufmerksamkeiten nicht allein mütterliche Absichten verfolgte. Natürlich verhielt sich Harley ihr gegenüber stets höflich, so wie Amerikaner eben sind: zuvorkommend und zugleich unnahbar, fast wie ein Landungstrupp in einer dieser alten Folgen von *Raumschiff Enterprise*, neugierig, wohlmeinend, gelegentlich leicht irritiert, aber fest entschlossen, sich nicht ins Alltagsleben ihrer Gastgeber einzumischen.

Eva war ihrerseits peinlich darauf bedacht, ihm gegenüber ebenso höflich zu sein wie er zu ihr – und ebenso distanziert. Dennoch gab es Augenblicke, in denen sie sich vorstellte, sie hätte mit ihm – keinen Sex, natürlich nicht, nichts derart Intimes –, aber doch eine irgendwie gemeinsam verbrachte Zeit. Ein Picknick etwa auf dem Golfplatz von Balcomie oder einen langen Spaziergang in den Wäldern von Lathockar, bei dem sie sich seine Geschichten anhören konnte über Illinois oder Iowa oder wo immer er auch herkam. In Evas Fantasien berührten sie einander nie – nicht weil sie Harley nicht attraktiv gefunden hätte, sondern weil sie plötzlich merkte, wie abergläubisch sie war und dass sie fürchtete, sich ihre innigsten Wünsche auszumalen, fürchtete, sich auch nur zu fragen, wie das sein mochte, denn sobald sie damit begann, sobald sie es vor sich sah oder in Worte fasste, würde es im dunklen, kalten Orkus des Unmöglichen versinken. An diesem Nachmittag aber musste sie daran denken, was Martha erzählt hatte, und während sich Harley durch den dämmrigen Raum des Glockenturms bewegte, bemerkte sie, wie schön seine Hände waren: feingliedrig, fast zart, nicht so groß und schwer wie die von anderen Männern, die sie kannte, trotzdem kräftig wie die Hände eines Klavierspielers oder eines Tänzers. Sobald ihr diese Überlegungen kamen, tat sie natürlich alles, um sie im Keim zu ersticken, da sie nicht an ihn denken wollte, jedenfalls nicht so. Doch was sie auch versuchte, sie fand immer wieder zu ihm zurück, zu seinen dunklen Augen, seiner Art, sich zu bewegen, und wieder und wieder, ehe sie sich's versah, auch zu seinen schönen Händen. Hände, die sie auf ihrer Haut spüren wollte, leicht, bedächtig und anmutig, nicht schwer, nie schwer, sondern so behutsam wie ein Vogel, der sich auf einem Zweig niederlässt oder auf einem Stein, um für einen Moment zu rasten, ohne jedoch gänzlich zur Ruhe zu kommen, stets leicht, stets im Begriff, gleich wieder davonzuhuschen.

Und während all der Zeit, in der sie an Harley dachte, schallte Glockengeläut übers verschneite Land. Es überraschte Eva in diesen ersten Wochen, wie viel ihr das neue Hobby bedeutete. Sie war in der Absicht gekommen, neue Freunde zu finden, doch dann hatte sie sich in den Klang der Glocken verliebt, in die Klänge, die sie selbst erzeugte, die Klänge, die sie gemeinsam hervorriefen, sie und die anderen in ihrer kleinen Gruppe, sie und die anderen und Harley mit seinen zarten, starken Händen. Zusammen setzten sie eine Tradition fort, die im Leben der Gemeinschaft früher eine wichtige Rolle gespielt hatte, und Eva dachte gern daran, dass noch eine Generation zuvor jeder wusste, was die Glocken sagten, wenn sie über Felder und Straßen schallten. Ein Ruf zur Andacht, eine königliche Hochzeit, ein Waffenstillstand, ein feindlicher Angriff. Alle hätten diese Signale verstanden, denn es waren öffentliche Ereignisse, waren Fakten. Gewiss war da aber noch etwas anderes gewesen, eine andere Musik in den öffentlichen Verlautbarungen, und es musste auch jene gegeben haben, die mehr als die bloßen Fakten vernehmen konnten, begabte Zuhörer, die alle Feinheiten erfassten, etwa aus der Art, wie eine Glocke gegen die andere schlug oder aus den Pausen, in denen ein Glöckner ermüdet oder unentschlossen innehielt, vom Wissen um die nahe Sterblichkeit überwältigt. Heute war Glockengeläut bloß noch Hintergrund – reine Atmosphäre, ein bisschen Lokalkolorit –, vielleicht aber gab es in dieser Gemeinde doch noch einige Seelen, die das innere Geschehen in den Gedanken oder im Herzen eines Glöckners allein durchs Hören zu entschlüsseln vermochten. Und falls es solche Seelen gab, wussten sie vermutlich alles über sie: die Lüge ihrer Ehe, ihre geheimen Gedanken über Harley, ihre halbgaren Fluchtpläne. Mit jedem Zug am Glockenstrang gestand sie womöglich all das einem alten Mann im Armenhaus am andern Ende des Dorfes oder einer sterbenden Frau in einem der Cottages draußen am Waldrand, erfahrenen Zuhörern, die ein Buch beiseitelegten, Stopfsachen, um eine Weile zu lauschen und sich zu fragen, was sie da hörten, sich zu fragen, wer sich ihnen verriet.

Diese Vorstellung machte ihr Angst, aber sie gefiel ihr auch, denn sie wollte die Wahrheit verkünden, wollte hinausläuten, wer sie in Wahrheit war, keineswegs die gute, treue Ehefrau, die sie zu sein vorgab, sondern jemand anders, jemand Gebrochenes. Das war es, was sie sagen wollte – nicht bekennen, aber aller Welt verkünden –, und ebendies verkündete sie nun jedem, der hören konnte, und wenn da niemand war, dann war das immer noch besser als nichts. Dennoch, es *musste* jemanden geben, und während des ganzen Nachmittags, den sie in der Gesellschaft der Glocken verbrachte, fragte sie sich, was dieser besondere Zuhörer dem Glockengeläut und der Stille entnahm, die danach kam, als das Ritual vorbei war und jeder für sich zu seinem eigenen Leben zurückkehrte.

Es schneite wieder. In den Geschäften auf der anderen Seite des Dorfangers war das Licht angegangen, das übliche Gold und Weiß, gemischt mit dem Rot und Grün der Weihnachtsdekoration, um die Türen und Fenster des Schlachters und des Gemüsehändlers ein fahles, unirdisches Blau. Eva graute es mittlerweile vor Weihnachten: Wie immer würden James und Martha kommen, und sie würde mit ihnen in diesem Haus sitzen und so tun müssen, als sei alles normal, würde Sherry trinken, während die Männer redeten, die Mince Pies herumreichen und versuchen, sich von Matts Witzen über ihre Backkünste nicht kränken zu lassen. Dieses Jahr, entschied sie, wollte sie die Mince Pies in dem neuen Feinkostgeschäft kaufen, in dem es auch polnische Würstchen und französischen Käse gab, nur um zu sehen, ob irgendwer den Unterschied bemerkte. Noch besser wäre, sie verschwände einfach, unternähme etwa ganz allein einen Waldspaziergang, in der Weiße, der Stille. Sie würde Spuren im Schnee hinterlassen, und wenn sie ans Ende des Wegs käme, würde sie zurückblicken, so wie ihr Vater es auf ihren Winterwanderungen immer gemacht hatte, als sie noch ein

Mädchen und ihre Mutter noch nicht lang tot gewesen war – und ihr fiel auf, dass sie sich nie die Zeit gegönnt hatte, wieder einmal in den Wald zu gehen oder zu den Wiesen, wohin ihr Vater sie in der Dämmerung eines Sommerabends manchmal mitgenommen hatte, um Motten zu beobachten und zu benennen: erst in der Sprache, die er als junger Mann hatte lernen müssen, der einzigen, die Eva kannte, und dann in seiner Muttersprache, wobei er sorgsam darauf achtete, präzise zu übersetzen, obwohl die Motten, die sie aschgrau und zart an Baumrinden und auf Steinen fanden, nur regional vorkamen und höchstens entfernt mit jenen verwandt waren, die er als Junge gekannt hatte.

»Alles okay?«

Eva drehte sich um und sah Harley hinter sich unter dem Verandavordach, den Mantel bis zum Hals zugeknöpft, die dicke, wollene Pudelmütze tief über die Ohren gezogen. Ihr fiel ein, dass er einmal erzählt hatte, von da, wo er herkomme, sei er Kälte gewohnt. Illinois, dachte sie, vielleicht auch Iowa – sie hätte sich gern genauer erinnert; und sie hätte gern gewusst, wie es dort war: ob es vorwiegend Prärien gab oder Wälder oder nur Meile um Meile Vorstädte und Einkaufsstraßen wie im Amerika der Fernsehkrimis. Sie nickte. »Ich habe gerade gedacht, dass es dieses Jahr vielleicht eine weiße Weihnacht gibt«, sagte sie, »aber ich nehme an, da, wo Sie herkommen, ist das nichts Besonderes.«

Er grinste. »Stimmt schon, bei uns gibt es viel Schnee«, sagte er. »Jede Menge.« Er schwieg einen Moment, dachte nach, und Eva meinte in seinem Gesicht etwas zu sehen: eine Erinnerung, vielleicht eine Andeutung von Heimweh, doch was es auch war, es ließ ihn düster wirken und weit fort, vielleicht aber auch nur in sich versunken, so wie jemand, der weiß, dass er etwas verloren hat, sich einen Moment lang aber nicht daran erinnern kann, was es war. Womöglich eine Frau. Natürlich würde es eine Frau geben, eine hübsche Frau in Illinois oder Iowa, eine mit langem, dunklem Haar und einer Lesebrille, die sie nur aufsetzte, wenn sie ernst aussehen wollte. Eine hübsche Frau, nein, nicht nur hübsch, auch klug. Hübsch und klug, aber auch lustig. Eine kluge, lustige Frau, die mehr redete als er, weshalb er sie liebte oder vielleicht sogar weshalb sie ihn liebte.

»Fliegen Sie zu Weihnachten nach Hause?«, fragte sie.

Er sah sie bestürzt an, als wäre ihre Frage schrecklich unangebracht und zu persönlich, dann aber hellte sich seine Miene auf. »Ach was, nein«, sagte er. »Ich hab vor, ein bisschen zu verreisen, vielleicht nach Paris.«

»Nach Paris?« Aus irgendeinem Grund schockierte sie das. »Über Weihnachten?«

Er lachte. »Ich weiß nicht«, sagte er. »Vielleicht nach Paris, vielleicht woandershin.« Er streckte den Kopf unterm Vordach vor und blickte hinauf in den fallenden Schnee. »Vielleicht bleibe ich auch einfach hier.«

Eva schüttelte den Kopf. »Nein, bloß nicht«, sagte sie. »Reisen Sie nach Paris. Oder gehen Sie Skilaufen oder was weiß ich, aber bleiben Sie nicht hier.«

Wieder lachte Harley, dann jedoch fiel ihm auf, wie ernst ihre Miene war, und er nickte. Eva wusste, sie hatte sich etwas anmerken lassen, und sie versuchte zu lächeln, was ihr aber nicht gelang, denn plötzlich tat er ihr leid, er und die hübsche, kluge Frau in Iowa mit ihren Büchern und ihrer Lesebrille. Sie wusste, wie lachhaft das war, und wollte es mit einem Achselzucken abtun, wollte aufhören, sich wie eine Närrin zu benehmen – und womöglich spürte Harley das, denn er berührte sie, nur kurz, strich ihr über den Mantelärmel und ließ die Hand dort einen Moment liegen, ehe er sie wieder fortnahm. »Ich muss los«, sagte er. »Noch einen schönen Abend, okay?«

Eva nickte, und diesmal gelang ihr ein Lächeln, aber Harley war bereits unterwegs, stakste in seinem Wintermantel zum Tor, Schnee an den Ärmeln und auf der Wollmütze, trat auf den Bürgersteig und schritt über den Anger davon. Eva wusste, dass sie auch aufbrechen sollte, konnte sich aber nicht überwinden, zum Auto zurückzugehen und zum Haus ihres Mannes zu fahren, also blieb sie noch auf der Veranda und schaute dem Schnee zu, wie er durch das Schaufensterlicht auf der anderen Seite des Angers fiel. Harley war fort: Plötzlich war er verschwunden, und das überraschte sie, da er eben noch da gewesen und über den Anger gelaufen war, in Richtung der Geschäfte auf der anderen Seite. Sie wusste nicht, wo er wohnte, wusste nur, dass er sich ein Haus mit anderen teilte, irgendwo außerhalb des Dorfes, vielleicht hinter dem Wald. Vermutlich eine halbe Meile entfernt, vielleicht auch mehr, und ihr kam der Gedanke, dass sie ihn hätte fragen sollen, ob sie ihn hinbringen könne, denn er besaß kein Auto und würde selbst mit Mantel und Mütze frieren, wenn er zu Fuß ging, dahin, wo immer er auch wohnte. Andererseits war er Kälte gewohnt, und es wäre gefährlich, mit ihm im Auto zu sitzen und im Schnee durch den Wald von Kinaldy zu fahren. Da draußen, allein mit ihm, im Dunkeln, während es um sie herum schneite, würde sie vielleicht etwas sagen, was sie hinterher bereute, und er würde sie bedauern – und in diesem Moment fand sie den Gedanken, Harley könnte sie bedauern, unerträglich.

Allerdings war er auf der anderen Seite des Angers nicht wieder aufgetaucht, und sie fragte sich, wo er abgeblieben war, nicht weil sie der Versuchung nachgeben wollte, ihn noch einzuholen und ihn heimzubringen in sein warmes Haus, sondern schlicht aus Neugier. Das war auch der Grund, der sie veranlasste, in den Schnee hinaus und zum Tor zu gehen – sie begriff einfach nicht, wohin er verschwunden war. Es war, als beobachtete man das Kunststück eines

Zauberers und sah genau hin, obwohl man wusste, es war eine Illusion, weshalb man sich die Mühe eigentlich gar nicht machen sollte, trotzdem aber unbedingt herausfinden wollte, wie er das anstellte. Nur konnte sie es nicht herausfinden, da Harley einfach nicht da war. Er blieb verschwunden. Die anderen waren auch schon fort, alle, nur Catherine nicht, die im Kofferraum ihres etwa zwanzig Schritt entfernten Wagens noch etwas verstaute; und auch in den Geschäften auf der anderen Seite war niemand mehr, zumindest niemand außer den Angestellten – die junge Frau im Laden des Gemüsehändlers, die hinterm Tresen hervorkam und in den fallenden Schnee schaute, der Schlachter mit seiner weißen Schürze, der nach einem arbeitsreichen Tag die letzten Stücke Rind- und Lammfleisch forträumte. Eva fühlte sich betrogen, beinahe so, als hätte Harley sie absichtlich ausgetrickst – und für einen Augenblick machte ihr dieser Gedanke Angst, denn hätte er sie tatsächlich ausgetrickst, hätte er aus einem bestimmten Grund so gehandelt, und welchen anderen Grund könnte es geben als den, dass er wusste, was sie für ihn empfand, und sich über sie lustig machte. Andererseits: Vielleicht *wollte* er ja auch, dass sie nach ihm suchte; vielleicht wollte er, dass sie ihn mitnahm, mochte sie aber nicht darum bitten, weil sie eine verheiratete Frau und er von außerhalb war. Lachhaft, natürlich, aber ebenso lachhaft war, dass er sich dieser Mühe unterziehen sollte, nur um sich über sie lustig zu machen. Die traurige Wahrheit war bestimmt, dass er sie längst vergessen hatte und auf dem Weg nach Hause zufrieden durch den Schnee stapfte: ein junger Mann, Kälte gewohnt, auf dem Heimweg in einer Gegend, die er nie wiedersehen würde. Das war's dann wohl, sagte sich Eva – und doch hielt sie weiter Ausschau nach ihm, erwartete immer noch, ihn zu ihr zurückkehren zu sehen, um ihr Gespräch wieder aufzunehmen, da er in ihrem Gesicht etwas entdeckt hatte, etwas, was er schon so lange gesucht, aber nie zu finden gehofft hatte. Sie stand am Tor, in den Falten ihres Mantels sammelte sich Schnee, Gesicht und Hände taub vor Kälte, so wartete sie auf das, was geschehen würde, denn etwas würde geschehen, das wusste sie. Und gerade als sie das dachte, tauchte wie aufs Stichwort am anderen Ende des Angers ein vertrauter, langsam fahrender Wagen auf. Das Fenster der Fahrerseite war herabgelassen, weshalb Eva sah, dass es Martha war, das Haar feucht vom herangewehten Schnee, Martha, die mit aufmerksamer Miene zu den Bäumen bei der Kirche hinüberblickte. Einen Moment lang ärgerte sich Eva. Sie glaubte, Martha käme ihretwegen, und obwohl sie das nicht verstand und sich auch gar nicht erneut auf ihr Gespräch vom Vormittag einlassen wollte, hob sie eine Hand, hob sie, ohne nachzudenken, und winkte. Sie winkte, gleich darauf noch einmal – aber Martha sah sie nicht, und im selben Augenblick löste sich, nur wenige Schritte links von ihr, eine dunkle Gestalt aus dem Schatten der großen Kastanie und eilte über den Anger, eine dunkle Gestalt, die Eva bekannt vorkam, auch wenn sie erst nicht wusste, woher, denn sie konnte sie nicht einordnen: eine dunkle Gestalt, die nach einem Moment zu Harley wurde, der um den Wagen herumlief und auf der Beifahrerseite einstieg, so, als hätte er das schon oft getan. Kaum saß er, fuhr der Wagen an und verließ das Dorf in Richtung Westen, hin zum Niederwald, wo die ganze Nacht dichter Schnee liegen würde, dicht und schwer und selbst auf der Straße nach Kinaldy und Lathockar völlig unberührt, bis auf eine einzige Wagenspur, die sicher bald unter dem Weiß verschwand.

Die Wildkammer

Die erste E-Mail kam an einem Donnerstagabend gegen neun Uhr.
Ich erinnere mich so genau, weil ich den Tag im Krankenhaus verbracht hatte und von Station zu Station geschickt worden war, um
diverse Untersuchungen und Röntgenaufnahmen über mich er-
gehen zu lassen, ehe ich wieder in der Rheumatologie bei meiner
üblichen Ärztin landete und einer groß gewachsenen, recht hübschen Studentin, der die Miene notwendiger, professioneller Distanz noch nicht so recht glückte. Dafür wirkte meine Fachärztin
distanziert genug für beide. Wie immer. Womit ich nicht sagen will,
sie ließe es an irgendwas fehlen – ehrlich gesagt, ganz im Gegenteil. Nein: Wie immer legte Elizabeth Marsh – meine schöne, kluge,
leicht glamouröse Ärztin – jene beruhigende Mischung aus guter
Laune, Rücksichtnahme und milder Ironie an den Tag, die in mir
ein Gefühl der Dankbarkeit dafür aufkommen ließ, dass ich an eine
weibliche Spezialistin und nicht an einen Mann überwiesen worden war. Wenn es etwas gibt, was ich nicht ausstehen kann, dann
ist es die Ernsthaftigkeit männlicher Fachkräfte.

Allerdings war das St. Hubert ein Lehrkrankenhaus, weshalb es
selbst beim besten Willen schwergefallen wäre, sich nicht wie der
Elefantenmensch zu fühlen, als Dr. Marsh auf die interessanten
Auffälligkeiten meiner Krankheit hinwies: die örtlich begrenzte,
aber ziemlich extreme Schuppenflechte, die seltsamen kleinen
Entzündungsflecken, die der Scan zeigte, die auf der Röntgenauf-
nahme erkennbaren, sichtlich geschädigten Partien; und während
all der Zeit gab sich die jüngere Frau – deren dunkles Haar und

sehr blaue Augen mich an eine Freundin erinnerten, mit der ich vor zwanzig Jahren zusammen gewesen war – größte Mühe, so auszusehen, als könnte sie nichts aus der Ruhe bringen. Ich wusste, dass sich mein Leiden seit dem letzten Termin verschlimmert hatte, versuchte aber, möglichst nicht daran zu denken. Einige Schmerzen waren neu, doch in diesen Dingen bin ich mittlerweile ein alter Hase, und schon seit dem ersten Auftreten von Iritis in den frühen Neunzigern bereite ich mich auf den langsamen Absturz ins sieche Dasein des mittleren Alters vor. Ich gebe mir Mühe, den Prozess so zivilisiert wie möglich zu gestalten, zeige Interesse, lasse mir wenig anmerken und drücke mich auf eine Weise aus, die Ärzte bevorzugen – soll heißen, präzise und untheatralisch, die Sprache eines abgeklärten Beobachters, deskriptiv, neutral und insbesondere frei von jedem Anflug klinischen Wissens. Insgeheim fasziniert mich, wie all das funktioniert – der Körper, die Krankheit, Ursache und Wirkung, die beobachtbaren Phänomene, das Management der Schmerzen und Erwartungen. Trotzdem bin ich jedes Mal froh, wenn ich wieder zu Hause und allein bin – und das war auch an diesem Abend nicht anders. Es gibt für mich kaum etwas Schöneres, als die Haustür hinter mir zuzuziehen, die Schreibtischlampe anzuknipsen und mich an die Arbeit zu machen. Diese Erleichterung, dieses schlichte Glück.

Die E-Mail kam, als ich gerade eine erste Pause machte. Mein Arbeitsablauf ist ziemlich konstant: Ich schreibe ein paar Seiten – ich verfasse Drehbücher für Werbefilme, meist im Auftrag von Schulungs- oder PR-Firmen –, dann setze ich Kaffee auf und überprüfe die eingegangenen Mails. An jenem Abend gab es in meinem Posteingang nur eine einzige, was seltsam war, da ich mich meist um jede Menge kleinerer Aufträge und Anfragen kümmern muss. Im ersten Moment hielt ich sie für einen Scherz, eine dieser Spaßmails, die gelegentlich trotz Spamfilter durchkommen, ein

Exemplar jener zufälligen Fragmente eines surrealen Narrativs, wie sie zu Tausenden von völlig Fremden verschickt werden – aus Gründen, die wohl nur sie kennen, ich jedenfalls habe nie herausgefunden, welche das sein könnten. Meine Software ist eigentlich ganz gut darin, derlei herauszufiltern, aber manchmal kommt eben doch eine dieser Mails durch – traurige kleine Geschichten von Ärger und Verlangen, von Errungenschaften und Verlusten, die immer mittendrin anfangen und nie an etwas so Befriedigendes wie ein Ende gelangen. Diese schien nicht anders zu sein, trotz der Tatsache, dass sie sich an jemand Bestimmten richtete, an jemanden, den der Absender gut zu kennen schien. Das mochte aber auch Teil des Spiels sein, Teil der Kunst sozusagen.

Andererseits ist diese E-Mail womöglich nur durch einen simplen Irrtum in meinem Posteingang gelandet – ein Tippfehler oder eine nach einem langen Arbeitstag oder einem Glas Wein fehlerhaft übertragene Adresse. Aus irgendeinem Grund habe ich sie nicht gleich gelöscht, weshalb ich sie hier in voller Länge wiedergeben kann:

Liebe Monique,

nun, da bin ich also auf der Insel, sitze in meinem kleinen Arbeitszimmer mit einem schönen Glas – rat mal, was? – und hämmere das Maupassant-Buch in die Tasten. Endlich. Hab schon jede Menge geschafft, dabei bin ich erst vier Tage hier. Jetzt sitze ich an Das Haus Tellier *und kann immer noch nicht fassen, wie wunderbar diese Novelle ist – wie wunderbar und wie schrecklich, denkt man an das, was danach kommt und in diesem Buch bereits anklingt.*

Es ist schön auf dieser Seite der Insel. Heute begann der Morgen grau und nieselig, am Nachmittag aber hat es aufgeklart, und jetzt, in diesem weichen, leicht pastellfarbenen

Frühabendlicht, ist es völlig still, still auf jene Art, die alles leb-
hafter wirken lässt und zugleich überzeugender. Vom Fenster
aus kann ich nur die flache Weite des Wassers sehen, unbewegt
wie Quecksilber, und den weißen Rumpf eines Segelboots, das
gleich gegenüber der Mole vor unserem einen und einzigen
Laden ankert. Ein übernatürlich heiterer Anblick, absolut ruhig,
fast reglos – doch etwas ändert sich ständig. Irgendwas än-
dert sich immer. Das Licht, die Farbe, die Spiegelungen. Abends
kann das Wasser eine halbe Stunde lavendelblau aussehen, ehe
es dunkler wird, weich, wenn auch nicht zu sehr, doch mit einer
eigenartigen Oberflächenspannung, einer eigenartigen Störan-
fälligkeit. Wie Quecksilber – ja, wie Quecksilber, immer in Ver-
änderung und stets im Begriff, sich zu wandeln, aber so überaus
glatt, so überaus still.

Dir würde es hier gefallen. Und ich habe ernst gemeint, was
ich in meiner letzten Mail schrieb – Du bist hier wirklich jeder-
zeit willkommen. Man findet leicht her – gib mir einfach Be-
scheid, ich hole Dich dann an der Fähre ab. Ich verspreche Dir,
ich mache kein großes Ding draus, und ich werde Dich auch
nicht bitten, Deine Meinung zu ändern, aber ehrlich gesagt, ich
fände es blöd, wenn wir beide nicht befreundet bleiben könnten.
Was meinst Du?

In Liebe
Martin

Das war alles. Die Mail war wirklich nicht besonders interessant,
eher sogar ein bisschen beschämend angesichts des Einblicks,
die sie in Martins trauriges Liebesleben bot. Monique hatte ihn
offenbar vor Kurzem verlassen, wahrscheinlich für jemand weniger
Trunkseligen. Trotz gegenteiliger Versicherungen hatte Martins

Inselschwärmerei nur den Zweck, sie zurückzugewinnen, egal wie, und sei es auch nur für einige intensive, unbehagliche Tage. Danach würden die Streitereien natürlich wieder anfangen – dieses Szenario kannte ich gut genug –, und noch ehe die Woche um war, würden Tränen fließen, *seine* vermutlich. Nein: Diese kleine Liebesgeschichte bot nichts Interessantes, und ehrlich gesagt, das Einzige, was meine Aufmerksamkeit weckte, war die Erwähnung von Maupassant. Vor noch nicht mal sechs Monaten hatte ich für eine Bildungseinrichtung ein Skript über Maupassant und Poe verfasst, und ich war von der Schönheit des Maupassant'schen Werkes beeindruckt gewesen – eine Schönheit, die mir unerträglich ergreifend schien, bedachte man, was für ein schmerzliches und armseliges Leben dieser Mann geführt hatte. Wäre ich an diesem ersten Abend ein wenig aufmerksamer gewesen, hätte ich in der Anspielung auf Maupassant – diesen irren Syphilitiker, der einige der schreckenerregendsten Geschichten der gesamten europäischen Literaturgeschichte geschrieben hatte – natürlich den entscheidenden Hinweis erkannt, eine Andeutung auf das Spiel, das hier gespielt wurde. Und so lange wie irgend möglich redete ich mir ein, dass das, was als Nächstes geschah, tatsächlich nur ein Spiel war, eine jener vielen Ablenkungen, wie man sie draußen in den eisigen Weiten des Cyberspace findet, wo nichts ist, wie es scheint, und alles, von den jüngsten Grausamkeiten in Gaza oder im Tschad bis hin zu den Clownerien in *Big Brother,* die Qualität und der Status einer Ablenkung zukommt.

Aber ich war nicht aufmerksam – ganz im Gegenteil. Ich dachte an die Nebenwirkungen der neuen Medikamente, die man mir verschrieben hatte, an meine nachlassenden Tippfertigkeiten – meine Finger hatten sich über der Tastatur bereits zu den merkwürdigsten Knoten verschlungen –, vor allem aber dachte ich an das Glück und daran, wie viel Zeit noch blieb, ehe sich die Einsamkeit, die ich mir mit so viel Mühe erkämpft hatte, dank der Unwägbarkeiten meiner alles andere als seltenen Krankheit von einer Freude in eine Last verwandelte.

Während der nächsten paar Tage hatte ich keine Verpflichtungen – was bedeutete, dass ich in der Wohnung bleiben und nach Lust und Laune arbeiten, eine Pause mit Kaffee und Thunfischsandwich einlegen oder mir auf DVD einen alten Film ansehen konnte, ehe ich an meinen Schreibtisch zurückkehrte, getrieben von einer jener kleinen Offenbarungen, die den eigentlichen Zauber meiner Arbeit ausmachen. Wenn ich von *kleinen* Offenbarungen rede, bin ich keineswegs übertrieben bescheiden: Mir kommen keine großen Ideen, heutzutage jedenfalls nicht, und ich mache mir auch keine Illusionen über meine angeblichen Talente. Ich nehme einfach, was man mir gibt – ein fest umrissenes Projekt mit klaren Grenzen und Auflagen –, und versuche, ihm irgendwie ein wenig Glanz zu verleihen, wie ein mittelalterlicher Kopist, der den vorgegebenen Text um Illuminationen bereichert. Vielleicht hatte ich, als ich anfing, anderes gewollt, mittlerweile aber genügt mir, was ich habe. Ich arbeite nach meinem eigenen Zeitplan, und manchmal gelingt es mir, etwas zum Leuchten zu bringen – ja, zum Leuchten, wenn auch nur für einige wenige Momente im sonst meist gewöhnlichen Arbeitsablauf. Mehr gibt der Job nicht her, für den ich mich entschieden habe, aber wie sich herausstellte, ist das mehr als genug, und selbst heute, da mein Körper anfängt, mich auf alle möglichen subtilen, doch völlig überzeugenden Weisen im Stich zu lassen, bin ich immer noch hin und wieder von dem Glück überrascht, das ich empfinde, wenn ich mich zurückziehe und in dem Wissen zu arbeiten beginne, dass man mich nicht stören wird. Manchmal könnte ich mir selbst einen Tritt geben, weil ich nicht schon früher an diesem Punkt angelangt bin – es hat nämlich lächerlich lang gedauert, bis ich begriff, dass das Glück etwas viel Einfacheres ist, als ich anfangs glaubte. In unserer Jugend denken wir, uns erwartet ein großes Ereignis: Liebe auf den ersten Blick etwa oder eine brillante Karriere, glänzende Trophäen, die perfekte Frau, schöne, begabte Kinder. Ich habe nichts dergleichen, aber ich bin zufrieden und gehe einer Arbeit nach, über die ich mich immer wieder freue, Arbeit, die in meinem Alltag Raum für unglamouröse, vermeintlich vernachlässigbare Ereignisse lässt, die sich nach und nach aber zu einem mehr oder minder glücklichen Leben addieren. Eben deshalb gibt es auch keine Romane, Theaterstücke oder Hollywoodfilme über das Glück. Es ist zu gewöhnlich und entwickelt sich zu langsam.

Die zweite E-Mail, unmittelbar von der dritten gefolgt, kam drei Tage nach der ersten, und beide zeigten einen Stimmungswechsel an. Was mich nicht weiter überraschte – es wäre dumm von Monique gewesen, auf Martins Einladung einzugehen oder sie auch nur ernst zu nehmen –, trotzdem ärgerte es mich ein wenig, dass sich der Fehler, falls es denn einer war, wiederholte. Zudem fand ich den Ton der Nachrichten ein wenig peinlich – sie hatten etwas hässlich Verzweifeltes, was mich unangenehm berührte und weshalb ich sie auch sofort gelöscht habe. Ich nahm an, dass Martin betrunken gewesen war, als er sie schrieb, und war mir ziemlich sicher, dass er sich deshalb am nächsten Morgen schämen würde. Eigentlich rechnete ich sogar damit, eine Entschuldigung zu erhalten, eher früher als später – und war überrascht, als sie nicht am nächsten Tag eintraf.

Das Einzige, was mir nicht einfiel, war, Martin zu antworten und ihn über sein Versehen aufzuklären – rückblickend verstehe ich gar nicht, warum ich das nicht getan habe. Vielleicht habe ich mich stellvertretend geschämt, seinetwegen so sehr wie meinetwegen. Vielleicht ging mir das auch alles zu nahe, erinnerte mich zu sehr an mein eigenes törichtes Verhalten als Liebhaber. Ich brauchte keine Erinnerung an die alte Zeit – an die ebenso schöne wie verblendete Zeit, ehe ich jenes wunderbare Bonmot von Maurois begriff (einem Mann, der das eine oder andere von romantischer Liebe verstand), ein Bonmot, das seit Jahren schon neben meinem Computer an der Wand klebt:

LE BONHEUR EST UNE FLEUR
QU'IL NE FAUT PAS CUEILLIR

Ich glaube, ich habe damals sogar daran gedacht, meinem mysteriösen Korrespondenten diese Worte zu schicken, zusammen mit einer schlichten Erklärung dessen, was geschehen war – aber ich habe es nicht getan. Hätte ich, dann hätte ich diese Angelegenheit zu den Akten legen und vergessen können – eine Möglichkeit, die mir aus den niedersten Beweggründen nach dem Eintreffen der vierten Mail nicht mehr offenstand, zwei Tage später, an einem klaren grünen Abend, an dem die Stadt die Geschäfte des Tages zu Ende brachte und die Lichter einschaltete, eins nach dem andern, silbrig, kirschrot und golden, sodass die Nacht beginnen konnte.

Ein abrupter Beginn: Keine Anrede, kein Bezug auf die früheren Mails, kein Versuch einleitender Worte. Die Mail setzte etwas voraus, was sie nicht voraussetzen konnte – zumindest kam es mir so vor, bis mir wieder einfiel, dass auch dies ein Kunstgriff sein könnte, ein Mittel, um mich in die Geschichte hineinzuziehen. Oder nicht mal mich persönlich – ich war mir ziemlich sicher, dass ich nicht direkt angesprochen wurde –, sondern vielmehr den Leser. Denn dies war gewiss Fiktion, ein literarisches Spiel, ein Zeitvertreib, den sich jemand dort draußen aus welchen Gründen auch immer ausgedacht hatte – ob Martin oder nicht, darauf kam es nicht an. Im Cyberspace konnte schließlich jeder jeder sein – eine Tatsache, die ich bei nüchterner Betrachtung ziemlich erschreckend fand. Es ist alles Schwindel, alles Betrug. Ich habe das Telefon noch nie gemocht, weil man das Gesicht des andern nicht sehen kann – und doch habe ich meine Arbeit jahrelang fast ausschließlich per E-Mail erledigt, ein Austausch, bei dem ich nicht einmal eine Stimme hören oder wissen konnte, ob ich es mit einem Mann oder einer Frau zu tun hatte, mit Freund oder Feind, nicht einmal, ob mit einem Programm oder einer Person.

Ich bin mir nicht sicher, wie ich dies sagen soll, begann die Mail. *Du wirst mich für verrückt halten oder glauben, zu wenig Schlaf sei dafür verantwortlich oder meine wie immer überrege Fantasie – und es stimmt, ich habe nicht geschlafen, habe tatsächlich fast kaum mehr geschlafen, seit ich hier angekommen bin, doch was ich Dir erzählen will, beruht nicht auf einer Halluzination und entspringt gewiss nicht meiner zu müden oder allzu regen Fantasie. Ehrlich gesagt, es kam von nirgendwo her. Es war einfach … da. War schon immer da; ich habe es bislang nur nicht gesehen.*

Wie Du weißt, habe ich gesagt, ich wollte einen langen Spaziergang machen, um einen klaren Kopf zu bekommen …

Natürlich wusste ich das nicht, da er nichts dergleichen gesagt hatte …

… und heute war es so weit, den ganzen Tag bin ich dem alten Pfad gefolgt, der quer über die Insel verläuft, hoch in die Berge und runter zur Westküste. Dieser Pfad stammt von einem alten, einbeinigen Patriarchen aus dem neunzehnten Jahrhundert – er ist darauf hin- und hergeritten in Begleitung seiner Entourage, hat den Blick über den Besitz schweifen lassen oder Rotwild gejagt oder was auch immer man damals so machte, und seine Leute

hielten das Anwesen in Ordnung, die gesamten acht Meilen vom Ostufer bis zum Pass in den Bergen, dann abwärts, an Wasserfällen vorbei und riesigen, herabgestürzten Felsbrocken bis hin zum schönen, einsamen Strand auf der Westseite. Dort gibt es keine Straßen, man kommt also nur zu Fuß hin, über diesen alten Pfad, der meist über mooriges Gelände führt, auch wenn man an manchen Stellen noch Steinstege findet und gelegentlich sogar einen alten Düker, strömendes Wasser unter den Füßen, oder man entdeckt ein paar Trittsteine in einem flachen Bach, überspült von Wasser, das vom Moor tabakdunkel oder so klar sein kann wie frisch aus dem Brunnen geschöpft. Trittsteine sind aber selten. Die übrige Zeit – dort etwa, wo der Bach tief oder der alte Pfad weggebrochen ist – kann man nur durch hüfthohes Wasser waten oder über feuchten Torf und durch Binsen platschen oder, und das ist am schlimmsten, sich durch brusthohen Farn kämpfen, ohne zu wissen, was da sonst noch lebt und nur darauf wartet, die Knöchel anzugreifen oder einem unbemerkt in die Kleider oder ins Haar zu springen. Mücken, Zecken, die von den Ortsansässigen »keds« genannt werden – und was weiß ich. Sagen wir einfach, es ist keine Idylle. Und dennoch, eine Weile war ich froh, dass ich mich aufgerafft hatte. Es tat gut, an der frischen Luft zu sein, gut, sich in der Natur aufzuhalten, fort vom Haus mit seinen furchteinflößenden, doch seltsam verlockenden Schatten.

Wie auch immer, ich habe es unversehrt auf die andere Seite geschafft und stand lange am Strand, kommunizierte mit dem, was auch immer da draußen ist – ich will nicht sagen Natur, denn das war's nicht, zumindest keine Natur im üblichen Sinne. Natürlich habe ich an Dich gedacht und mir gewünscht, dass Du bei mir wärest. Ich stand da, schaute übers Wasser und hing meinen Gedanken nach. Und dann, gerade als ich überlegte, mich auf den Rückweg zu machen, begann es zu regnen. Anfangs nicht stark, nur ein sanftes, freundliches Nieseln, mehr Nebel als Regen. Schottischer Nebel, wenn man so will. Es war wirklich nicht schlimm, und ehrlich gesagt, der Boden war sowieso feucht, über die Pfade rann kaltes Wasser, und der Torf war so dick und schwammig, fast schon ein Sumpf, dass ein bisschen mehr Nässe keinen großen Unterschied machte.

Nun gut, habe ich mir anfangs gesagt, doch als ich wieder oben auf dem Hügel war, schüttete es in Strömen, dicke, schwere Tropfen, die mir so heftig ins Gesicht und auf die Hände prasselten – ich hatte vergessen, Handschuhe mitzunehmen und fror plötzlich an den Händen –, dass ich kaum sehen konnte, wohin ich trat. Mir blieb folglich nichts weiter übrig, als den Kopf einzuziehen und voranzustapfen, dem Pfad zu folgen, wohin er auch führen mochte, und darauf zu vertrauen, dass ich schon nicht in die Irre gehen würde – was aber natürlich prompt passierte. Ich hatte eine Karte, nur nutzte die mir hier draußen nicht viel, außerdem war ich, als mir klar wurde, wie weit ich bereits vom Weg abgekommen war, völlig durchnässt. Also lief ich einfach weiter und versuchte, mich an Besonderheiten der Landschaft zu erinnern, die ich auf dem Hinweg gesehen hatte, und den großen Hügel stets rechter Hand zu halten. Man nennt ihn den Feenhügel, allerdings glaube ich nicht, dass man bei diesem Namen an Feen wie aus Kinderbüchern dachte. Ich machte mir keine allzu großen Sorgen, jedenfalls nicht zu Beginn, und ärgerte mich in erster Linie darüber, dass ich nicht besser vorbereitet war. Trotz allem ging es mir letztlich gut. Ich versuchte, es als Abenteuer zu sehen und malte mir aus, wie ich nach Hause kommen und mir ein schönes heißes Bad einlassen würde, Musik aus dem Radio und ein großes Glas Whisky in der Hand.

Als ich das Mädchen zum ersten Mal bemerkte, hielt ich es nicht für real. Ich dachte an ein Trugbild, vielleicht auch an eine Art Brockengespenst, an einen optischen Trick oder an jene

Lichtspiegelungen, von denen Bergwanderer oft erzählen. Ich meine, was hätte ich denn sonst denken sollen? Gerade war ich noch allein, und dann, mit einem Mal, war das Mädchen da und ging neben mir her, Schritt für Schritt über den nassen Torf. Es hielt den Kopf gesenkt – es sah mich nicht an, nicht ein einziges Mal –, aber es wusste, dass ich dort war, hatte es von Anfang an gewusst, auch wenn es verzweifelt versuchte, so zu tun, als wäre ich nicht dort –, und mir kam der Gedanke, keinen Schimmer warum, dass das Mädchen Angst hatte. Ich machte ihm Angst. Und weiß Gott, mir machte es auch Angst – am meisten Angst aber bereitete mir in jenem Augenblick die Angst der Kleinen. Denn in der Zeit, in der wir wie im Gleichschritt durch den peitschenden Regen stiefelten, kam ich mir wie ein Ungeheuer vor oder wie eine Erscheinung. Und so fühle ich mich immer noch, jetzt, da ich zurück bin, und weder das Bad noch der Whisky – nicht bloß einer, sondern vier, vielleicht auch fünf große Glas von dem Zeug – konnten daran etwas ändern.

Ich weiß nicht, wie lange das Mädchen neben mir herlief. Mir kam es wie eine Ewigkeit vor, was aber vermutlich nicht stimmte, und dann, so plötzlich wie es gekommen war, war es wieder fort, und ich, aufs Neue allein, stapfte weiter durch den Regen nach Hause, doch im selben Moment, in dem mir auffiel, dass das Mädchen nicht mehr an meiner Seite war, sah ich etwas – eine Ansammlung von Felsen, einen dunklen, nierenförmigen Tümpel in mittlerer Entfernung –, und das sagte mir, dass es nicht mehr weit bis zu dem Parkplatz sein konnte, von dem ich am Morgen aufgebrochen war, also hastete ich weiter und versuchte mir einzureden, dass es nur eine Wetterillusion gewesen war, eine Halluzination, mehr nicht, geboren aus Müdigkeit und Verwirrung. Eine Stunde später saß ich hinterm Steuer meines Wagens, durchgefroren, schlamm- und torfverkrustet, aber in Sicherheit.

Doch jetzt kommt's. Ich bin zurück, im Warmen und allein hinter verschlossener Tür – aber sicher bin ich ganz und gar nicht, außerdem bin ich nicht allein, obwohl außer mir niemand hier ist. Ich weiß, das klingt verrückt, aber mir drängt sich der Gedanke auf, dass etwas, was draußen im Moor hätte bleiben sollen, mit mir hereingekommen ist, sich irgendwo im Haus verbirgt und darauf wartet, Gestalt anzunehmen. Ich denke dabei nicht an ein Gespenst oder an eine Fee aus alten Märchen – ich rede auch nicht unbedingt von dem Mädchen, es ist nur … ich weiß nicht …

Das klingt verrückt, ich weiß, aber bitte glaube mir, wenn ich Dir sage, es ist real. Ich bilde mir nichts ein, es ist hier – gleich hier, irgendwo am Rand meiner Wahrnehmung, direkt hinter der Tür oder in einem fernen Winkel des Hauses; und es ist nichts, was ich benennen könnte, aber es ist da, und es hat was mit dem Mädchen zu tun. Es ist aber nicht wie das Gespenst in einem Film, ist auch nicht bedrohlich oder unheimlich, nicht direkt jedenfalls. Wenn überhaupt, dann ist es abstrakter, fast wie eine körperlose Angst-strömung, eine bange Ahnung oder

Und damit brach die Nachricht ab. Mitten im Satz, einfach so. Vielleicht hatte er versehentlich auf »Senden« geklickt, vielleicht hatte er auch den Versuch, in Worte zu fassen, was er nicht aus-drücken konnte, einfach aufgegeben, oder vielleicht, aber nur viel-leicht, war auch etwas Schreckliches geschehen. Etwas, was Mo-nique veranlassen würde, ihm zu Hilfe zu eilen, womit dann der unausweichliche Prozess der Versöhnung begänne. Andererseits aber war es womöglich – und sobald mir der Gedanke kam, wusste ich, dass ich damit recht hatte –, war all dies vielleicht auch nur Teil eines Spiels: ein Cliffhanger in einer Fortsetzungsgeschichte, um mich – den anonymen Leser Martins/Nicht-Martins – bis zur nächsten Folge in Atem zu halten.

Mir fiel die Erwähnung Maupassants in der ersten Mail wieder ein, und ich musste lächeln. Es handelte sich ganz eindeutig um ein literarisches Divertissement, um eine moderne *Horla*-Erzählung für die virtuelle Welt – und wo ließe sich Maupassants furchterregendes Scheibchen Nichts besser unterbringen als im Cyberspace –, eine Geschichte, die zweifellos noch lange weitergehen würde. Ich muss zugeben, dieser Gedanke war eine Erleichterung. Ich hatte schon angefangen, den armen liebeskranken Martin in seinem Inselrefugium nicht mehr zu mögen. Jedenfalls hielt ich ihn für völlig ungeeignet, eine Biografie Maupassants zu schreiben. Ehrlich gesagt, allein die Vorstellung fand ich beleidigend. Jetzt aber, da ich wusste, dass es sich bei ihm nur um eine Figur handelte, eine literarische Erfindung, konnte ich mich entspannen. So ist es nun mal, wenn man den fragilen, vielleicht sollte ich besser sagen, den provisorischen Zustand des Glücks erlangt – es gibt zu viele unbedeutende Ereignisse, zu viele mögliche Mängel in der Textur der Existenz, die ihn in Gefahr bringen können. Bei diesem Lichte besehen, fällt es nicht sonderlich schwer, sich vorzustellen, dass Diogenes, nachdem er sich einen Finger gebrochen hatte, Selbstmord beging: Ein einziger Moment des Glücks ist genug, wenn man ihn im Gewoge der Ereignisse unversehrt bewahren kann, doch muss er vollkommen bleiben, unbeeinträchtigt.

Ich hatte fest mit einer weiteren E-Mail am nächsten Morgen gerechnet und war ein wenig überrascht, als ich in meinem Posteingang nur die üblichen Schreiben fand. Dann aber sagte ich mir, dass dies womöglich zum Spiel gehörte, da mein Korrespondent es ja vermutlich genoss, als Erzähler der Geschichte alle Zeit der Welt zu haben.

Die nächste Mail kam jedenfalls, aus welchem Grund auch immer, erst vier Tage später, und als ich sie dann öffnete, las sie sich im

Ansatz düsterer, konventioneller. Sie erinnerte mich sogar an eine jener Erzählungen aus dem neunzehnten Jahrhundert, die ich für meine Arbeit an dem Text über Maupassant so aufmerksam gelesen hatte, schöne, subtile Erzählungen, in denen das erste Aufscheinen des Existenzialismus durch den Stoff des Alltäglichen schimmerte – und ich erinnerte mich zudem an das Vergnügen, das mir diese doppelte Nostalgie bereitet hatte, erst die monochrome, kaffee- und tabakgeschwängerte, Sein-und-Nichts-durchdrungene Stimmung der Fünfzigerjahre und dann, weiter in der Zeit zurück, die klammen, muffigen Windungen bourgeoisen Grauens, das ihr vorausging.

Die Mail war vier Seiten lang: seltsam förmlich, erfüllt von einem Gefühl unausweichlichen Unheils, zwar ein wenig zu dick aufgetragen, doch hier und da durchaus glänzend. Die beste Passage kam, als Martin – ich hielt ihn jetzt für eine Art Dandy, einen *fin de siècle*-Dichter am falschen Platz, der irgendwo in einem Büro vor dem Bildschirm hockte und sich in seiner freien Zeit Erzählungen für einen unbekannten Leser ausdachte – die zweite Begegnung mit dem Mädchen schilderte, das er im Moor gesehen hatte:

Du erinnerst Dich, dass ich Dir von der seltsamen kleinen Hütte hinterm Haus erzählt habe …

Ich erinnerte mich natürlich nicht, aber das war nicht weiter von Belang …

… und dass ich mir nicht erklären konnte, was es mit dieser Hütte auf sich hatte. Wie sich dann herausstellte, war es eine Wildkammer, soll heißen, ein Ort, an dem man die Kadaver der im Moor erlegten Tiere aufhängte. Rundum angebrachte Luftschlitze sorgen dafür, dass Wind durchkommt, der das Fleisch trocknet – ich

habe es in einem Buch nachgeschlagen und finde es wirklich fas-
zinierend, wie der Wind hindurchbläst und das Fleisch langsam
dörrt. Angeblich soll so eine Hütte viel besser sein als ein Eiskeller,
nur darf man sie aufgrund von Gesundheits- und Sicherheitsvor-
schriften heute nicht mehr benutzen …

Wie auch immer, am Morgen nach meiner Moorwanderung
packte mich das plötzliche, fast fieberhafte Verlangen, mir das In-
nere der Hütte näher anzusehen – nur war sie verschlossen, und
es hat mich viel Zeit gekostet, den Schlüssel zu finden. Ich habe
überall gesucht, bis ich ihn schließlich in einer Schublade in der
Küche unter einem Haufen alter Lappen entdeckte. Keine Ahnung,
warum das für mich so wichtig war, aber ich musste einfach un-
bedingt nachsehen, was in der Hütte war, unbedingt.

Wie auch immer, ich schloss also die Tür auf und trat end-
lich ein. Seit Jahren war niemand mehr drinnen gewesen, über-
all nur Staub und Spinnweben, und es gab auch nicht viel zu
sehen, bloß ein paar Haken am Deckenbalken und einen Haufen
alter Säcke auf Sandboden. Es roch modrig und nach Erde, nur
von weiter hinten, gleichsam aus dem fernsten Winkel, kam ein
Hauch von etwas fast Süßem wie Eisen oder Rost. Natürlich gab
es kein Licht, und obwohl die Hütte kaum dreieinhalb Meter tief
war, konnte ich nicht bis in die letzte Ecke sehen – konnte zu-
mindest nichts deutlich erkennen, doch war eine Gestalt zu sehen,
ein Gegenstand, vielleicht ein Tisch an der hinteren Wand, und
darauf etwas, was nicht klar auszumachen war, vielleicht noch
mehr Säcke oder sonst irgendein Krempel. Es gab keinen Grund,
länger zu bleiben – es war wirklich nur eine alte Hütte –, trotz-
dem konnte ich es nicht lassen. Da war etwas, und ich musste ein-
fach wissen, was es war.

Ich bewegte mich vorwärts, langsam, tappte vorsichtig durchs
Dunkel und war mir durchaus nicht sicher, was ich zu finden

hoffte; ich wusste nur, dass ich etwas finden würde. Nachdem ich die Hütte halb durchquert hatte, gelangte ich in Reichweite des Tisches – es war tatsächlich ein Tisch, ein langer, schmaler, knapp ein Meter hoher Tisch – und sah, dass das, was ich für einen Haufen Lumpen gehalten hatte, in Wahrheit ein Körper war, nicht der eines wilden Tieres, sondern eines Menschen; und erst allmählich, dann aber mit dem urplötzlichen Schauder äußersten Entsetzens, fast als ertappte ich mich beim Verüben eines ebenso brutalen wie perversen Verbrechens, sah ich, dass es das Mädchen war, jenes, das ich im Moor gesehen hatte, und ich begriff, dass es mich beobachtete – wie schon seit dem Moment, da ich die Hütte betreten hatte. Und obwohl die Kleine keinen Ton von sich gab, obwohl sie nicht aufschrie oder sich auch nur vom Fleck rührte, sah ich ihr an, wie entsetzt sie war. Ich wollte etwas sagen, wollte sie beschwichtigen, aber ich wusste, wie hoffnungslos das wäre. Was immer ich auch sagte, würde eine Lüge sein – ich wusste nicht, wieso ich das wusste, aber ich wusste es, wusste es so gewiss, wie ich nur je etwas gewusst hatte –, jedes Wort würde eine Lüge sein, und mir war gleich klar, dass sie recht daran tat, sich zu fürchten. Denn ich war wirklich das Ungeheuer, für das sie mich hielt. Ich war wirklich ihr schlimmster, Fleisch gewordener Albtraum ...

Hier brach die Mail ab, und mehrere Tage lang ging die Erzählung nicht weiter. Natürlich fand ich das etwas unfair, und mich ärgerte es, dass mein Korrespondent, gerade als er meine volle Aufmerksamkeit gewonnen hatte, die Geschichte offenbar leid geworden war. Vielleicht waren ihm aber auch nur die Ideen ausgegangen. In dieser letzten Mail meinte ich jedenfalls mit einiger Gewissheit den Wunsch nach einem Ende erkennen zu können, dem Gefühl, dass es an der Zeit war, sich anderem zuzuwenden – und vermutlich bedauerte ich den Verlust dieser lieb gewordenen Ablenkung. Als dann doch noch

eine letzte Mail kam, war sie kurz und mehr als nur ein bisschen un-
befriedigend, ihr Stil eher kursorisch, fast wie ein Telegramm – die
Stimmung weniger Hast als erschöpfte Resignation:

Immer noch da. Verstehe nicht, warum Du nicht antwortest. Ich
habe nie …

Egal, jetzt ist es zu spät. Es ist da. Sie ist da, bei mir, für immer,
fürchte ich. Kannst Du Dir das vorstellen? Für immer? Ich
hätte es mir früher nicht vorstellen könne, jetzt aber schon. Ehr-
lich gesagt, jetzt kann ich mir nichts anderes mehr vorstellen.

LOL
Martin

Und damit endete es. Ich wartete einige Tage ab, ob noch mehr
käme, dann vergaß ich das Ganze. Mir wurde ein großes, ziemlich interessantes Projekt übertragen, und ich begann eine spezielle
Diät. Die neuen Medikamente wirkten besser als erwartet, und
alles in allem lief das Leben weiter wie gewohnt. Ich dachte nicht
mehr an Martin, aber einmal, höchstens zweimal, habe ich von der
Wildkammer geträumt und von dem verängstigten Mädchen, das
stumm im Dunkeln lag. Beim Aufwachen gratulierte ich meinem
ehemaligen Korrespondenten innerlich dazu, dass mich seine Geschichte wirklich gepackt hatte, wenn auch nur für einen Moment.

Damit schien Martins Geschichte ihr Ende gefunden zu haben,
meine aber blieb offen – nicht mehr erzählt, doch unbeendet –, bis
zu jenem Donnerstagabend exakt drei Monate später. Ich weiß das
so genau, weil ich gerade von einem Termin im Krankenhaus kam,
und in jenen Tagen hatte ich alle drei Monate einen Termin. Ich

kehrte erst spät aus der Stadt zurück und fühlte mich nicht besonders – der Winter nahte, und meine Hände schmerzten schlimmer als sonst –, trotzdem machte ich mich an die Arbeit, sobald ich mich aufgewärmt und eine Kleinigkeit gegessen hatte. Ich hatte ein neues Projekt, etwas eher Ungewöhnliches, etwas, bei dem ich mir ziemlich sicher war, das eine oder andere kleine Wunder bewirken zu können, und ich war fest entschlossen, das Beste daraus zu machen.

Ich war auf der Suche nach etwas anderem, als mir diese Geschichte unterkam. Das passiert öfter, als man denkt: Material, das einen abrupt innehalten lässt, diese vermeintlich unbedeutenden Hinweise, die kleinen Geschichten, die plötzlich wichtig erscheinen (jene lebhaften, schönen oder beängstigenden Entdeckungen, die scheinbar das Leben verändern), kommen einem unter, wenn man auf der Suche nach etwas weit Langweiligerem oder gar Banalem im Internet surft. Wie der Zufall es wollte, hatte die Sache, der ich schon seit einiger Zeit auf der Spur war, eigentlich kaum etwas mit dem Thema meiner Recherche zu tun, und als ich schließlich auf die letzte, entscheidende Story stieß, begann ich sie anfangs nur mit beiläufigem Interesse zu lesen, mit flüchtiger, eher müßiger Neugier – dann aber, nach ein, zwei Zeilen, mit wachsendem Grauen. Es war kein langer Text, vielmehr eine jener skurrilen Nachrichten, einer dieser Artikel, seltsamer als jede Fiktion, die man nur zur Hälfte glauben mag, die einen dann aber doch tagelang beschäftigen. Meist merkt man ihnen etwas unverhohlen Überspitztes an, etwas Erfundenes – nicht dass sie ausgemachte Lüge wären, doch beruhen sie nur so minimal auf bekannten Tatsachen, dass sie auch reine Fiktion sein könnten. Dieser Artikel allerdings nicht, der entsprach der Wahrheit, jedenfalls mehr oder weniger. Das wusste ich, noch ehe ich wusste, was genau ich da las.

Wie gesagt, er war nicht besonders lang und außerdem schlecht geschrieben, zu wortlastig, zu verzettelt, stilistisch eher dürftig.

Typisches Anfängergeschreibsel. Kurz und gut, der Artikel erzählte die Geschichte eines Mannes, der nackt, allein und offenkundig verrückt an einem erhöhten Strandabschnitt der Insel Jura aufgefunden worden war. Jemand hatte ihn von der Fähre aus gesehen und die Polizei informiert, woraufhin der Mann, der nicht sprechen konnte oder wollte und offenbar schon seit einiger Zeit nichts mehr gegessen und länger nicht geschlafen hatte, aufs Festland in ein Krankenhaus gebracht worden war, wo man ihn dann als Martin Crisp identifizierte, einen Universitätsdozenten aus Reading, der für den Sommer ein Haus auf der Insel gemietet hatte. Der Artikel endete mit zwei Zitaten, das erste von einem Ortsansässigen, der behauptete, Mr. Crisp sei von den Feen verzaubert worden und es könne lange dauern, bis er seinen Verstand wiedergefunden habe, das zweite stammte von einem Mitglied des Krankenhauspersonals, dem zufolge Mr. Crisp immer noch nicht sprechen könne, denn obschon diesem Mann offensichtlich Schreckliches widerfahren war, gebe es keinen medizinischen Grund für seinen Zustand. Als die Ärztin – deren Name, ein schauriger Zufall, Elizabeth Marsh lautete – gebeten wurde, das Gesagte weiter auszuführen, meinte sie, sie hätte es noch nie mit einem derartigen Fall zu tun gehabt. »Es ist ja nicht so, dass Mr. Crisp nicht reden *kann*«, sagte sie – und ich stellte mir bei ihren Worten meine Dr. Marsh vor –, »vielmehr scheint mir, dass er gesagt hat, was er sagen wollte, und jetzt auf eine Antwort wartet.«

Roccolo

Eloise Sereni trank gern am Nachmittag. Sie fing gegen Mittag an, öffnete hinten im schattigen Esszimmer ihrer Erdgeschosswohnung die erste Flasche und trank stetig weiter, vor sich einen Teller mit Salat oder Pasta. Statt eines Desserts gab es dann eine weitere Flasche – etwas Leichteres, eher Sommerliches. Für Süßes hatte sie nicht viel übrig, die Flasche aber und eine Schale Weintrauben trug sie auf die Terrasse und machte es sich in ihrem schattigen Eckchen bequem, um dort die nachmittägliche Mußezeit zu verbringen, auf den Dunst überm Meer zu starren und trotz gelegentlich aufbrandenden Verkehrslärms dem An- und Abrollen der Wellen über dem weichen grauen Sand zu lauschen. Mit der zweiten Flasche ließ sie sich Zeit und trank langsam, genoss die Wirkung. Manchmal glaubte sie, glücklich zu sein, hellwach und überflutet von Erinnerungen an jene Zeit, in der Papa noch er selbst und sie das hübscheste Mädchen der Stadt gewesen war. Manchmal schlief sie auch auf ihrem Liegestuhl ein, nur um eine Stunde später wieder aufzuwachen, leicht beduselt und ohne zu wissen, wo sie war, den Kopf noch voll mit reinen, grausamen Träumen vom Roccolo. An Tagen, an denen neue Mieter eintrafen, trank sie allerdings nicht, sondern saß auf ihrer kleinen Terrasse auf der anderen Seite des Apartmenthauses und wartete gespannt darauf, wer kommen würde. Vor Jahren waren alle drei Stockwerke des Hauses noch von diversen Mitgliedern der Familie bewohnt worden; Leute, die sie nicht näher gekannt hatte oder wenn doch, an die sie sich kaum mehr erinnerte. Mittlerweile gehörte Papa das gesamte Gebäude.

Er hatte es über die Jahre Stück für Stück gekauft und vermietete die oberen Wohnungen nun von April bis September, vorwiegend an Feriengäste aus England. Heute traf eine neue Familie ein, und obwohl weder sie noch ihr Papa mit dieser Seite des Geschäfts etwas zu tun hatten – das managte eine Agentur –, blieb sie den langen Nachmittag über nüchtern, zumindest bis Bebbe mit seinem Lieferwagen die Neuankömmlinge vom Bahnhof in Salerno hergebracht hatte. Eigentlich gab es keinen Grund, ihren normalen Tagesablauf zu ändern, doch jedes Mal, wenn ein frischer Schwung Touristen eincheckte, saß sie wartend in ihrem kleinen, durch eine Oleanderreihe von der eigentlichen Terrasse abgetrennten Eckchen und hoffte darauf, dass diesmal ein Junge dabei sein würde, mit dem sie spielen konnte. Ein hübscher Junge, zwölf, dreizehn Jahre alt, schüchtern, aber nicht zu sehr, ein Junge mit blauen Augen und dunkelblondem Haar vielleicht, der eigentlich keine Lust hatte, zwei Wochen mit seinen Eltern an der Amalfiküste zu verbringen, da doch all seine Freunde zu Hause geblieben waren.

Jetzt war es zwei Uhr und die Stadt unter der hohen Mittagssonne verstummt. Guido, der alte Mann, saß an seinem gewohnten Platz zwischen Straße und Terrasse, hockte auf der Kante eines ramponierten Liegestuhls und reckte den Hals, um zu sehen, wer am Strand entlanglief oder welche der Schwestern Marinelli im Café ihres Vaters auf der anderen Straßenseite bediente. Manchmal hielt ein Gast ihn für einen Bettler und warf ihm einige Münzen in die gesprungene Emailletasse zu seinen Füßen, aber er war kein Bettler, war früher vielmehr jemand Besonderes gewesen, ein erstklassiger Jäger und kluger, kraftvoller Mann aus den felsigen Bergen hinterm Dorf, geschickt im Umgang mit leblosen Dingen und gesegnet mit einem seltenen Wissen über Tiere, vor allem über Vögel. Er war es auch, der sie zum ersten Mal zum Roccolo mitgenommen hatte, den Bergpfad hinter der Stadt hinauf, und er hatte ihr gezeigt, wie man den Vogel stillhielt, während man ihm die Augen ausstach, rasch, ohne zu zögern, doch akkurat und sehr sorgsam, wie man mit einer silbernen Nadel die hellen kleinen Knopfaugen durchbohrte, nur die Augen. In jenen Tagen war Guido ein stiller, scheuer Mann gewesen, der sich nicht für andere interessierte, sondern für sich blieb, und Eloise hatte sich geehrt gefühlt, als er sie erwählte, sein größtes Geheimnis mit ihr zu teilen. Natürlich nutzte heute niemand mehr das Roccolo. Niemand betörte auf diese Weise noch Vögel vom Himmel, band einen blinden, kläglich piepsenden Lockvogel in einer kalten Steinkammer an, damit er andere in die Netze köderte. Guido war der Letzte seiner Art gewesen, und Eloise hatte nie recht verstanden, warum er gerade sie ausgesucht hatte, um diese alte Tradition fortzusetzen. Sie konnte sich heute nicht mal mehr daran erinnern, wann genau sie ihre ausgedehnten Wanderungen in die Berge aufgenommen hatten, jedenfalls war es lang vor Guidos »Unfall« gewesen. So nannten die Leute es heute, einen *Unfall* – dabei war das eine Lüge, und alle wussten es: Eines Abends im zeitigen Frühjahr war Guido, als er von den Bergen herabstieg, von mehreren Männern überfallen und so zusammengeschlagen worden, dass sein Kopf dauerhaften Schaden genommen hatte. Seither saß er vor Papas Tor, und aus einem Winkel tief in sich drinnen sah er die Welt vorüberziehen. Papa achtete darauf, dass Eloise ihm hin und wieder etwas zu essen brachte und ein bisschen Wein, damit er sich nicht im Stich gelassen fühlte. Allerdings redete er kein Wort mit ihr. Früher einmal hatte er ihr die Geheimnisse des Lebens verraten, hatte ihr alles über die Tiere in den Bergen und die alten Volksbräuche erzählt, damals, lang bevor sie geboren wurde. Heutzutage sagte er jedoch nichts mehr, warf ihr nur einen neugierigen Blick zu, wenn sie das Tablett zu seinen Füßen abstellte, fast als fragte er sich, wer sie wohl sein mochte und warum sie so freundlich zu ihm war. Große Mühe gab er sich allerdings nicht, denn einen Moment später wandte er sich von ihr ab und blickte wieder über die Straße, dahin, wo Angela Marinelli die Tische im blauen Schatten des Gartencafés ihres Vaters abräumte.

Vielleicht war sie kurz eingeschlafen, oder aber sie waren sehr leise in den Hof gefahren, jedenfalls sah Eloise die neuen Gäste erst, als sie ihr Gepäck aus Beppes Lieferwagen luden. Keine komplette Familie, nur Vater und Sohn, und auf den ersten Blick wirkten beide nicht gerade vielversprechend; der Mann, der dem Fahrer ständig vor die Füße lief, weil er darauf bestand, ihm zu helfen, während sich der Junge abseits hielt, da ihm die wohlmeinende Tollpatschigkeit des Vaters sichtlich peinlich war – und Eloise sah gleich, dass dieses peinliche Gefühl nichts Neues für ihn war, dass es sich vielmehr um eine altvertraute Empfindung handelte. Vorfälle wie dieser gehören offenbar zu seinem Alltag, und Eloise wusste, sie würde das später zu ihrem Vorteil nutzen können. Er war kein gut aussehender Junge – ehrlich gesagt, hatte er etwas Seltsames an sich, etwas nicht Zusammenpassendes, als wäre dem Körper eines Zehnjährigen das Gesicht eines Teenagers aufgesetzt worden – trotzdem wusste Eloise gleich, dass er der Richtige sein würde. Zwei Wochen zuvor hatte sie ihren dreiundvierzigsten Geburtstag gefeiert, auf die übliche Weise, also mit zwei Flaschen Wein und mehreren Gläsern Grappa, gefolgt von einem Tag und einer Nacht im Bett, doch hatte sie nie den Eindruck gehabt, es gäbe eine echte Kluft zwischen ihr und jenen Jungen, die sie sich jeden Sommer auswählte, immer auf den ersten Blick, und auch diesmal war es nicht anders. Wie all diese Jungen hatte auch er etwas Besonderes an sich, etwas, was nur sie sehen konnte, und die Tatsache, dass sie fast dreimal so alt war wie er, hatte rein gar nichts zu bedeuten, war sie zuinnerst doch immer noch das freche, schlagfertige Mädchen, das ihr Papa so geliebt hatte. Außerdem beherrschte sie das Spiel, das sie mit ihm spielen wollte, meisterlich, und kein Alters- oder Interessensunterschied konnte verhindern, dass es genau den Verlauf nahm, den sie sich wünschte.

Sie spielte dieses Spiel nun schon seit zehn Jahren und erwählte sich stets einen Jungen aus einer dieser englischen Familien, die sich in Papas Wohnung einquartierten, um die Küste zu erkunden und in der sommerlichen Hitze mit dem Regionalbus nach Amalfi zu fahren oder die steile, kurvige Straße hinauf nach Ravello. Manchmal musste sie lange warten, doch erwählte sie sich immer einen der Jungen mehr oder weniger wie diesen zu ihrem speziellen Freund. Manche waren schüchtern und verschlossen, der einzige Sohn in einer Familie, in der es außer ihm nur Mädchen gab, oder der Junge war leichtfertig und unbekümmert, was letztlich aber keine Rolle spielte, da es stets auf dieselbe Weise endete. Und immer wusste sie schon beim ersten Anblick, dass *er* genau der richtige Junge für die Geschichte war, die sie zu erzählen hatte. Vor ihrem Papa musste sie das natürlich geheim halten, er hätte es nicht verstanden, aber das war nicht weiter schwierig. Papa blieb seit einiger Zeit meist für sich und verließ nur noch selten die kleine Wohnung im rückwärtigen Teil des Gebäudes, weshalb sie ihn oft mehrere Wochen lang kaum sah. An manchen Sonntagen rasierte er sich, zog den alten Nadelstreifenanzug an und klopfte an ihre Tür, um ihr zu sagen, dass es Zeit für die Messe sei, und gelegentlich begleitete sie ihn bis zur Kirche und trennte sich am Portal von ihm, um dann dem schmalen Pfad am kleinen Friedhof vorbei zu den dahinterliegenden Feldern zu folgen. Natürlich konnte sie nicht mit ihm in die Kirche gehen; das wäre zu viel gewesen. Dazusitzen und dem Priester zuzuhören, während die alten Weiber sie unter die Lupe nahmen, sich ihre Kommentare und Beobachtungen für später aufsparten, wenn sie zusammen in die zunehmende Hitze hinausträten – das war mehr, als sie verkraften konnte. Über ihren Papa redeten sie natürlich auch, was irgendwie noch schlimmer war, obwohl Eloise wusste, dass es ihm nichts ausmachte. Ihn kümmerte das nicht, sie aber schon, war er doch besser als irgendeine von denen, besser als alle zusammen, was immer sie auch redeten.

Das mit den Jungen verstand er allerdings nicht, verstand auch nicht, dass es nur ein Spiel war. Er glaubte, seine schöne Tochter sei grundlos grausam, mache den Jungen etwas vor und quäle sie; ebenso wenig begriff er, dass sie nicht anders konnte. Sie konnte nicht anders, denn so funktionierte dieses Spiel nun einmal; außerdem *liebte* sie diese Jungen, jeden einzelnen. Natürlich war ihr klar, wie wichtig es war, diese Liebe zu verheimlichen: Am Anfang, damit sie in die Falle tappten, und am Ende, weil sie die Jungen wieder freigeben und ihren Familien überlassen musste, ihrer Welt der Computerspiele und Mathehausaufgaben, die letztlich alles war, was sie wirklich kannten. Eine Zeit lang hatte sie versucht, ihnen eine andere Welt zu zeigen, und manchmal schien der eine oder andere beinahe zu begreifen, doch kam die Zeit, hasteten sie alle eilfertig zurück zu ihrer Mutter, den großen Schwestern, zurück in die Sicherheit. Das war natürlich enttäuschend, ließ sich aber nicht vermeiden – und sie liebte sie trotzdem, erinnerte sich an einen jeden mit einer ganz eigenen, persönlichen Zuneigung, so wie die Jungen lernten, sich irgendwo in ihrem Hinterkopf an jenen seltsamen zwölften oder dreizehnten Sommer zu erinnern, in dessen Verlauf ihnen kaum mehr als ein flüchtiger Blick auf jene Schönheit gewährt worden war, die sie erst viel, viel später verstehen sollten, dann nämlich, wenn sie weit fort und schon erwachsen waren.

Sie brauchte nicht lange zu warten, bis der neue Junge sich wieder blicken ließ. Was sie allerdings nicht sonderlich überraschte: Die Eltern schickten ihre Kinder immer zum Spielen nach draußen, während sie auspackten und herauszufinden versuchten, wie Herd und Fernseher funktionierten. Und die Kleinen, die man ermahnt hatte, sich nicht allzu weit zu entfernen, rannten meist auf die Terrasse und blieben dann so nahe am Tor stehen, wie sie sich nur trauten, Guido immer im Blick – der gern noch ein Weilchen auf seinem ramponierten Liegestuhl hocken blieb, ehe er sich nach Hause verzog – und zugleich neugierig auf das, was die Welt da draußen ihnen zu bieten hatte. Und so war noch keine halbe Stunde verstrichen, als der Junge sich zeigte und einen Moment oben auf der Treppe stehen blieb, um auf das Meer hinauszusehen. Er trug ein dunkelblaues Herrenhemd – keine gute Wahl bei dieser Hitze –, dazu eine grün-schwarze Tarnhose. Eloise bemerkte er anfangs nicht, sah aber Guido und zögerte deshalb kurz, ehe er die Treppe hinablief. Unterdessen entdeckte Eloise den Grund für das hochgeschlossene Hemd. Manche Kinder hätten es dreist zur Schau gestellt, andere hätte es überhaupt nicht gekümmert, dieser Junge aber war sensibel, und obwohl der dunkelrote Fleck an seinem Hals eindeutig ein Muttermal war, konnte er ihn offenbar nie gänzlich vergessen; er war ihm peinlich, machte ihn verlegen, machte ihn zu einem Jungen, der sich davonschleichen und allein sein wollte, dort, wo ihn niemand sehen konnte. Auf diese Entfernung ließ sich allerdings nicht erkennen, wie groß das Mal war. Eloise trat hinter den Oleanderbüschen hervor, um den Jungen abzufangen, der zögerlich tänzelnd, halb gehend, halb hüpfend, die Stufen nach unten nahm und Guidos wegen offensichtlich Lässigkeit mimte für den Fall, dass der alte Mann doch nicht so selbstversunken war, wie es den Anschein hatte. »Aha«, sagte sie. »Du bist gerade erst angekommen.«

Der Junge fuhr zusammen – er hatte sie vorher wohl nicht bemerkt –, fasste sich aber rasch wieder und nickte nach einem kurzen Moment. »Ja«, sagte er. »Mit meinem Dad.«

Wie immer gestattete Eloise ihm kaum, den Satz zu Ende zu bringen. »Und wie lange bleibst du?«, fragte sie rasch, als sei diese Information für ihre eigenen Pläne wichtig.

»Nur vierzehn Tage«, erwiderte der Junge und wandte den Blick ab. Eloise merkte ihm an, dass er höflich zu bleiben versuchte, dass er aber lieber raus an den Strand wollte, um mit den Jungen aus dem Ort Fußball zu spielen oder sich auf einen der großen Felsen an der Mole zu setzen und ein Eis zu essen.

»War das eben dein Vater? Der versucht hat, Beppe mit dem Gepäck zu helfen?«

Der Junge sah sie kurz an und nickte wieder.

Eloise lächelte. »Aha«, sagte sie. »Tja, tut mir leid für dich. Er muss dir mächtig peinlich sein.«

Und da hatte sie endlich seine volle Aufmerksamkeit. Der Junge wirkte verwirrt und glaubte, sie missverstanden zu haben. Vielleicht fragte er sich auch, ob Eloise sich falsch ausgedrückt hatte – schließlich konnte er nicht wissen, dass ihr Englisch perfekt war. Dann aber schüttelte er den Kopf. »Nein, gar nicht«, sagte er. »Wie kommen Sie darauf?«

Jetzt war es an Eloise, nicht zu antworten. Stattdessen trat sie einen Schritt näher, um einen besseren Blick auf sein Muttermal werfen zu können, das unterm Hemdkragen kaum zu sehen war, dieser dunkelrote, marmorierte Fleck, der, wie sie wusste, nur ein kleiner Teil von etwas Größerem war, von etwas, was der Junge mit beträchtlicher Mühe unter dem dunkelblauen, zweifellos bei jedem Wetter bis zum Hals geschlossenen Hemd zu verbergen suchte. Sie fand ihn schön, diesen Fleck – aber Eloise wusste, sie sollte sich das für später aufbewahren, durfte ihm nach ihrer Bemerkung über seinen Vater nicht allzu sehr zusetzen. Also gestattete sie sich ein gütiges, verzeihendes Lächeln. Wenn es etwas gab, was sie durch ihr Spiel gelernt hatte, dann die Macht der Vergebung. Wer auch immer wen verletzt hatte – der Erste, der Vergebung anbot, gewann dadurch einen speziellen Vorteil. »Ach«, sagte sie, »wie heißt du überhaupt?«

Der Junge schien sich unsicher zu fühlen, war es natürlich auch, doch schließlich entschied er, dass es sich um ein Missverständnis handeln müsse; außerdem war er *Engländer*, nicht zu antworten, wäre unhöflich. Er sah Eloise einen Moment an, dann wandte er sich ab und richtete den Blick auf das Ende der Mole, dorthin, wo die kleine Fähre ankam. »Ich heiße Toby«, sagte er. »Toby Warren.«

Eloise gestattete sich eine kurze Pause. Sie konnte es kaum fassen. Nicht John, nicht Peter, nicht Mark oder James oder Matthew, sondern *Toby*. Besser ging es kaum – und als der Junge sich mit den ersten Anzeichen beginnenden Trotzverhaltens zu ihr umdrehte, erlaubte sie sich ein leises, kaum wahrnehmbares Schmunzeln. »Wirklich?«, sagte sie.

»Ja.«

»Toby?« Der Junge sagte nichts, aber Eloise wusste, sie *hatte* ihn. »Kurz für Tobias, oder?« Der Junge schüttelte andeutungsweise den Kopf, und Eloise sah ihm an, dass er sich fragte, ob sie sich über ihn lustig mache. »Tja«, sagte sie, »das nenne ich Pech.« Eloise schwieg gerade lang genug, um ihm zu verstehen zu geben, wie sehr sie ihn bedauerte. »Was *hat* sich deine Mutter nur dabei gedacht?«, fuhr sie fort. »Ein so hübscher Junge wie du.« Eloise konnte nicht umhin, das leichte Erröten des Jungen zu bemerken, als sie seine Mutter erwähnte; und sie gönnte sich eine weitere längere Pause. Das war einfach zu gut, um wahr zu sein. Ein Junge namens Toby mit einem Muttermal, dessen Eltern kürzlich geschieden worden waren. Sie lächelte. »Vielleicht eine Verwechslung?«

Toby wandte wieder den Blick ab, und Eloise wartete einen Moment, ehe sie erneut zu reden begann. »Wo *ist* deine Mutter überhaupt?«, fragte sie in aller Unschuld – um dann, ehe er sich eine Antwort auch nur überlegen konnte, nach seinem Hemdkragen zu langen und ihn gerade so weit herunterzuziehen, dass sie sein dunkles, himbeerrotes Muttermal in vollem Umfang sehen konnte. »Was ist denn hier an deinem Hals?«, fragte sie, hielt das Hemd noch einen Moment länger fest, ließ es dann behutsam los und sah ihm in die Augen.

Er trat einen Schritt zurück, die Hand an der Kehle, und drehte sich halb weg. »Nichts«, sagte er. »Nur ein Muttermal.« Tapfer blickte er sie an. »Tut nicht weh oder so«, sagte er.

Eloise lächelte. »Na, dann ist ja gut«, erwiderte sie. »Aber ich muss dir sagen« – und jetzt verdüsterte sich ihre Miene gerade lang genug –, »den *Mädchen* wird das nicht gefallen.« Entscheidend war natürlich das Timing. Das wusste sie aus jahrelanger Erfahrung. Das Lächeln, der mitfühlende Gesichtsausdruck, gefolgt von einer eher beiläufigen Bemerkung, nichts Ernstes, nicht so richtig, doch ernst genug, um wehzutun. Eine emotionale Papierschnittwunde sozusagen – und dann die Heilsalbe. Sie lächelte wieder. »Na ja, manchen Mädchen jedenfalls nicht, aber was wissen *die* denn schon?«

Sie schaute ihm in die Augen – ein freundlicher, beschwichtigender Blick – und wartete darauf, dass er etwas erwiderte, wobei sie natürlich wusste, dass er nichts sagen würde. Er hatte nichts zu sagen, er wartete einfach bloß darauf, von ihr erlöst zu werden, damit er auf sein Zimmer rennen und darüber nachdenken konnte, was für eine Sorte *die* Mädchen waren. Die blöden? Die hübschen? Eloise konnte sich natürlich denken, für welches Zimmer er sich entschieden hatte, und sie malte sich aus, wie er auf dem Bett mit der rot-grünen Tagesdecke lag oder im Sessel am Seitenfenster saß und die Tränen zurückdrängte. Das taten sie alle – zumindest die, für die sie sich entschied. Vielleicht wählte sie sie deshalb aus, weil sie so zartbesaitet waren, das mochte sie an ihnen. Die Macho-Jungen waren gar nicht so stark, denen fehlte es nur an Fantasie. »War nett, dich kennenzulernen,

Toby«, sagte sie. »Ich hoffe, wir sehen uns noch öfter, solange du hier bist.«

Der Junge schüttelte leicht den Kopf, dann nickte er. »Ja«, sagte er und dachte einen Moment nach, ehe er mit einer so tiefen Stimme, dass es fast schon komisch klang, hinzusetzte: »Ich muss jetzt los.«

Eloise lächelte. »Natürlich«, sagte sie und machte den Mund erst wieder auf, als der Junge schon halb die Treppe hinauf war. »Ach«, sagte sie. »Ich habe ganz vergessen, mich vorzustellen.«

Der Junge blieb einige Stufen über ihr stehen, und es freute sie, dass er einen Moment innehielt, bevor er sich zu ihr umblickte. Manchmal taten sie das nicht, was stets ihren Zweifel weckte, aber Toby drehte sich um und sah sie mit einem scheuen, ungewissen Blick an, fast als hätte er etwas gesagt oder getan, was er bedauerte. Mit ihrem Nicken gewährte Eloise ihm einen schwachen Vorgeschmack auf ihre Anerkennung. »Mir gehört dieses Haus, Toby, und ich heiße Miss Sereni«, sagte sie, »aber *du* darfst mich gern Eloise nennen.«

Den restlichen Nachmittag über saß Eloise still da und genoss die Erinnerung an ihre kleine Provokation. Der Blick des Jungen, als sie die Mädchen erwähnte. Die leicht brüchige Stimme, mit der er antwortete. Sie genoss diese Momente, während sie darauf wartete, dass er wieder auftauchte – was natürlich unvermeidlich war, da die Gäste an ihrem ersten Abend ausgehen und die Stadt erkunden sowie die Speisekarte an der Tür jedes Restaurants studieren mussten, um sich dann, je nach Vorliebe oder Portemonnaie, zu entscheiden, wo sie an ihrem ersten Urlaubsabend einkehren würden. Wie der Zufall es wollte, brauchte sie nicht lang zu warten, bis die beiden aus ihrem Apartment im ersten Stock auftauchten, der Junge jetzt in nagelneuen Jeans und einem roten Pullover, der

Vater immer noch in den Sachen, die er auf der Reise getragen hatte. Eloise fragte sich, wo die Frau war und wer von wem verlassen worden war. Die Tatsache, dass der Mann sich nicht einmal die Mühe gemacht hatte, sich umzuziehen, ließ vermuten, dass er neu gewonnene Freiheiten genoss – später würde er sich bestimmt mehr anstrengen, entweder dem Jungen oder sich selbst zuliebe. Und sie war sich ziemlich sicher, dass sie richtiglag mit ihrer Vermutung, er sei erst seit Kurzem geschieden. Natürlich bestand immer auch die Möglichkeit, dass er Witwer war – was wirklich ein Geschenk wäre. Scheidung war gut, noch besser aber war – aus naheliegenden Gründen – eine tote Mutter, und am besten war ein nicht lang zurückliegender Tod. Ein Todesfall in jüngster Vergangenheit ist wie eine Tür zum Herzen, ein sanfter Druck, und man ist drinnen, ab dann ist alles möglich.

Sie wollte natürlich nicht zu aufdringlich sein. Nötig wäre an diesem ersten Abend nur die allerkleinste Geste, ein freundliches Wort, ein Lächeln, der Hinweis, wo es die beste Pizza gab. Natürlich würden sie eine Pizza wollen. Die Sommergäste fingen immer mit dem an, was die Kinder kannten. Pizza, Lasagne, Spaghetti alla carbonara. Lauwarme Ravioli in einer cremigen, doch seltsam faden Soße. Sie hatten eine lange Reise hinter sich und wollten nur etwas Vertrautes, nichts Fremdartiges mit *polpi* oder Artischocken, das würden sie erst später probieren, wenn sie richtig angekommen waren und Lust auf Abenteuerliches hatten.

Der Junge sah sie sofort. Er hatte natürlich nach ihr Ausschau gehalten, schon seit dem Augenblick, da der Vater die Tür geöffnet hatte und sie auf den Absatz oberhalb der Treppe zur Terrasse getreten waren. Der Mann schien ganz in seiner eigenen Welt versunken und murmelte unglücklich in sein Handy, während er die Stufen hinabstieg, zu abgelenkt, um sich auf ein Gespräch einzulassen. Anfangs, als sie hinter den Oleanderbüschen hervortrat, hatte er sie nicht einmal bemerkt, und als er sie dann doch registrierte, nickte er nur kurz, um sich gleich wieder auf sein Handy zu konzentrieren. »Na ja, gut und schön«, sagte er, »aber du darfst nicht vergessen ...« Er brach ab und lauschte der Stimme am anderen Ende; mehr nahm Eloise nicht von ihm wahr. Sie fing den Blick des Jungen auf, und obwohl nicht zu übersehen war, dass er sich am liebsten von ihr abgewandt hätte, gelang es ihm nicht. In ebendiesem Moment setzte sie ihr charmantestes Lächeln auf: ein freundliches, unschuldiges, zugleich fast flirtendes Lächeln, das den Jungen völlig überraschte, aber dennoch nicht halb so sehr wie die Reaktion, die er nicht gänzlich zu unterdrücken vermochte, ehe er und sein Vater zum Tor hinausgingen und in der Menschenmenge auf der Straße verschwanden. Er hatte es nicht gewollt, hatte es aber auch nicht verhindern können, keine grüßend gehobene Hand, aber doch ein leichtes Zucken, so als wollte er ihr zuwinken oder im Vorübergehen ihren Arm berühren, fast als hätte er plötzlich gegen seinen Willen beschlossen, dass sie ihn begleiten solle.

Es war spät. Eloise schenkte sich Wein ein und setzte sich ans Fenster des großen Wohnzimmers mit Blick auf die Straße. An ihrem ersten Tag taten ihr die Jungen immer leid: Sie hofften auf einen Urlaub am Strand, aber dafür war dies nicht der richtige Ort; der Sand war hier staubig und grau, nicht weiß wie an den Stränden weiter im Süden, und an den meisten Vormittagen war die Küste mit Papiermüll, Plastik und alten, mit dem Wachs heruntergebrannter Kerzen verschmierten Dosendeckeln übersät. Gelegentlich fand man auch eine gebrauchte Spritze im Sand, woraufhin immer ein wenig Theater gemacht wurde wegen nachlassender Standards, dabei war dies eigentlich noch nie ein Ferienort für Leute jenes Schlags gewesen, die Papas Wohnung mieteten. Attraktionen für Kinder gab es hier nicht, bloß ein Heimatmuseum mit ein paar alten Amphoren und Mosaikresten, und es gab auch keine Marina mit Vergnügungsbooten, die Urlauber nach Capri brachten, so wie weiter unten an der Küste, nur eine Mole, an der die Fähre auf ihrem Weg nach Osten in Salerno anlegte. Am besten eignete sich diese Stadt noch als Ausgangspunkt für Tagestouren, aber damit konnte ein Junge wie Toby nichts anfangen, der nach draußen laufen und sich gleich darauf an einem sauberen, breiten Strand wiederfinden wollte, wo sich kilometerweit goldener Sand in alle Richtungen erstreckte.

Zum Glück gab es jedoch die Geschichte. Wenn Eloise sich den einen Jungen des Jahres aussuchte – mehr hätte den Zauber gemindert –, gestattete sie ihm, Teil ihrer Geschichte zu werden. Manchmal widerstanden sie ihr, meist aber ließen sie sich bereitwillig auf ihre Pläne ein, und es gab sogar Zeiten, in denen sich alles fügte, fast zumindest. Menschen sind fern von zu Hause leichter zu beeindrucken, und das, was Eloise anzubieten hatte, war zudem sehr aufregend, nicht bloß weil es all jenen Geschichten widersprach, die den Jungen von ihren Eltern über die Welt erzählt worden waren, sondern auch weil jeder Junge nach der ersten Begegnung – nach der ersten Zurechtweisung, der ersten verletzenden Bemerkung oder der ersten Andeutung der eigenen Wertlosigkeit – glaubte, er habe irgendwie sein Gesicht verloren, und sich verzweifelt bemühte, Eloise wieder für sich zu gewinnen. Manchmal war es sogar *zu* einfach: Schließlich ist allgemein bekannt, dass junge Menschen sich im Urlaub langweilen, und wer sich langweilt, ist leichter zu verführen. Insbesondere wenn ihnen ein Geheimnis geboten wird. Später denken sie vielleicht zurück und erinnern sich an *gelati* und Picknicks, an Strandnachmittage und Abende in Pizzarestaurants, dabei hatten diese glücklichen Momente meist etwas Bemühtes, und dazwischen lagen Stunden der Langeweile, des Frusts, Stunden, in denen man nur darauf wartete, dass die Erwachsenen endlich fertig wurden, oder in denen man durch Museen und alte Ruinen trottete, die anzusehen angeblich lehrreich war. Eloise bot ihnen dagegen eine Pause von alldem, die Versuchung, ungehorsam zu sein, unkindlich. Ein Glas Wein. Die bloße Ahnung eines Flirts. Eine andere Art Spiel als jene, die sonst von diesen Jungen gespielt wurde – und eine andere Art der Anerkennung. Es gab also Zeiten, in denen es viel zu leicht war, aber Eloise hatte sonst nichts, und was sie tat, tat sie aus Liebe. Papa hätte das nie verstanden, aber es stimmte trotzdem. Jedes Jahr suchte sie sich einen Jungen aus, dabei hatte sie eigentlich keine Wahl: Die Entscheidung fiel in dem Moment, da sie ihn die Treppe zum Apartment im ersten Stock hinauflaufen sah, aufgeregt, weil er an einem neuen Ort war, oder wenn er am Tor herumtrödelte, auf den Weg zum Strand hinausblickte und ungeduldig darauf wartete, dass die Eltern mit dem Auspacken fertig wurden, damit sie ans Meer gehen konnten. Natürlich durfte sie sich ihre Gefühle nicht anmerken lassen; sie musste in ihrer Rolle bleiben und die Geschichte Schritt für Schritt in der festgelegten Ordnung durchspielen. Da konnte sie beim ersten Treffen schon mal ein wenig barsch klingen, aber das war jetzt vorbei, und sie freute sich nun auf den besten Teil. Eloise wusste, dass Toby an sie denken würde, während er mit seinem Vater in der Pizzeria saß, und er würde später an sie denken, wenn er im Bett las oder Computer spielte. Sie hatte ihm ihre Anwesenheit bewusst gemacht, und während der nächsten Tage würde sie sein Leben infiltrieren, würde sich in seine Gedanken drängen, wenn er am wenigsten damit rechnete, etwa bei einem Spaziergang am Strand oder wenn er sich abends hinlegte, den Kopf noch voller Geräusche, und schlafen wollte, aber nicht konnte. Für sich genommen war die Grausamkeit jenes Nachmittags bedeutungslos, doch in dem einen Moment, als sie sich auf der Terrasse begegneten und sie ihm ihr freundliches, mädchenhaftes Lächeln schenkte, hatte sich seine ganze Welt verändert. Und er kam stets als Überraschung, dieser Wandel: Allein dass die Jungen, wenn man bloß eine Unklarheit schuf, sich stets so begierig bemühten, gemocht zu werden, so verzweifelt hofften, noch einmal ihr Lächeln zu sehen und so eifrig darauf bedacht waren, keine weitere Demütigung zu erdulden. Es erstaunte sie jedes Mal wieder aufs Neue, dieses Verlangen, geliebt zu werden. Besäßen sie auch nur ein Quäntchen Verstand, wären sie an diesem ersten Tag gegangen, aber das taten sie nie. Sie kamen stets zurück. Sie wollten immer Teil der Geschichte sein, egal welcher – und deshalb liebte sie die Jungen mehr als irgendjemanden sonst, mehr noch als ihren Papa.

Am nächsten Tag blieb Eloise in ihrer Wohnung, damit Toby sich eingewöhnen konnte. Es hatte keinen Sinn, die Dinge zu überstürzen, das wusste sie aus Erfahrung. Sie musste dem Jungen Zeit lassen, sich zurechtzufinden; erst wenn ihm klar geworden war, wie wenig die Stadt zu bieten hatte, konnte die Geschichte beginnen. Manchmal war es schwierig, ihn hineinzuziehen – die Familie hatte ihre eigenen Pläne, und manche Eltern waren überraschend aufmerksam, aber Eloise wusste, diesmal würde es nicht so sein. Tobys Vater war mit einer Mappe voller Papiere gekommen, und auch wenn er gewiss die besten Absichten hatte und mit seinem Sohn die Promenade entlangschlendern oder mit ihm beim Essen in der einen oder anderen Pizzeria am Strand lange Gespräche führen wollte, würde Toby sich eher früher als später im Hof blicken lassen und einsam und verloren dreinsehen. Manchmal dauerte es eine Weile, meist aber ergab sich schon am dritten Tag eine Gelegenheit, auf ihren neuen Freund zuzugehen und ihn besser kennenzulernen. Am zweiten Tag jedoch hielt sich Eloise immer von ihm fern und hockte wie eine Witwe im dunklen

Hinterzimmer ihres Apartments, zur Gesellschaft eine Flasche Wein und ihre alten Alben. Lange betrachtete sie jedes Foto, erinnerte sich daran, wann es aufgenommen worden war, wie alt sie, wie alt ihr Papa auf den Bildern gewesen sein musste, und während sie umblätterte, trank sie stetig weiter, bis sie irgendwann am Abend von den Geräuschen der *passeggiata* geweckt wurde. Danach konnte sie stundenlang nicht wieder einschlafen, also hörte sie Radio oder las bis ein, zwei Uhr früh. Ging sie schließlich zu Bett, träumte sie vertraut Schreckliches von ihrem Papa und dem Tag, an dem Guido aus dem Krankenhaus nach Hause gekommen war, die Augen fremd, die alte Kraft verschwunden.

Nach der ruhelosen Nacht war Eloise am Morgen des dritten Tages meist ziemlich müde, und weil sie zu viel Wein getrunken hatte, tat ihr alles weh, trotzdem trug sie einen hölzernen Stuhl auf die Terrasse und stellte ihn an den Fuß der Treppe, nur wenige Schritte von Guido entfernt, der wie immer am Tor Wache hielt und auf die Straße schaute wie ein Heiliger des Mittelalters in Erwartung der Wiederkehr Christi. Er wusste natürlich, dass Eloise da war, aber bis auf jenen flüchtigen, verdutzten Blick, wenn sie ihm sein Essen brachte, sah er nie zu ihr herüber – und das war der traurige Teil der Geschichte, da sie doch so gute Freunde gewesen waren. Eloise erinnerte sich, wie glücklich es sie als Kind gemacht hatte, neben Guido im Roccolo zu stehen, wie sie den Augenblick geliebt hatte, wenn sie zurückkehrten und die kleine Steinkammer voller Vögel vorfanden, gefangen in einer einzigen dunklen Masse uralter Netze – kein Schwarm zufälliger, verlorener Kreaturen, sondern ein großer Leib, der untröstlich, doch seltsam schön um den Himmel trauerte. Beim ersten Mal hatte er sie überrascht, dieser Augenblick. Sie hatte erwartet, ihn traurig zu finden, vielleicht auch ein wenig beängstigend, dabei war er so schön gewesen, dass es sie schwindlig vor Freude machte, auch nur daran zu denken, daran, dass sie ein

Teil von alldem war, dass dieser riesige Leib eingefangenen Fliehens irgendwie ihr gehörte – und Guido war das nicht entgangen, natürlich nicht, in jenen Tagen entging ihm nichts. Er hatte es bemerkt, doch kein Wort gesagt, hatte sich nur umgedreht und gelächelt, um ihn herum die flatternde Masse, fast wie ein hinreißender, gruseliger Theatermoment, der einzig für sie geschaffen worden war. Und dann hatte er gelacht, leise, doch nicht so, wie ein Mann mit einem Kind lacht. So hatte er sie nicht behandelt, nie. Er hatte sie immer wie eine Erwachsene behandelt. Wie eine Frau.

»Gefällt dir das?«, fragte er.

Eloise nickte. »Ja«, sagte sie, plötzlich ein wenig außer Atem. »Es ist – wunderschön.«

Da lächelte Guido, lachte aber nicht, und sie wusste, dass er verstand, was sie meinte, da auch er es wunderschön fand. Er empfand dasselbe wie sie, und er legte ihr eine Hand auf den Arm und ließ sie einen Moment liegen, als wollte er die Zeit verlangsamen, wollte die wenigen Sekunden eine Ewigkeit dauern lassen. »Es *ist* wunderschön«, sagte er. »Nur sieht das nicht jeder.«

Damals war Eloise so glücklich gewesen, Guidos Hand auf ihrer nackten Haut und um sie herum die Vögel, die zu fliegen versuchten. Jetzt aber war er weit fort in seiner eigenen Welt, und sie verstand nicht, warum. Es gab eine Zeit vorher und eine Zeit danach, aber das hatte mit mehr als nur dem sogenannten Unfall zu tun und hatte alles verändert, nicht bloß Guido und sie, sondern auch ihren Papa. Selbst die Menschen in der Stadt hatte der Unfall verändert, all ihre Nachbarn und Freunde, die keine Nachbarn und Freunde mehr waren, weshalb es jetzt so wirkte, als gäbe es zwei Welten oder auch zwei Leben. Das erste war bunt und wie von innen erhellt, der Wald hinter der Stadt voller Schmetterlinge und Wildvögel, Guido stark und groß und geheimnisvoll, Guido, der sowohl in der Stadt wie in den Bergen lebte, und Papa, der sein besonderes

Mädchen jeden Abend zur *passeggiata* ausführte, sie beide in jenen Tagen allgemein bekannt und von jedem gegrüßt, da alle Freunde oder Nachbarn oder Geschäftspartner ihres Papas waren. Dagegen war das Leben, das sie jetzt führte, blass und farblos, ein Leben der Verschwiegenheiten und der Blicke, die sie nicht verstand, Guido, der wie ein *pazzo* auf die Straße starrte, und Papa kaum mehr als ein Schatten, der sich in irgendeinem dämmrigen Winkel seiner Wohnung verbarg und nur herauskam, wenn sie etwas falsch gemacht hatte. Es war, als wäre alles, was sie einmal gekannt hatte, verschwunden – und dieser dritte Tag war stets ein wenig traurig, denn während sie hier hockte und darauf wartete, dass der erwählte Junge sie fand, konnte sie nicht umhin, an das zu denken, was sie verloren hatte, ohne auch nur zu ahnen, wie sie es verloren hatte oder warum. Zugleich aber war er, dieser dritte Tag, auch ein fester Bestandteil der Geschichte: Teil jenes Rituals, das den Weg zu dem ebnete, was als Nächstes geschah; und sosehr sie auch darunter litt, musste sie diesen Tag doch durchstehen. Sie musste ihn durchstehen, weil er dazugehörte, denn ohne ihn wäre die Geschichte nicht vollständig.

Nicht dass es keine Erleichterung war, wenn ihr erwählter Junge auftauchte, etwa mit noch nassem Haar vom Strand kam, das aufgerollte Handtuch unterm Arm, oder wenn er am späten Vormittag auf die Terrasse schlenderte, um die Zeit totzuschlagen, solange die Erwachsenen sich ums Essen kümmerten. Diesmal war es fast Mittag, als Toby auf den Treppenabsatz vor der Wohnung trat und dort lange verharrte, unsicher, was er mit sich anfangen sollte, ehe er sie schließlich bemerkte, wie sie lächelnd von unten zu ihm heraufschaute. Unbehaglich blickte er von Eloise zu Guido und wieder zurück, seine Miene eine Mischung aus Verlegenheit und Besorgnis, und sie sah, dass er fürchtete, sie könne etwas Grausames sagen oder tun – was natürlich nicht bedeutete, dass er in Ruhe gelassen, sondern nur, dass er sich ihrer Freundlichkeit versichern wollte. Ihr

Lächeln wurde wärmer. »*Buongiorno*«, rief sie, die Stimme hell und wohlwollend. »Hast du gut geschlafen?«

Der Junge nickte, sagte aber nichts.

»Prima«, sagte sie. »Und wie geht's deinem Vater? Schon eingewöhnt?«

Das Gesicht des Jungen verriet einen Anflug altgewohnter Enttäuschung, ehe es sich wieder fasste. »Dem geht's gut«, sagte er. »Muss nur ein bisschen arbeiten ...«

»Aha, dann bist du also für eine Weile allein?«

Wieder nickte der Junge. »Eine Weile«, sagte er. »Er wird aber bald fertig sein.«

»Nun gut«, sagte Eloise und tat, als würde sie die Lüge nicht durchschauen. »Ich wollte gerade zum Markt, ehe er schließt. Hast du Lust mitzukommen?«

Der Junge schüttelte den Kopf. »Weiß nicht«, sagte er.

»Dauert nicht lang«, sagte sie. »Und ich zeig dir auch, wo es das beste Eis an der ganzen Amalfiküste gibt.«

Der Junge zögerte kurz, dann sah er zurück zur Wohnung, in der sein Vater zweifellos noch in Arbeit versunken war. Der Junge wirkte unsicher, was bedeutete, dass er mitkommen wollte.

»Ist okay«, rief Eloise. »Wir bleiben auch nicht lang. Später könnt ihr beide dann, dein Vater und du, mit dem Bus nach Ravello fahren. Ravello ist wirklich schön.« Sie lächelte so glücklich, als plante sie, selbst hinzufahren, dabei war sie seit Jahren nicht mehr in Ravello oder sonst wo gewesen. »Jetzt komm schon«, sagte sie. »Ich erzähl dir unterwegs mehr davon.«

Anfang und Ende von Eloise' Geschichten mochten je verschieden sein, konstant aber blieb ausnahmslos und Jahr für Jahr, dass der dritte Tag das Muster für alle folgenden vorgab. Auch wenn sie wusste, dass sie nur zehn oder höchstens vierzehn Tage Zeit hatte für ihr Werk, zwang Eloise sich, Geduld aufzubringen und die Beziehung Schritt für Schritt aufzubauen: ein Spaziergang zum Strand, ein Gespräch bei einer Portion Eis, ein wenig Italienischunterricht – *gelati, grazie, prego* –, bis der richtige Moment schließlich kam und sie sich so sicher fühlte, dass sie ihren neuen Freund zum Essen oder auf eine Coke in ihr Apartment einlud. Der entscheidende Moment kam, wenn der Junge über ihre Schwelle trat, denn von da fehlte nicht mehr viel bis zum Glas Wein oder der ersten Erwähnung des Roccolo. Würde sie etwas überstürzen, ehe sie das Vertrauen des Jungen gewonnen hatte, konnte sie alles zerstören, deshalb war es wichtig, langsam vorzugehen; außerdem gab es dafür einen guten Grund, denn dies war die glücklichste Zeit des Jahres, die Zeit, in der sie Freunde gewann. Es gefiel ihr, die Jungen zu bewirten, ihnen Kuchen und Gebäck anzubieten und dann, später, auch ein Glas Wein, ihnen Geschichten über die Tiere zu erzählen, die man in den Bergen sah oder über die seltsamen Kreaturen, die Fischer nach einem Sturm in ihren Netzen fanden. Tiere waren immer ein gutes Gesprächsthema – die Jungen liebten es mehr als alles andere, fast als teilte man nostalgische Erinnerungen an einen Ort und eine Zeit, die keiner von ihnen je gesehen hatte, aber dennoch im Innersten, tief im Hinterkopf kannte. Anfangs hatte sie die alten Fotoalben hervorgekramt und den Jungen Bilder von sich und ihrem Papa gezeigt, als der noch jung war, aber so was wollten die nicht. Sie fühlten sich bald unbehaglich, weshalb Eloise dazu überging, jene Tiergeschichten zu erzählen, die sie von Guido und anderen gehört hatte und die sie im Laufe der Jahre immer wieder und mit jener eigenartigen Mischung aus Ehrfurcht und Distanz wiederholte, die gute Erzähler auszeichnet. Währenddessen reichte sie Kuchen aus Andreas Bäckerei und einen Schluck von dem süßen Wein, den sie sorgsam und nur für die Jungen ausgesucht hatte. Anfangs lehnten sie den Wein meist ab, obwohl Eloise wusste, dass sie ihn gern probiert hätten, nach einer Weile aber entwickelten sie eine Vorliebe für dessen kühle Süße – und dann wusste Eloise, dass es Zeit wurde, zum nächsten Kapitel der Geschichte überzugehen. Dabei wollte sie die Jungen nicht betrunken machen; dieser Teil des Rituals war einfach nur notwendig, eine Stufe in der Vorbereitung für das Roccolo. Sie mussten diese Wärme in sich spüren, die Wärme der Berge und diese Süße, die so sehr der Süße von Blut glich. Anschließend waren sie bereit, so wie sie selbst vor langer Zeit. Eloise erzählte dann von den alten Zeiten, als sie mit Guido auf Jagd gegangen war, allerdings ohne die Nadel oder das Blenden des Vogels zu erwähnen. Stattdessen redete sie über Traditionen und alte Bräuche, bis sie entschied, dass es Zeit wurde, ihrem neuen Freund den Weg zu zeigen, der aus der Stadt führte, dorthin, wo das Roccolo wartete, kühl und dunkel auch am hellen Nachmittag, fast wie ein Tabernakel oder wie jenes Grab im Evangelium, aus dem Tote wiederauferstanden. Darum drehte sich die Geschichte natürlich, um diesen Moment im Roccolo, und sie hatte das Gefühl, dass der Junge diesmal genau verstehen würde, was sie ihm offenbaren wollte. Was sie ihn wissen lassen wollte. Schließlich war er ein einsamer Junge – und die Einsamen waren immer die besten. Das machte letztlich sogar den entscheidenden Unterschied aus: Wäre die Welt nur von Einsamen bevölkert, wäre es besser um sie bestellt.

Natürlich war es auch einfacher, die Zuneigung eines einsamen Jungen zu gewinnen – was jedenfalls für Toby galt. Eloise spazierte mit ihm in die Stadt, ließ ihn ihre Einkaufstaschen tragen, wenn sie zum Markt gingen, und zeigte ihm den geheimen Weg, der hinter der alten Kirche begann und in die Berge führte. Am fünften Tag lud sie ihn auf eine Tasse Kaffee in Marinellis Gartencafé ein und sah zu, wie er zögerlich an seinem Latte nippte. Dass es ihm nicht schmeckte, war kaum zu übersehen, aber er fand es erwachsen, mit dieser fremden Frau Kaffee zu trinken, und als sie ihn am nächsten

Tag zum Mittagessen in ihr Apartment einlud, nahm er an, ohne eine Sekunde zu zögern. Er zögerte auch nicht, als sie ihm, nachdem er zwei große Portionen Spaghetti verdrückt hatte, ein halbes Glas Dessertwein eingoss, trank es vielmehr zufrieden aus, und als Eloise fragte, ob ihm der Wein schmecke, nickte er kräftig und ließ zu, dass sie ihm nachschenkte, diesmal randvoll. Das war sicher ihr glücklichster Nachmittag. Wenn sie zusammen waren, zupfte Toby meist an seinem Hemd, um sicherzustellen, dass sein Muttermal nicht zu sehen war, an diesem Tag aber schien er es völlig vergessen zu haben. Er erzählte von der Schule und von den Freunden, die er vermisste, auch von dem Mädchen, das in seiner Straße wohnte, einem etwas älteren Mädchen namens Suzy, vielleicht auch Sally, und es wurde deutlich, dass er mächtig in sie verschossen war, sie sich aber nicht im Mindesten für ihn interessierte. Er erzählte sogar ein wenig von der Scheidung seiner Eltern, doch achtete Eloise darauf, ihn bei diesem Thema nicht allzu sehr zu bedrängen. Sie sprach ihrerseits von ihrer glücklichen Kindheit und davon, wie anders damals alles gewesen war. Dass Guido groß und attraktiv gewesen war, ihr Vater sie überall mit hingenommen hatte und Leute, denen sie begegneten, sie *principessa* nannten. Dann erzählte sie, wie schön es oben in den Bergen war, fern vom Verkehr und den Menschen, und sie erzählte dem Jungen von dem besonderen Ort, einem Ort, den außer ihr niemand kannte. Toby war natürlich fasziniert. Ein geheimnisvoller, besonderer Ort, ein verstecktes Gebäude mitten im Wald – wie könnte ein Junge da widerstehen? Sie erzählte ihm allerdings nicht, wofür dieses Gebäude errichtet worden war – das konnte noch warten –, sie versprach nur, ihn eines Tages mitzunehmen, falls er denn wirklich glaubte, es würde ihn interessieren. Natürlich erwiderte Toby, er würde liebend gern mitkommen.

Und dennoch wartete Eloise bis zum zehnten Tag, ehe sie entschied, dass Toby bereit war für das Roccolo. In der Nacht hatte es geregnet, jetzt aber kam die Sonne heraus, und als der Junge auf die Terrasse trat, waren die Fliesen trocken, am Himmel keine Wolken. Kaum sah er sie, warf er ihr sein gewohntes scheues Lächeln zu, doch merkte sie ihm an, dass er jetzt ganz ihr gehörte – natürlich nicht, weil er sie lieb hatte, sondern weil er glaubte, sie nach all den kleinen Unannehmlichkeiten ihrer ersten Begegnung für sich gewonnen zu haben. Wie all die übrigen Jungen, die sie je zum Roccolo mitgenommen hatte, mochte er sie, weil er glaubte, sie würde *ihn* mögen. Über Liebe wusste er nichts, denn hätte er mehr gewusst, hätte er sich zu sehr gefürchtet. Eigentlich wollte er nur auf eine bestimmte Weise gesehen werden, in einem freundlichen Licht, aber so funktionierte die Liebe nun mal nicht. Liebe war ein Test, und wer den Test bestand, für den änderte sich für immer alles.

Eloise lächelte, als Toby die Treppe zu ihrem gewohnten Platz hinter dem Oleander herunterkam. »Guten Morgen«, sagte sie. »Gut geschlafen?«

Toby nickte, sagte einen Moment lang aber kein Wort. Er wirkte aufgeregt, war außer Atem. »Zeigen Sie mir heute die Stelle?«, sagte er. »Sie wissen schon …«

»Das Roccolo?«

»Ja.«

Eloise tat, als müsste sie einen Moment überlegen. »Der Weg dürfte heute aber ziemlich nass sein«, sagte sie mit ernster, fast mütterlich besorgter Stimme. »Es hat in der Nacht geregnet.«

»So viel nun auch wieder nicht«, sagte Toby.

»Der Weg ist steil und …«

»Bitte!«

Eloise ließ das Lächeln auf ihr Gesicht zurückkehren. »Na schön«, sagte sie, musterte ihn von oben bis unten und fragte: »Bist du bereit?«

Toby nickte glücklich. »Ich bin bereit.« Eloise wusste nicht, was er zu sehen erwartete – das wusste sie nie –, aber ihr kam der Gedanke, dass diesmal alles glattgehen würde. Toby würde die Bedeutung des Roccolo verstehen, ihr Papa fortbleiben, und es würde einen langen Moment geben, nachdem sie die Falle aufgebaut hatten und geduldig auf die Vögel warteten – einen langen Moment, in dem der Junge mit ihr durch die Dunkelheit und die Panik der Vögel bis zu dem Ort vordrang, den sie vor langer Zeit mit Guido gefunden hatte, jenen Ort, an dem alles aufhörte und die Welt sich für immer veränderte. Eines Tages würde er es ihr danken. »Können wir jetzt los?«

Eloise nickte. »Ja«, sagte sie. »Wir können.«

Bis zum Roccolo dauerte es fast eine Stunde. Kaum waren sie auf dem Weg, der von der Stadt hinauf in die Berge führte, wurde Toby ganz aufgeregt, vielleicht zu aufgeregt, angesichts des bevorstehenden Aufstiegs.

»Gehen wir bis zum Gipfel?«, fragte er begierig und mit glühendem Gesicht.

Eloise musste lächeln. Er war so unschuldig und so leicht zufriedenzustellen. Sie bemerkte, dass er zu den Tarnhosen heute ein gewöhnliches T-Shirt trug, und es schien ihn nicht zu stören, dass es mehr von seinem Muttermal zeigte als die Kragenhemden, die er üblicherweise bevorzugte. »Fast«, sagte sie. Am Vorabend war sie denselben Weg gegangen, um alles vorzubereiten. Das Roccolo war im üblichen Zustand, die alten Netze aus Guidos Zeit voller Spinnweben und noch trocken, obwohl es geregnet hatte, und der wenige Tage zuvor von ihr gefangene Vogel steckte im gleich hinter der Tür hängenden Käfig, bereit, für die Jagd gestochen und an die Schnur gelegt zu werden. »Es dauert nicht lang«, sagte sie. »Wenn du müde wirst, können wir auch gern eine Pause einlegen.«

Tobys Blick war auf den Gipfel gerichtet. »Ich bin nicht müde«, sagte er. »Das macht doch Spaß.«

Er hatte natürlich recht. Es *machte* Spaß. Diese Wanderung im Licht der Sommersonne machte dem Jungen Spaß und auch ihr, ein stiller Spaß, dem man noch lange nachhängen und den man genießen konnte. Später mochte es kleine Unannehmlichkeiten geben, etwa wenn sie dem Vogel in die Augen stach, aber sie hoffte, Toby würde verstehen, warum das sein musste. Manchmal nahm ein Junge es nicht gut auf, und Toby war ein empfindliches Kind – aber wenn es so weit war, würde sie es ihm erklären, und sie würde ihm sagen, dass es dem Vogel nicht wehtat, so wie Guido es ihr erklärt hatte, als sie zum ersten Mal zum Roccolo gekommen war. Sie lächelte. »Das ist für mich der schönste Ort auf der ganzen Welt«, sagte sie. »Schon seit ich ein kleines Mädchen war, komme ich immer wieder hierher.«

»Waren Sie auch mit Ihrem Vater hier?«, fragte Toby.

Es war das erste Mal, dass er ihr eine derartige Frage stellte, und Eloise wusste, damit verriet er, welchen Fortschritt sie bei ihm erzielt hatte. Sie waren jetzt wie Freunde, fast ebenbürtig. »Manchmal«, sagte sie, auch wenn das nicht stimmte; sie war nie mit ihrem Papa hier gewesen, er war nur gelegentlich hergekommen, weil er sie im Roccolo zu finden gehofft hatte. Eloise sah nach oben, suchte die Berge ab, und Toby folgte ihrem Blick, ahmte sie nach, was sie durchaus schmeichelhaft fand. Sie kamen gut voran, aber bis zu ihrem Ziel war es immer noch eine Viertelstunde. »Ist nicht mehr weit«, sagte sie.

Das Erste, was ihr auffiel, war der Geruch. Obwohl das Roccolo jahrelang nicht mehr benutzt worden war, klebte der Geruch nach Vögeln immer noch in den Netzen, die in unterschiedlichen Stadien des Verfalls an den Wänden hingen. Der Junge bemerkte ihn ebenfalls, fand die Dunkelheit aber beeindruckender, auch, wie still es war, als sie hereinkamen. Eloise ließ die Tür offen, damit er sich nicht fürchtete – manche Jungen hatten Angst vor der Dunkelheit, was sie immer wieder verblüffte, da sie das Dunkle doch so liebte –, dann sah sie nach dem Vogel im Käfig. Einmal hatte sie einen blassen, ziemlich hübschen Jungen namens Sam den weiten Weg den Berg hinaufgelotst, nur um feststellen zu müssen, dass der Lockvogel in der Nacht gestorben war, was ihnen das ganze Spiel verdorben hatte. Diesmal jedoch war alles perfekt: Der Vogel kauerte am Boden des Käfigs und tat, als gäbe es ihn nicht, sicher weil er hoffte, sie würden wieder gehen, wenn er nur still und reglos verharrte. Rasch öffnete Eloise die Käfigtür, holte ihn heraus und trug ihn mitten in die Kammer, dorthin, wo Toby stand, den Kopf im Nacken, und zum vollkommenen Himmelsrund in der Decke hinaufschaute.

»Sieh mal, was ich gefunden habe«, sagte sie. Toby sah den Vogel an, dann sie. Er schien verwirrt. »Ist schon in Ordnung«, fuhr Eloise fort, während sie den Vogel sorgsam in der einen Hand hielt und mit der anderen eine Nadel aus dem Kragen ihrer Bluse zog. »Tut nicht weh.«

Toby wich einen Schritt zurück. Eloise kam es so vor, als wäre er am liebsten fortgelaufen, aber das ging nicht. Er war gebannt von der glitzernden Nadel, die über dem Auge des Vogels schwebte. »Nein«, sagte er.

Eloise schüttelte den Kopf. »Es muss sein«, sagte sie. »So haben wir es schon immer gemacht.«

»Wieso?« Die Stimme des Jungen klang dünn und ein wenig heiser.

»Um etwas zu essen zu haben«, antwortete Eloise leise. »Und aus Liebe.«

Toby schüttelte den Kopf. »Nein«, sagte er wieder. Er wirkte entsetzt und fürchtete um den Vogel, vielleicht auch um sich. »Bitte tun Sie das nicht«, sagte er.

»Ich muss aber«, sagte Eloise. »So will es die Tradition.«

Der Junge schloss die Augen, dann riss er sie wieder auf. »Bitte, Sie tun ihm weh.«

Eloise lächelte traurig. Das hier war stets der schwierige Teil. »Es ist alles gut«, sagte sie. »Es dauert keine Minute, und dann wirst du sehen …«

»Aber wieso?« Seine Stimme war nur noch ein Flüstern, dabei merkte Eloise ihm an, dass er am liebsten geschrien hätte. Er wollte schreien und ihr den Vogel aus der Hand reißen, wollte ihn freilassen, aber er konnte nicht. Er war machtlos. Eloise erinnerte sich, wie sie beim ersten Mal zugesehen hatte, damals, als Guido zur Nadel griff – dieselbe Nadel, die sie jetzt benutzen wollte –, um dem Vogel in die Augen zu stechen, so geschickt und gelassen, dass es fast wie eine Gnadentat gewirkt hatte. Sie konnte sich sogar vorstellen, dass es den Vogel freute, derart behandelt zu werden, mit so viel Geschick, so viel Zärtlichkeit, auch dann noch, als die Dunkelheit über ihn hereinbrach. Natürlich wusste sie, dass sie diese Vollkommenheit nie erlangen würde. Dafür genoss sie den Augenblick zu sehr, sodass die Nadel manchmal zitterte, wenn sie mit der Spitze aufs Auge des Vogels zielte. »Ist schon gut«, sagte sie, ebenso zu dem Jungen wie zu sich selbst. »Es tut nicht weh; ich versprech's.«

Sie waren fast am Ziel, und diesmal, das spürte Eloise, würden sie es nach dem heiklen Moment der Blendung wirklich bis zum besten Teil schaffen, bis dahin, wo alles Vergebung fände. Und dann, gerade als sie die Nadel zum wilden, dunklen Auge des Vogels führte, änderte sich schlagartig die Atmosphäre. Der Junge war natürlich vom Vogel viel zu abgelenkt, um es zu bemerken, aber Eloise spürte die Anwesenheit ihres Papas gleich, noch ehe sie ihn sah, den breitschultrigen Leib, der in der schmalen Tür aufragte und das Licht aussperrte. Einen langen Augenblick lang weigerte sie sich, drehte sich nicht zu ihm um und hielt den Blick auf den Jungen gerichtet, der seinerseits das lebende Geschöpf in ihrer geschlossenen Faust anstarrte, das Gesicht in Falten, als stellte er eine schwierige Berechnung an. Dann aber wandte sie sich zu ihrem Papa um – und ihr fiel gleich auf, dass etwas an ihm anders war. Vielleicht hatte er gerade ausgehen wollen, als er bemerkte, dass Eloise und der Junge verschwunden waren, und sich sofort auf die Suche nach ihnen gemacht, war in seinem weißen Hemd den Weg in die Berge hinaufgelaufen, frisch gewaschen, sodass sein Gesicht noch den Duft des Rasierschaums verströmte. Der Duft nach Rasierschaum umwehte ihn, der Duft nach Haargel und auch ein Hauch Schuhcreme. Eloise liebte es, wenn er sich schick machte, um auszugehen. Dann war er fast wieder wie früher, und sie wollte immer zu ihm hin, wollte ihn in die Arme nehmen und die sanften, weichen Wangen spüren – jetzt aber nicht, jetzt rührte sie sich nicht von der Stelle, da sie merkte, wie aufgebracht er war. Sie versuchte, dem Jungen zuzulächeln, ihn zu beschwichtigen, aber dessen Augen blieben auf den Vogel gerichtet, als wollte er Eloise zwingen, ihn loszulassen, wollte die ganze Welt zwingen, wieder so zu sein, wie sie sein sollte.

»Warum bist du hierhergekommen?«, durchbrach Papa schließlich die Stille. Seine Stimme war leise und ruhig, dennoch wusste Eloise, dass er wütend auf sie war, weshalb sie fast unwillkürlich die Hand hoch über ihre Schulter hob und den Vogel freiließ, der zur nächsten Wand flatterte und mit den Flügeln gegen den Stein schlug. Gleichzeitig wandte sie sich wieder zu Toby um – aber der hatte ihren Papa noch immer nicht bemerkt, so sehr war er auf den Vogel fixiert; und seine Miene leuchtete auf, als das Tier zum Loch in der Decke hinaufstrebte, die Flügel wie rasend gegen die Mauer schwirrten und flatterten, während es vergebens ins Freie zu entkommen suchte. Sie wandte sich an ihren Papa. »Ich hab doch nichts getan«, sagte sie – und ärgerte sich gleich über sich selbst, weil sie so kleinlaut und weinerlich klang wie ein ungezogenes Kind, das gerade zurechtgewiesen worden war. Und er *hatte* sie ja auch zurechtgewiesen, nur war das nicht in Ordnung, denn sie war nicht unartig gewesen, hatte nur eine Geschichte erzählt, so eine wie in den alten Büchern, und sie wusste, der Junge würde ihr dafür danken, eines Tages, dafür, dass sie ihn zu einem Teil dieser Geschichte gemacht hatte. »Das ist nicht fair«, sagte sie – und wollte noch mehr sagen, wollte ihm sagen, dass er immer alles verderben musste, dass er einfach nicht verstand, aber sie konnte nicht. Sie erstarrte innerlich, wartete darauf, dass er etwas erwiderte.

Er erwiderte aber nichts, zumindest anfangs nicht, stand einfach nur in der Tür, still und massig und verströmte den herrlichen Duft nach Seife und Schuhcreme. Dann schüttelte er den Kopf und sagte fast im Flüsterton: »Schick den Jungen zu seinem Vater zurück« – und nach einer kurzen Pause meinte Eloise zu hören, wie er noch etwas sagte, nur konnte sie ihn nicht verstehen. Sie sah Toby an. Er schaute immer noch dem hilflos an den Wänden entlangflatternden Vogel nach, der es beinahe, doch nie ganz bis zum Loch in der Decke schaffte; und ihr kam der Gedanke, dass er ihren Papa womöglich gar nicht bemerkt hatte, so gefangen wie er in seinem blöden Mitleid war, seiner Kleine-Jungen-Zimperlichkeit. Aber was war er schließlich anderes als ein kleiner Junge? Ein blöder kleiner Junge, der nicht verstand, welches Geschenk sie ihm machen wollte.

»Und? Was ist jetzt?«, fragte sie, ihre Stimme lauter als beabsichtigt, laut und streng, fast ein Schrei, der Toby aus seinen Träumereien aufschreckte. Mit einem seltsamen Blick in den Augen wandte er sich zu ihr um – einem Blick, den sie ohne Weiteres für Hass hätte halten können –, doch er schwieg. Eloise holte tief Luft und zwang sich zur Ruhe. »Du hast gehört, was er gesagt hat.«

Der Junge starrte sie blöd an, und es war nicht zu übersehen, dass er kein Wort gehört und, falls doch, dass er nichts verstanden hatte.

»Jetzt lauf schon«, sagte sie und wandte sich von ihm ab, als könnte sie seinen Anblick nicht länger ertragen. »Lauf zurück zu deinem Vater. Er wird sich bestimmt schon fragen, wo du bleibst.« Sie war nicht sauer auf ihn – dafür war dies hier bereits zu oft passiert –, doch in einem unbedachten Moment, den sie von irgendwoher kannte, nicht nur aus der eigenen Erinnerung an solche Momente, sondern noch von irgendwo anders her, flog ihre Hand nach oben, als ob sie ihn schlagen wollte, und der Junge wandte sich rasch ab und rannte nach draußen, nicht weil er sich vor ihr fürchtete, sondern eher aus Mitleid, als wollte er verhindern, dass sie sich zur Närrin machte. Er sagte nichts, weinte nicht, rannte einfach nur nach draußen, vorbei an ihrem Papa, als wäre der gar nicht da, hinaus in die trockne Hitze des Nachmittags. Da ließ Eloise ihre Hand wieder sinken, verharrte reglos und lauschte. Es war still. Sie rührte sich immer noch nicht.

Auch Papa nicht. Er rührte sich nicht und sagte nichts, aber Eloise wusste, was er als Nächstes tun würde, so wie sie wusste, dass er nicht verstand, warum sie dieses Spiel spielte. Er verstand einfach nicht, dass sie es tat, weil sie die Jungen liebte, jeden auf seine Weise; er glaubte, sie sei grausam, mache sich über sie lustig oder breche ihnen für eine Weile das Herz, weil ihr langweilig war – und ihr *war* langweilig, bloß war das nicht die ganze Geschichte. Es schmerzte sie, dass er ihre Liebe nicht verstand, allerdings hatte er sie nie verstanden, da er viel zu vernünftig war, um irgendjemanden so zu lieben. Er war zu vernünftig, zu beherrscht, immer auf der Hut, immer wachsam, und er ertappte sie stets im entscheidenden Moment, so wie gerade eben wieder, als er zur Tür hereinkam und dort stehen blieb, kaum mehr als ein Schatten vor der hellen Sonne, bis der Junge die Gelegenheit nutzte und davonflitzte, fort in die Sicherheit. Die verstanden natürlich auch nichts, diese Jungen. Vermutlich glaubten sie, Papa sei nett, glaubten, er würde sie vor etwas Schrecklichem und Hässlichem bewahren – aber Papa wusste gar nicht, was Freundlichkeit war. Er war ein Geschöpf der Logik, nicht der Freundlichkeit, und auch jetzt, als er das Roccolo doch noch durchquerte und beinahe mühelos mit einer weit ausholenden Bewegung den verängstigten Vogel fing, war er keineswegs freundlich, sondern folgte einzig einer Logik, die diese Jungen nie verstehen würden. Er fing den Vogel und hielt ihn einen Moment fest, sanft, tat ihm nicht weh, während er sich genau in die Mitte der Kammer stellte, direkt unter das offene Loch in der Decke. Er sah Eloise nicht an und sagte auch nichts, tat, als wäre sie gar nicht da. Licht fiel ins Roccolo und streifte ihn, als er den Arm hob und mit derselben langsamen Bewegung die Faust öffnete, sodass der Vogel aufflog, direkt ins Licht, und die Öffnung im Dach fand, so zielbewusst, als hätte er nur dieser Berührung bedurft, der starken Hand ihres Vaters, die ihn in die Freiheit lenkte. So war es jedes Mal – und es überraschte sie immer wieder aufs Neue, waren die Vögel doch einen Moment zuvor noch so wild und verzweifelt gewesen, weshalb Eloise fand, sie sollten kämpfen, kurz wenigstens, sollten hektisch gegen die steinerne Decke taumeln, ehe sie schließlich in die Freiheit entwichen, aber das geschah nie. Sobald Papa sie freigelassen hatte, wussten sie immer genau, wohin sie fliegen mussten, stiegen ohne einen Moment des Zögerns auf ins Licht und verschwanden mit einem letzten Flügelflattern, das im kalten Steinbrunnen der Kammer widerhallte, ein Geräusch so hell und endgültig, als würde ein Buch zugeschlagen, ehe die Stille zurückkehrte und Eloise wieder zu sich kam, nun allein inmitten der altvertrauten, verrottenden Netze, des Vogelgeruchs und der lang schon verlorenen Federn.

Kates Garten

An dem Tag, an dem Tom Williams zurückkam, arbeitete ich noch zu Hause. Am Freiberuflerdasein gefiel mir, dass ich mich tagsüber allein in einem leeren Vorortviertel aufhielt, nur ich, die Katzen, die Amseln und gelegentlich ein Reiher, der unten am Fluss reglos im Schilf stand. Ich mochte dieses Gefühl und wurde es nie leid, mitten in der Arbeit den Kopf zu heben und das durchs Fenster fallende Licht wahrzunehmen, die stillen Gärten, die menschenleeren Rasen und Kiespfade. Eine Welt, in der nichts je geschehen war. Zeit verging – das verriet mir ein Blick auf die Uhr auf dem Kaminsims –, doch so schleichend, dass es geradezu unmerklich geschah. Diese warmen Frühlingsvormittage gewährten mir immer wieder privilegierte Blicke in den Limbus: ein Zustand nicht der Schwebe, sondern einer unendlichen Möglichkeit.

Mein Arbeitszimmer war oben im rückwärtigen Teil des Hauses. Ich hatte den Tisch so ausgerichtet, dass ich in den Garten der Williams sah, nicht in meinen eigenen: Seit Tom vor achtzehn Monaten verschwunden war, hatte Kate jedes Wochenende draußen gearbeitet, hatte umgegraben, gepflanzt, Unkraut gejätet, ausgelichtet und gesät. Sie war eine vortreffliche Gärtnerin mit einem ausgezeichneten Blick für Farbe und Zusammenspiel, und das schon vor Toms Verschwinden schöne Fleckchen Erde glich nun einem Kunstwerk. Kate war eine schlanke Frau, hübsch, ein Energiebündel mit Händen winzig wie Vogelkrallen, aber sie hatte die Terrasse eigenhändig erweitert und vom Vorplatz, wo der Lieferant große Säcke mit feuchtem Mulch oder Kompost abstellte, schleppte Kate sie in den Garten, um das Gelieferte selbst unterzugraben, werkelte jeden Samstagnachmittag und den ganzen Sonntag, konzentriert, entschlossen und gänzlich in ihr Tun versunken. Ich glaube, zum ersten Mal in ihrem Leben war sie richtig glücklich. Gut möglich, dass diese Gartenarbeit ihre Therapie war, aber sie machte ihr auch Freude.

Im Laufe der Woche konnte ich dann das von ihr Geleistete bewundern. Die übrigen Gärten wirkten manchmal seltsam, wie sie den ganzen Tag verlassen dalagen, sodass ich gelegentlich den Eindruck hatte, ihnen würde etwas fehlen, Kates Garten aber kam mir sogar noch schöner vor, wenn sie nicht da war. Ich glaube, das war von ihr so gewollt: ein Heim für die Pflanzen, die sie ausgesucht und großgezogen hatte, eine Zuflucht für Vögel und Igel, ein Laichplatz für Frösche, und jeden Morgen eine Oase für hungriges Rotwild. Dass der Garten auch für Menschen gedacht war, verriet allein eine alte Holzbank, die sie jedes Frühjahr abbürstete und einölte und jeden Oktober in den Schuppen brachte. Es gab keinen Rasen, keinen Wäscheplatz, keinen Grill. Stattdessen füllte Kate den Garten mit Lilien, Wacholder und Iris. Sie pflanzte seltene Alpenblumen an und verbarg den Schuppen hinter einem rosenbewachsenen Spalier. Mitten in eines der Blumenbeete stellte sie eine Art großer Amphore, und wochenlang wartete ich darauf, was sie darin anpflanzen würde, dabei fand ich es so eigentlich ganz schön, wie das Gefäß leer dastand und sich mit Licht oder Regenwasser füllte. Es dauerte eine Weile, bis ich begriff, dass sie genau dies beabsichtigt hatte.

Zu behaupten, dass Tom verschwand, war nicht übertrieben. Und in mancherlei Hinsicht war es auch keine Überraschung. Tom war ein seltsamer Mensch. Ich weiß noch, wie damals, als wir einzogen, Kate vorbeikam, um sich vorzustellen und uns zum Essen einzuladen. Während des ganzen Abends sagte Tom kaum ein Wort und

schien vollauf damit beschäftigt, Teller oder Servierschüsseln anzu-
reichen, sich zwischen den Gängen um das Geschirr zu kümmern
oder Weinflaschen zu öffnen. Kate ignorierte diese Pantomime:
Das Gespräch plätscherte auch ohne Toms Beteiligung angenehm
dahin und drehte sich um Möbelkauf, Gartentipps oder auch
darum, woran ich gerade arbeitete. Beim Nachtisch kam die Rede
dann auf einen Artikel über Zwillinge, den Janice in einer Zeitschrift gelesen hatte und dem zufolge Zwillingsgeburten häufiger
vorkommen, als allgemein bekannt ist, dass jedoch oft einer der
Zwillinge im Mutterleib vom andern absorbiert wird oder stirbt.
Tom lauschte aufmerksam.

»Ich hätte ein Zwilling sein sollen«, sagte er, als Janice ver-
stummte.

Meine Frau wandte sich ihm zu und musterte ihn interessiert.

»Wirklich?«

»Ja«, erwiderte Tom leise. »Ich habe dafür keinen Beweis, und
mir wurde nie etwas Entsprechendes gesagt, aber ich weiß, dass es
stimmt. Ich hatte früher einen Zwilling: Vielleicht ist er gestorben,
oder er steckt irgendwo in mir drin – keine Ahnung, was mit ihm
passiert ist, aber ich weiß, dass es ihn gegeben hat.«

Ich warf Kate einen Blick zu. Sie starrte aus dem Fenster in den
Garten und die zunehmende Dunkelheit.

»Aber woher wollen Sie das wissen?«, frage Janice nach.

Tom schüttelte langsam den Kopf und schaute sie an. Einen
Moment lang glaubte ich, er würde gleich weinen.

»Weil ich ihn vermisse«, sagte er.

Dann lächelte er gleich wieder, da er spürte, dass er zu weit gegangen war.

»Jedenfalls«, fuhr er fort, »fand ich schon immer, dass es noch
jemanden wie mich auf der Welt geben sollte. Jemanden, der die
Dinge aus meiner Sicht sieht.«

Wieder lächelte er, um uns wissen zu lassen, dass er nur scherzte und reichte Janice dann die Sahne; nach einer unbehaglichen Stille fragte Kate schließlich Janice etwas über ihre Arbeit, woraufhin das Gespräch so weiterlief wie zuvor.

Tom sagte den restlichen Abend kaum noch ein Wort.

Eine Zeit lang hatten wir zu unseren Nachbarn, den Williams', ein normales Verhältnis. Wir luden uns abwechselnd zum Essen ein, etwa einmal im Monat, ließen aber stets Raum für eventuelle Absagen. Dann, eines Spätsommernachmittags, ging Tom in Hemdsärmeln aus dem Haus und kehrte nicht mehr zurück. Kate rief die Polizei an, erkundigte sich im Krankenhaus und schrieb an Toms Schwester auf Jersey. Es fand sich keinerlei Hinweis auf seinen Verbleib, und es war, als wäre er spurlos vom Antlitz der Erde verschwunden. Ich weiß nicht, was ich als Nächstes getan hätte, fand aber, dass Kate zu rasch aufgab. Sollte uns Ähnliches passieren, dann, so malte ich mir aus, würde ich ewig nach Janice suchen. Kate aber wirkte geradezu erleichtert. Sie arbeitete weiter – in der ersten Zeit nach Toms Verschwinden hatte sie nur einen freien Tag pro Woche –, und auch die Wochenenden verbrachte sie im Garten. Wenn wir uns begegneten, grüßte sie mich, als würde nichts auf der Welt sie bekümmern, und sie wirkte stets so zufrieden, dass es mir zu peinlich war, sie zu fragen, ob sie Neues über Tom wisse.

Ich konnte mir nicht vorstellen, mit jemand anderem als Janice liiert zu sein; ich konnte mir auch nicht vorstellen, jemand anders so zu begehren, wie ich Janice manchmal begehrte, nämlich mit jener puren, drängenden Körperlichkeit des Verlangens, die mich, selbst jetzt noch, oft unerwartet packt, etwa wenn ich zusehe, wie sie vor dem Spiegel die Lippen nachzieht, sich das Haar kämmt oder wenn sie, in ein Handtuch gewickelt, aus dem Bad kommt und Wassertropfen noch auf ihren Schultern glitzern. Ich konnte mir nie vorstellen, für jemand anderen zu empfinden, was ich für meine Frau empfand, trotzdem glaube ich, ich habe mich ein wenig in Kate Williams verliebt in jenem ersten Jahr, in dem sie allein lebte. Das hatte auch was mit der Kleidung zu tun, die sie trug, ihrem grünen Dufflecoat, dem Schal mit Schottenmuster, rot und creme-weiß, der schwarzen Wollmütze, die sie meist so tief ins Gesicht zog, dass sie fast die Augen bedeckte. Ich ertappte mich dabei, dass ich am Sonntagnachmittag ohne besonderen Grund in den Garten ging, nur um mit ihr reden zu können. Ich kann nicht erklären, was für Gefühle mich überkamen, wenn sie Harke oder Forke beiseite-legte, um mit mir zu schwatzen, die Hände unablässig tätig. Und ihre Hände faszinierten mich. Nie trug sie Handschuhe, sodass an ihren Fingern meist Erde haftete, oder die Haut zerkratzt war, wenn sie sich im Gestrüpp oder an Dornen verfangen hatte. Ich empfand kein Verlangen, auch kein bloßes Mitgefühl, sondern eine reine, schwindelerregende Liebe. Manchmal, wenn ich nach einer länge-ren Unterhaltung ins Haus zurückkam, sah Janice mich seltsam an.

»Was ist?«, fragte sie, als hätte sie in meinem Gesicht eine un-erwartete Zärtlichkeit entdeckt, vielleicht auch eine unangebrachte Sorge – obwohl ich mir sicher war, eine völlig ausdruckslose Miene aufgesetzt zu haben.

»Nichts«, sagte ich dann möglichst beiläufig.

»Hast du mit Kate geredet?«

»Ja.«

»Aha.« Sie schwieg einen Moment. »Und wie geht es ihr?«

»Gut, denke ich.«

»Was Neues von Tom?«

»Ich habe nicht gefragt.«

Darauf folgte eine weitere Stille, weshalb es den Anschein hatte, als müsste sie zum ersten Mal darüber nachdenken, was sie als Nächstes sagen wollte.

»Wir sollten sie einladen«, sagte sie dann, und ich stimmte sofort zu. Wir versicherten einander, das sei das Mindeste, was wir für sie tun konnten, also würden wir später in unsere Kalender schauen, einen Abend festlegen und sie zum Essen oder auf einen Drink zu uns bitten. Aus unterschiedlichen Gründen wollten wir sie aber beide nicht in unserem Haus wissen. In ihrer Anwesenheit fühlten wir uns unbehaglich, weil wir zusammen waren, auch wenn Kate offenkundig gern allein lebte. Von unserem Leben ausgehend unterstellten wir, dass jede von ihrem Mann verlassene Frau sich einsam fühlen musste, auch wenn sie der Welt eine noch so tapfere Fassade bot. Vielleicht war es aber auch bloß eine Unterstellung von Janice, eine, die zu teilen ich mich verpflichtet fühlte. Mit Gewissheit wusste ich nämlich nicht, was Kate empfand, doch auch wenn Janice nicht darüber redete und obwohl sie Tom nie besonders gemocht hatte, war sie zuinnerst davon überzeugt, dass Kate nur auf Toms Rückkehr wartete.

Ich arbeitete schon den ganzen Morgen. Das Buch, mit dessen Übersetzung ich gerade begonnen hatte, war eine ausgezeichnet geschriebene, fesselnde Biografie des Dichters Giorgos Seferis, die Krönung eines lebenslangen Studiums, im Grunde eine Art Liebeserklärung, und ich empfand es als Privileg, daran arbeiten zu dürfen. Eine Zeit lang war ich völlig davon gefesselt und hätte Tom womöglich nie bemerkt, hätte ich nicht ein Flügelflattern gehört und aufgeblickt. Fast wäre ein Vogel ins offene Fenster geflogen, im letzten Moment aber bog er ab. Ihn nahm ich kaum wahr, allerdings fiel mein Blick nach unten auf das sonnenbeschienene Geviert von Kates Garten, und ich sah Tom dort auf der dunklen Holzbank sitzen, ganz deutlich, aufrecht, die Arme verschränkt. Er sah aus wie an dem Tag, an dem er verschwunden war: das Haar ein bisschen länger, doch trug er dieselbe hellgrüne Hose, dieselben Schuhe. Fast zwei Jahre waren vergangen, und jetzt war er wieder da und saß still im Garten, als wäre er nur eben vor die Tür getreten, um die Sonne zu genießen. Ich konnte es kaum glauben. Für ein Gespenst oder gar eine Erscheinung wirkte er zu kompakt, zugleich aber kam mir seine Anwesenheit bei gewöhnlichem Tageslicht seltsam unwirklich vor. Es dauerte eine Weile, bis ich herausfand, was mir an ihm fremd vorkam, und als ich es begriff, wurde mir klar, wie sehr er sich verändert hatte.

Die meisten Leute, die ich kenne, halten die Erwähnung einer Aura für mystischen Hokuspokus, nur glaube ich nicht, dass es damit etwas Übernatürliches auf sich hat. Jeder menschliche Körper sondert ein irgendwie geartetes Licht ab. So gab es Tage, an denen Janice vollkommen golden schimmerte, gehörte sie doch zu jenen Menschen, die das Licht anzuziehen scheinen, um von sich aus dann noch ein wenig hinzuzugeben, in ihrem Fall eine buttermilchgelbe Wärme. Bei anderen geschieht das subtiler, wird vielleicht auch stärker unterdrückt: Sie reflektieren Grün, Blau oder Scharlachrot, je nach Stimmung und auch abhängig davon, wie glücklich oder müde sie sind. Als ich Tom an jenem Morgen im Garten seiner Frau sah, war er in Schwarz gehüllt – mehr noch, von seinem Körper ging ein Leuchten aus, das ich heute, im Rückblick, nur als schwarzes Licht bezeichnen kann. Ich hatte es nie zuvor an ihm bemerkt, wusste aber im selben Moment, dass ich es immer schon an ihm vermutet hatte. Ich kannte es von niemandem sonst. Damals geschah es zum ersten und einzigen Mal, dass ich einer tragischen Gestalt begegnete, und ich wusste, auch ohne Toms Geschichte gehört zu haben, dass er vom Tragischen überwältigt worden war, vielleicht am Tag seines Verschwindens, vielleicht auch erst später, als er umherirrte und einen Weg zurück nach Hause suchte.

Ich konnte mir keineswegs sicher sein, nahm aber an, dass er mich nicht gesehen hatte. Er schien überhaupt nichts zu sehen, saß einfach nur reglos da, die Arme vor der Brust verschränkt, und blickte stur geradeaus. Ich hätte ihn sich selbst überlassen können, hätte mich wieder meiner Arbeit widmen und so tun können, als hätte ich ihn gar nicht bemerkt. Schließlich ging mich das hier nichts an, und es war ja auch nicht so, dass ich ihn besonders gern gehabt hätte. Für mich war er ein komischer Kauz, ein Mann, der einfach seine Frau sitzen ließ, ohne ein Lebenszeichen, und sei es nur eine Postkarte.

Ich hätte ihn da draußen sich selbst überlassen können, tat es aber nicht. Ich nahm an, dass er damals ohne Schlüssel aus dem Haus gegangen war, weshalb er jetzt auf Kates Heimkehr wartete, damit er hineinkonnte. Er dürfte gewusst haben, dass ihm eine lange Wartezeit bevorstand. Es war ein warmer Vormittag, womöglich aber nicht warm genug, um den ganzen Tag in Hemdsärmeln herumzusitzen. Ob ich aber tatsächlich irgendwas dergleichen gedacht habe, weiß ich nicht genau. Letztlich habe ich ihn wohl aus reiner Neugier hereingebeten. Vielleicht war es auch noch etwas anderes. Vielleicht hegte ich bereits den Verdacht, dass das, was Tom und Kate widerfahren war, jedem geschehen konnte: dass jede Liebesbeziehung, jede Ehe, wie leidenschaftlich, wie befriedigend auch immer, eine Art Fiktion war, die teils auf Glück, teils auf Fantasie beruhte. Irgendwo in meinem Hinterkopf wusste ich, dass es Zeiten gab, in denen ich mich anstrengen musste, mein Bild von Janice intakt zu bewahren. Und wenn dem so war, würde es auch Zeiten geben, in denen sie sich ebenso sehr darum bemühte. In einem gewissen Sinne war es eigentlich kaum mehr als ein Zaubertrick, und ich fragte mich bereits, was nötig wäre, um diesen Zauber zu brechen. Daran habe ich vielleicht gedacht, als ich nach unten ging und die Hintertür öffnete, um Tom ins Haus zu bitten.

Erst reagierte er gar nicht. Er sah auf und starrte mich einen verstörenden Moment lang an. Ich war mir ziemlich sicher, dass er mich gar nicht erkannte: Er hatte vergessen, wer ich war; und nach seiner Miene zu schließen, war ich nicht das Einzige, was er vergessen hatte.

»Möchten Sie eine Tasse Kaffee?«, rief ich in möglichst sachlichem Ton.

Stumm starrte er mich noch einige Sekunden an, dann schüttelte er den Kopf.

»Sie machen mir keine Umstände«, sagte ich, »aber Kate kommt erst spät nach Hause, da können Sie ebenso gut auch für eine Weile hereinkommen.«

Ohne dass ich einen Grund dafür hätte nennen können, war es mir plötzlich wichtig, dass er hereinkam, denn in diesem Moment spürte ich auf einmal eine Art Verwandtschaft zwischen uns, eine Übereinstimmung, die ich nie zuvor bemerkt hatte. Vielleicht spürte er etwas Ähnliches, vielleicht war es aber auch nur eine Reaktion auf meine freundliche Einladung, oder schiere Passivität, jedenfalls stand er auf und trat an den Zaun, der die beiden Gärten trennte. Er wirkte verwirrt, fast als hätte er nicht erwartet, auf ein Hindernis zu stoßen, dabei hatte der Zaun dort schon immer gestanden.

»Kommen Sie zur Vordertür«, sagte ich leise. »Ich setze den Kessel auf.«

Wenn ich an jenen Tag zurückdenke, kommt mir Tom wie ein Gespenst vor, ein Phantom, das stumm an meinem Küchentisch saß und drei Tassen Kaffee trank, eine nach der andern, wie jemand, der zu verdursten drohte. Eine Weile redete ich Belangloses, und er hörte zu, den Blick abgewandt, nickte hin und wieder, oder er schüttelte den Kopf und gab leise, unverständliche Laute von sich. Ich erzählte von mir, von Janice, von den Leuten im Dorf, erwähnte

Kate eine Weile lang aber mit keinem Wort und stellte auch jene eine Frage nicht, die mir, wie er sicher wusste, auf der Seele brannte. Das war seltsam. Ich musste wissen, warum er verschwunden war – es ging mich nichts an, aber das war so oder so egal. Er könnte antworten, könnte auch jegliche Auskunft verweigern, was also hatte ich zu verlieren, wenn ich meine Frage stellte? Schließlich gab ich dem Drängen nach, dem echten Bedürfnis zu verstehen, was ihn fortgetrieben hatte.

»Was ist mit Ihnen passiert, Tom?«, fragte ich und war mir bewusst, wie behutsam ich sprach, wie sanft meine Stimme klang. Er blickte auf und wirkte verwirrt, als hätte er meine Frage nicht verstanden. Dann, nach einer langen Pause, seufzte er und schüttelte den Kopf.

»Nichts ist passiert«, antwortete er dann ebenso leise. »Also nichts, was ich Ihnen erzählen könnte. Ich ging an dem Tag bloß zu einem Spaziergang aus dem Haus und begriff, dass ich nicht wieder zurückkonnte. Es stimmte nicht mehr. Es war Kate gegenüber nicht fair.«

»Es war auch nicht fair, einfach zu verschwinden, ohne Kate wissen zu lassen, wo Sie abgeblieben sind«, erwiderte ich, im Ton vielleicht ein wenig schärfer als beabsichtigt.

Er starrte mich an, verblüfft, wie mir schien, und noch ehe er den Mund aufmachte, begriff ich, dass Kate uns belogen hatte – zweifellos durch Verschweigen, aber dies in voller Absicht.

»Hat Kate das behauptet?«, fragte Tom.

»Tja«, sagte ich in möglichst beschwichtigendem Ton, »nicht direkt, wir haben es wohl einfach nur angenommen.«

Er nickte.

»Natürlich.« Er sprach weiterhin leise, doch lag Verbitterung in seiner Stimme.

»Ich habe sie angerufen«, sagte er. »Und ich habe ihr geschrieben.

Viermal. Ich konnte ihr zwar nicht sagen, wo ich war, wollte sie aber wissen lassen, dass es mir gut ging.«

Er stellte die Tasse hin und stand auf.

»Ich muss los«, sagte er. »Danke für den Kaffee.«

Ich erhob mich ebenfalls.

»Bis Kate zurückkommt, dauert es noch Stunden«, sagte ich, »aber Sie können solange gern hierbleiben. Ich gehe nach oben. Mach uns vorher noch einen Kaffee. Hält warm.«

Er lächelte zaghaft.

»Sehr freundlich von Ihnen«, sagte er, »aber ich warte nicht auf Kate.«

Er ging zur Tür.

»Nicht? Warum sind Sie dann gekommen?«

»Ich war hier einmal glücklich«, erwiderte er. »Das ist lange her, aber ich denke noch oft daran.«

Ich sagte nichts. Mir fiel einfach nichts ein, und einen Moment lang dachte ich, er sei drauf und dran, mir seine Geschichte doch noch zu erzählen. Dann verflog dieser Moment, und da wusste ich, er würde niemandem je erzählen, warum er verschwunden war, nicht einmal seiner Frau. Er konnte nicht.

»Der Garten sieht schön aus, finden Sie nicht?«, sagte er.

Ich nickte.

»Wunderschön.«

Er senkte den Blick zu Boden, und ich glaubte, er würde gleich weinen.

»Ich wollte ihn nur sehen«, sagte er schließlich, lächelte wieder, ging durch den Flur zur Haustür und wartete darauf, dass ich ihm öffnete, ihn hinausließ ins Nichts, aus dem er gekommen war.

»Wo wollen Sie hin?«, fragte ich.

Er schüttelte leicht den Kopf.

»Weiß nicht«, sagte er, »aber egal. Danke.«

Er machte eine leichte Bewegung, die für mich aussah, als wollte er mir die Hand schütteln, doch ehe ich reagieren konnte, wandte er sich ab und ging, ein Mann in Hemdsärmeln, der zu einem Spaziergang in der menschenleeren Vorstadt aufbricht.

Ein paar Abende später konnte ich nicht einschlafen, also beschloss ich aufzustehen und noch eine Weile zu arbeiten: Das mache ich manchmal, weil es mir hilft, die schlaflose Zeit zu vertreiben. Nachts kann ich gut arbeiten, ich bin gern allein und höre den Eulen zu, wie sie am Ufer hin und her huschen. Um Janice nicht zu stören, war ich wie üblich ins Arbeitszimmer gegangen, doch ehe ich die Lampe anknipsen konnte, erhaschte ich einen Blick auf etwas Weißes, das sich im Dunkeln draußen unter unserem Apfelbaum bewegte. Es war nur die Ahnung einer Bewegung, und als ich nochmals hinschaute, war nichts mehr zu sehen, trotzdem war ich mir aus irgendeinem Grund sicher, dass Tom dort war. Eine absurde Idee: Selbst Tom konnte nicht mit einer einzigen Bewegung einfach so wieder verschwinden, mit der Dunkelheit verschmelzen, sich in den Limbus zurückbegeben, dem er jetzt angehörte. Dennoch war ich überzeugt, dass er zurückgekehrt war, so wie Geister zurückkehren, dass er noch einmal einen Blick auf den Garten werfen wollte, den seine Frau geschaffen hatte.

Ich erzählte Janice nicht, dass Tom in unserer Küche gewesen war, und seinen nächtlichen Besuch erwähnte ich natürlich auch nicht. Kate sagte ich ebenfalls nichts. Es wäre sinnlos gewesen. Tom hatte seine Gründe, noch einmal heimzukehren, und jetzt war er wieder fort. Kate arbeitete weiterhin im Garten, und ich bewunderte immer noch ihr Geschick, wenn auch nur von Weitem. Allerdings dachte ich mir keine Vorwände mehr aus, die es mir erlaubten, nach draußen zu gehen und mit ihr zu reden. Ich schätze, sie hat diese Veränderung bemerkt, nur schien sie ihr nichts auszumachen. Sie war zufrieden damit, dass Tom fort war, eine Zufriedenheit, die etwas anstößig wirkte, doch wollte ich ihr diese Zufriedenheit nicht verderben, indem ich ihr erzählte, was ich wusste.

Nun, vielleicht gab es noch einen weiteren Grund, warum ich nicht über Toms Besuche reden wollte. Ich bin mir nämlich immer noch nicht sicher, was ich damals dachte oder heute darüber denke, doch hätte ich irgendwas gesagt, wäre das wie ein Schuldeingeständnis gewesen, ein Eingeständnis, das Falsche gedacht und damit meinen Glauben gefährdet zu haben. Es hätte bedeutet, mich zu meinem Verdacht zu bekennen, dass die Liebe nur ein Akt des Glaubens ist. Sie mag zufällig entstehen, und sie mag als etwas anderes enden, aber erhalten wird sie allein durch bewusstes, anhaltendes Bemühen; und da sie von allein nicht überdauert, muss sie durch Willensstärke und die Kraft der Fantasie erhalten werden. Ich wusste nicht genau, was Janice glaubte, doch hatte ich nicht vor, das Schicksal herauszufordern, indem ich über Tom oder Kate redete oder darüber, wie fragil meiner Meinung nach unser Leben war. Wir könnten uns auseinanderleben, wir könnten einander auch für zu selbstverständlich halten; wir könnten jemanden kennenlernen und etwas Leichtes, Flüchtiges beginnen; ich könnte auch eines Tages von der Zeitung aufblicken und eine Fremde vor mir sehen. Hätten wir je innegehalten, um nachzudenken, hätten wir womöglich all diese Möglichkeiten erkannt. Zum Spiel, das wir spielten, zum Schauspiel, das wir fortzuführen hatten, gehörte es, so zu tun, als gäbe es keinerlei Gefahren. Was uns anging, so glaubten wir, wir würden für immer in diesem Haus leben und nie sterben, und falls doch, würden wir gemeinsam verschwinden, ohne einen Laut und ohne eine Spur zu hinterlassen. Das war der Aberglaube, dem wir anhingen: Was wir nicht anerkannten, würde uns nicht finden. Wir gingen davon aus, dass Schlimmes nur anderen Leuten widerfuhr, und lebten unser Leben, mit abgewandtem Blick, von einem Tag zum anderen, ohne offenkundigen Grund, doch während all der Zeit arbeiteten wir insgeheim daran, die Fiktion aufrechtzuerhalten, an die wir glauben mussten, um weitermachen zu können.

Inhalt

John Burnside
Glister
Roman

Aus dem Englischen von Bernhard Robben

»John Burnside erzählt in seinem Roman von Leben und
Tod in den Ruinen der Zivilisation, von Schuld und Erlösung.
Felicitas von Lovenberg

John Burnside
Die Spur des Teufels
Roman

Aus dem Englischen von Bernhard Robben

»Jeder Satz in diesem Roman hat seine eigene Farbe,
sein spezifisches Gewicht, und daraus erwächst eine sonderbare,
schwebende Heiterkeit.«
NZZ am Sonntag

John Burnside
In hellen Sommernächten
Roman

Aus dem Englischen von Bernhard Robben

»John Burnside (…) bleibt auch als Prosaist ein Sprachschöpfer
von einzigartigem Rang, und auf fast jeder Seite finden sich
Naturschilderungen, die in der Gegenwartsliteratur kaum
ihresgleichen haben.«
Daniel Kehlmann, Frankfurter Allgemeine Zeitung

 PENGUIN VERLAG